EVIDÊNCIA 7

# EVIDÊNCIA 7

Luciana de Gnone

MAPACRIME

*Produção editorial* mapa lab
*Preparação* Mateus Baldi
*Capa e projeto gráfico* Mariana Newlands
*Impressão e acabamento* RCC Quality Gráfica e Editora Ltda

Dados internacionais de catalogação na publicação (CIP)

G572e Gnone, Luciana de
Evidência 7 / Luciana de Gnone. – Rio de Janeiro : Mapa Crime, 2024
240 p. ; 23 cm.

ISBN 978-65-5246-009-7
1. Ficção brasileira I. Título.

CDD B869.3
CDU 821.134.3(81)-3

Bibliotecária: Ana Paula Oliveira Jacques / CRB-7 6963

MAPACRIME
UM SELO MAPALAB
mapalab.com.br | @amapalab

*Dedico este livro à Lola, minha 'bonecota' peluda de quatro patas, que aqueceu meus pés durante toda a jornada e nunca reclamou das minhas longas horas de escrita.*

# PRÓLOGO

## NO PASSADO

Os gritos descontrolados dos pais chamaram a sua atenção quando ainda estava do lado de fora do apartamento.

Chegava da escola e se sentia sortudo por se considerar um menino grande. Na sua idade, podia descer da condução escolar, entrar no edifício e seguir até o apartamento sem que fosse acompanhado por um adulto. Que sorte a minha já ter sete anos, pensou.

Ele parou junto à porta de entrada e colou o ouvido à madeira, como se isso fosse realmente necessário para escutar o que era dito pelos pais.

— Você é uma inútil! Não faz nada o dia inteiro. Quer dizer, faz sim: gasta meu dinheiro e me torra o saco.

— Vai à merda e leva junto contigo esse papo de inútil. Passo o dia todo na dependência desse fedelho remelento, porque você foi incapaz de fazer a única coisa que te pedi: a porra da vasectomia!

Ele não entendia qual era o motivo das rotineiras discussões entre os pais, tampouco compreendia o significado das palavras "fedelho", "remelento" e "vasectomia", mas sabia que essas eram as três coisas que tiravam a mãe do sério. Eram as razões pelas quais ela vivia de mau humor.

Ele respirou fundo antes de tocar a campainha. Foi preciso outras duas tentativas para que o timbre da porta fosse escutado pelo casal, que não se incomodou com a presença do filho e voltou a se engalfinhar enquanto ele seguia cabisbaixo para o quarto.

Naquela tarde, como em tantas outras, ficou trancado no quarto esperando a poeira baixar.

Pouco se recordava de um momento harmônico em casa. Suas primeiras lembranças já envolviam brigas e discussões. O pai, vinte e sete anos mais velho do que a mãe, era um homem endinheirado que aproveitava a juventude e a graça da esposa para exibi-la como um troféu nos eventos sociais nos quais o ofício demandava sua presença.

A mãe, de origem humilde, sempre fora uma mulher ambiciosa. Teve pouco acesso à educação e investiu o tempo em suas duas melhores habilidades para progredir na vida: a beleza e a sedução.

Apesar de constantemente jogar na cara do marido que nunca quisera engravidar, o golpe da barriga foi sabiamente arquitetado, para que ela garantisse a sua pensão vitalícia. Mas, ao mesmo tempo em que o filho era o seu bilhete de ouro, também se tornou um estorvo.

Para manter o luxo que sempre desejara, regularmente ela precisava pagar, na cama, a boa vida que o marido lhe proporcionava. Isso a deixava enojada, por ter que se deitar com um homem de quem tinha nojo. A convivência do casal era a exemplificação da relação ganha-ganha. Enquanto ele se deliciava com o corpo esbelto da esposa, ela usava o cartão de crédito sem limites do marido.

No meio dessa guerra de egos e vaidades, ele sobrevivia como podia. Seu pai o amava, mas o trabalho lhe roubava o tempo para passar com o filho; já sua mãe o repudiava, sem esconder isso de ninguém. Ele descobriu nas páginas dos livros a fuga que lhe tirava do inferno em que vivia.

Três anos mais tarde, a família seguia com a rotina de brigas e desentendimentos. Seu pai falecera repentinamente, e sua vida, que já era ruim, ficara ainda pior. Nessa idade, ele já conhecia os significados das três palavras que antes o deixavam na ignorância dos fatos. Sabia que *fedelho remelento* era como a mãe, por anos, o chamara. Além disso, tomou conhecimento de que *vasectomia* se referia, naquele contexto familiar, à rejeição materna.

A mãe o detestava e, a cada dia que passava, seu desprezo era mais explícito. Ela não tinha completado trinta anos quando herdou uma gorda pensão do marido, que lhe era depositada no primeiro dia útil de cada mês. A partir de então, a existência do filho passou a ser ainda mais excruciante e, se não fossem os apelos do menino, ela o teria dado para adoção; mas, em vez disso, resolveu contratar uma empregada que ficasse a cargo do garoto, assumindo a responsabilidade pela sua formação.

A contratação fora realizada sem esmero, e o resultado era desastroso. Dois anos após a chegada da mulher, ele, que na ocasião entrava na puberdade, começou a ser molestado pela fogosa empregada.

No início, os eventos eram pontuais. Ela aproveitava quando a patroa não estava em casa — o que acontecia com muita frequência — e se insinuava para o garoto, que estava com os hormônios em ebulição aos doze anos de idade. Nas primeiras vezes, a novidade o atraiu. Ver e tocar os fartos seios de uma mulher madura era tudo o que ele queria, mas, com o tempo, ela começou a insistir para que ele fizesse coisas que o deixavam desconfortável.

A empregada fazia ameaças. Dizia ser a única pessoa que aturava os chiliques de sua mãe. Insistia que, se ele não fizesse o que ela queria, iria embora e que o seu destino seria o orfanato, já que a mãe deixava claro que não o suportava.

As ameaças duraram mais algum tempo, até que, ao completar quatorze anos, cansado de aturar os abusos da doméstica, ele fugiu de casa para nunca mais voltar.

# 1

## SÁBADO, 21 DE MARÇO DE 2015

Era o dia de descanso de Valéria Ricci, inspetora da Polícia Civil do Rio de Janeiro. Conhecida como Val, ela tinha encerrado um caso que levara pouco mais de dois meses para ser concluído.

A equipe havia solucionado o sequestro seguido de morte de um comerciante. A família pagou o valor de três milhões de reais, exigido pelos sequestradores, mas, apesar disso, a vítima não foi poupada.

Seguindo uma minuciosa investigação coordenada pelo delegado Alberto Almeida, chefe de Val, os policiais concluíram que a esposa do empresário tinha sido a verdadeira mandante do crime. O caso chocou a sociedade carioca ao provar que a viúva, que por dias estampara as capas dos jornais, chorosa, na verdade não passava de uma mulher fria e interesseira.

Por fim, na noite anterior os policiais puderam celebrar o fim do caso, com um tradicional bolo comemorativo patrocinado por Almeida.

Naquela manhã, Val aproveitava a rara calmaria e permanecia de preguiça. A persiana japonesa semiaberta não impedia que os raios daquele dia ensolarado entrassem no ambiente; mesmo assim, ela desfrutava de cada segundo deitada em sua cama, onde pouco esteve durante a investigação.

De olhos fechados, mas consciente, percebeu que a casa estava silenciosa. Normal, considerando que eram oito e meia da manhã de sábado e que Luana seguramente ainda dormia. Val sorriu, sabia que ainda teria algumas horas de paz antes que a filha acordasse. Por mais que amasse Luana, a relação entre as duas era cada vez mais problemática. *Definitivamente não nasci para ser mãe de aborrescente*, Val pensava sempre que os conflitos iniciavam.

O celular tocou e Val bufou enquanto colocava o travesseiro sobre a cabeça. Queria abafar o som do aparelho, desejava não ter escutado o chamado. Sabia que seria da delegacia, ninguém mais ligaria àquela hora da manhã. Val alcançou o telefone e o levou para debaixo do travesseiro.

— Val! Sei que combinamos que você teria folga hoje, mas preciso que atenda a um chamado.

— Do que se trata? — ela perguntou, enquanto tirava o travesseiro de cima do rosto e se sentava, esfregando os olhos.

— O corpo de uma jovem foi encontrado em um motel na Barra, na rua da DP – o delegado disse. – Em quanto tempo você chega?

— Em uma hora. Me arrumo e vou. Já tem alguém nosso por lá?

— Sim. Urso estava de plantão e foi assim que chamaram. A perícia deve estar chegando. Quando você tiver um parecer, me avise, por favor. Estou na estrada para Búzios, mas estarei conectado o tempo todo.

Almeida havia aproveitado o final de semana para ir à Região dos Lagos comemorar o aniversário da esposa. Recentemente, havia terminado de construir uma casa na Saint-Tropez Brasileira — Búzios teve essa fama internacional nos anos 1960, quando a atriz francesa Brigitte Bardot visitou o lugar, projetando ao mundo o pequeno vilarejo de pescadores. Sempre que podia, Almeida ia com a família para lá, e planejava mudar sua residência para a praia de Geribá assim que se aposentasse.

— Val, desculpa o pepino, mas achei que teríamos um final de semana tranquilo.

— Final de semana tranquilo? Na Homicídios? No Rio de Janeiro?

Os dois riram.

— Ok, chefe, não se preocupe — Val disse —, aproveite a família. Te posiciono mais tarde.

Tomou um banho rápido e preparou um café puro. Há anos perdera o costume de adoçar e, hoje em dia, não tolerava mais o açúcar em sua bebida matinal predileta. Apoiou o coldre no ombro enquanto pegava o distintivo que estava sobre a mesa de cabeceira. Antes de sair, deixou um bilhete para Luana, mesmo sabendo que a filha reviraria os olhos ao lê-lo. *Não vou desistir de você, filha.*

*Lu,*

*Sei que te disse que passaria o dia em casa, que poderíamos fazer alguma coisa juntas, mas fui chamada para uma emergência. Assim que der eu volto.*

*Podemos comer uma pizza à noite e ver uns episódios de The Big Bang Theory, o que acha?*

*Beijos.*

Levou quarenta minutos entre o Cosme Velho e a Estrada da Barra da Tijuca, onde ficava o motel em que o crime ocorrera.

Estacionou o carro na porta do estabelecimento. A área estava isolada, principalmente o acesso pela garagem, por onde supostamente o carro do assassino havia ingressado e saído do estabelecimento. Com o distintivo pendurado no pescoço, seu acesso foi liberado, e ela ingressou passando debaixo da fita amarela de isolamento.

Era uma sensação estranha entrar em um motel. Fazia dois anos que ela não se relacionava afetivamente com ninguém, desde que tinha se separado de Jonas, com quem foi casada por quinze anos.

No momento em que chegou, os clientes já haviam sido informados sobre o ocorrido e estavam provisoriamente proibidos de deixar o local até que a polícia identificasse todos. A medida era necessária para que as autoridades pudessem contatá-los no decorrer das investigações do assassinato.

Alguns infiéis se mostravam desconfortáveis com a situação, fazendo Val revirar os olhos — não tolerava mentiras e considerava a infidelidade um comportamento abominável, tinha vivido na pele a experiência de ser traída quando, após uma briga, o ex-marido dormiu com uma mulher.

— O que temos aqui? — ela indagou ao Urso.

Sérgio Carvalho era parceiro de Val. Seu apelido remetia ao porte: era um homem de um metro e noventa e três e bastante forte. Aonde quer que fosse, chamava atenção. De pele morena e com a voz grave e arranhada, era impossível passar despercebido. Val, com seu metro e sessenta e oito, apesar de ser considerada acima da média brasileira, se sentia franzina quando estava ao lado do colega.

— Mulher de aproximadamente vinte anos. Sem documentos. Morreu por asfixia. Não apresenta hematomas ou qualquer sinal de violência sexual. A verdade é que não existem indícios de que houve qualquer relação. Não há vestígios de luta, mas assim que passar pelo IML teremos a confirmação disso.

Enquanto Urso falava, Val tinha se agachado para observar o corpo de uma mulher de cabelos rosados, nua, sobre a cama.

— Aparentemente foi asfixiada enquanto dormia. Mas quem entra em um motel para dormir? — ele perguntou, com sorriso irônico.

— Alguém que entrou com a intenção de matar. — Val respondeu, ainda com os olhos voltados para a vítima. — Quem achou o corpo?

— A faxineira. Vinte minutos depois de o assassino ter deixado o quarto.

— Já falaram com ela?

— Sim. Está meio atordoada com o que encontrou. A verdade é que ela não tem muito a acrescentar.

— E os outros funcionários. O cara da garagem?

— Ainda não. Estava aguardando você chegar para interrogarmos juntos.

— Tem algum responsável do motel aqui? — Val perguntou ao parceiro enquanto se distanciavam do quarto e caminhavam pelo corredor interno exclusivo dos funcionários. Ela deu ordem a um policial para anotar os dados pessoais dos clientes que ansiavam por deixar o local e liberá-los em seguida. Depois, junto com Urso, tomou a declaração do gerente, que se prontificou a disponibilizar as câmeras de vigilância do estabelecimento.

Em seguida, tomaram o depoimento do funcionário que estava na recepção. Por sorte, era ele que estava trabalhando desde a noite anterior e que havia permitido o ingresso e a saída do carro do assassino. Ele afirmou ter visto o casal junto, inclusive na saída.

Antes de deixarem o motel, às duas horas da tarde, Val e Urso conversaram com o perito forense, que deu um parecer preliminar sobre o que havia encontrado na cena do crime. Além do que já sabiam, o perito entregou a Val um saco plástico com uma folha de árvore seca que havia encontrado junto ao corpo. Nela, estava escrito o número 1178, e a pista passaria por um estudo detalhado. Além disso, as roupas da vítima não foram encontradas em lugar algum do quarto.

Na mesma hora em que deixavam o local do crime, o corpo era levado para o Instituto Médico Legal, no Centro. O laudo necroscópico oficial seria liberado em até trinta dias. A essa altura dos acontecimentos, uma grande quantidade de repórteres já fazia plantão na porta, aguardando alguma declaração oficial sobre o crime. Os policiais, no entanto, saíram sem dar declarações.

Val e Urso seguiram para a delegacia. Passaram a tarde analisando as imagens das câmeras de segurança do motel. Apesar de não serem nítidas o suficiente para que identificassem os ocupantes do carro, eram boas o bastante para notarem a presença de duas pessoas no momento da saída. Além disso, analisaram também o relatório preliminar dos peritos e sabiam que a pista mais importante, por mais que ainda fosse um enigma para eles, era a folha seca com os números escritos, que se tornava uma forte candidata a ser a "evidência 7" daquele caso. *Evidência 7* era o codinome usado na 16ª DP para identificar a evidência mais importante de uma cena de crime.

Na mesma tarde, Urso tentava identificar a vítima. Ele ligou para outras delegacias em busca de informações sobre boletins de ocorrência de pessoas desaparecidas, mas não estava tendo sucesso com a busca.

Após reportar todo o caso ao delegado Almeida, Val foi autorizada a soltar uma nota para a imprensa, frisando que a vítima do crime do motel ainda era desconhecida, mas que a polícia estava trabalhando para identificá-la.

No início da noite, Val deixou a delegacia. Aparentemente o crime havia sido um caso isolado, mas a pista da folha seca com a numeração 1178 não saía de seus pensamentos e a intrigava. Diversas lacunas precisavam ser preenchidas, algumas das quais dependiam do laudo necroscópico.

A falta de funcionários no IML era o maior sabotador da polícia. Sem recursos, há anos o Estado não abria concurso para médico legista, e a quantidade de profissionais era inversamente proporcional à violência urbana do Rio de Janeiro. O avanço das investigações criminais dependia dos laudos médicos e, por vezes, a polícia ficava estagnada até que eles fossem liberados. Val tinha meios para conseguir antecipar o laudo em questão. Sabia que bastava uma ligação para que sua solicitação fosse atendida, mas isso era algo que evitava a todo custo.

# 2

## 25 DE FEVEREIRO DE 2015

Ele tomava um café e comia um pão de queijo na lanchonete no primeiro piso do Shopping Leblon. Era a sua primeira visita ao lugar. Buscava encontrar a pessoa perfeita. As possibilidades eram muitas, mas tinha a descrição exata para aquela que seria a protagonista do seu primeiro projeto.

Pagou a conta do lanche e cruzou o corredor sem se importar com o mar de pessoas que caminhava pela transversal, seguindo o fluxo natural do movimento daquele início de noite de quarta-feira.

A cidade ainda estava cheia, reflexo do carnaval que havia acontecido na semana anterior. Eram turistas brasileiros e estrangeiros que aproveitavam as últimas semanas das férias de verão.

Antes de entrar no salão de beleza, observou as câmeras do circuito interno, mas não se preocupou com elas. Havia conseguido um bom disfarce — as lentes de contato mudaram a tonalidade de seus olhos, e esse foi somente um dos truques usados para a encenação. Ele entrou no salão e aguardou ser atendido pela recepcionista, que falava ao telefone e marcava com canetas coloridas, em um grande caderno, os horários dos serviços escolhidos pelos clientes do outro lado da linha.

— Pois não — disse a jovem, com um sorriso simpático.

— Vocês têm horário para cortar o cabelo?

— Claro, senhor. Com algum profissional em especial?

— Aquela moça ali. Qual é o nome dela mesmo? Estive aqui antes e ela me atendeu — ele disse, apontando para uma mulher de cabelos com mechas rosadas na altura dos ombros e exageradamente maquiada.

Ele detestava maquiagem. Os cosméticos lembravam sua mãe e, no caso dela, serviam apenas para disfarçar o rosto de uma mulher sombria.

— Ah! Aquela é a Júlia, uma excelente *hair stylist* — a recepcionista disse. — Mas infelizmente a agenda dela está toda tomada hoje. Posso te oferecer um outro profissional? O Rogério também é excelente cabeleireiro.

— Eu agradeço, mas prefiro ser atendido por ela mesmo. Meu cabelo é muito complicado para cortar, e ela fez um serviço muito bom da última vez. Prefiro marcar um outro dia, então. Amanhã ela teria algum horário?

— Infelizmente, não, amanhã é o dia de folga. Mas sexta-feira ela está com a agenda relativamente tranquila até agora.

Frustrado por não poder ser atendido naquele dia, ele teve vontade de socar o balcão onde estava apoiado, mas conteve o impulso. Havia acabado de escolher a sua protagonista e teria paciência. Depois de agendar o horário, saiu do salão, mas antes deu outra olhada para Júlia. Queria recordar de seu rosto e poder visualizar os planos que tinha para ela.

*

Na sexta, ele chegou ao meio-dia em ponto. Estava ansioso para finalmente conversar com Júlia. Havia passado as últimas quarenta horas arquitetando o que diria para ela. Precisava atingir o seu objetivo e estava confiante que conseguiria. Era um homem charmoso, fazia bom uso das palavras, encantava as pessoas e sabia disso.

Ele se aproximou e se identificou. Não demorou para que Júlia viesse atendê-lo depois de escutar seu nome ser anunciado no sistema de som do local.

A cabeleireira chegou sorridente, expressão correspondida por ele, que percebeu nela um entusiasmo exagerado. Falante, ela o acomodou na cadeira e perguntou como ele gostaria que ela cortasse seu cabelo. Depois de uma rápida explicação, ela começou a manusear a tesoura.

Eles conversavam com descontração, soltavam risos frouxos, flertavam discretamente e, ao final do atendimento, ele deixou uma gorda gorjeta. Dentro da nota dobrada, um papel com o seu telefone. O destino daquela jovem estava fadado ao seu próximo passo. Se ela ignorasse a mensagem escondida, ele procuraria outra vítima. Esse era o roteiro definido. Caso contrário, ela estaria assinando a sua sentença.

No final da tarde de domingo o telefone dele tocou. Na tela, a identificação de um número que não conhecia. Seu coração acelerou, e atendeu a ligação com euforia.

— Oi, sou eu, Júlia — ela gaguejou.

— Já estava triste achando que você ia me ignorar — ele respondeu, sensualizando a voz.

Trocaram algumas palavras ao telefone e decidiram se encontrar naquela mesma semana, na terça-feira, quando ela saísse do trabalho, às dez da noite.

Ele encontrou-a na porta do shopping. Vestia uma calça jeans e uma camisa polo verde. Ela estava mais chamativa, com a mesma maquiagem carregada no rosto, um vestido florido, curto e justo no corpo. Um decote acentuado salientava os seios pequenos e firmes. Calçava um sapato alto; mesmo assim, a diferença de altura era enorme entre os dois.

Júlia mostrava-se animada com o encontro. Ele era um homem interessante, educado, o que fazia com que ela deduzisse que era rico. Era bonito, charmoso, engraçado. Além disso, ela apostava suas fichas em que ele seria bom na cama. Ela conhecia o tipo, já havia dormido com vários assim. Sentia um frio na espinha ao imaginá-lo dentro dela. Mas, naquela noite, o plano dele era outro. Ele queria apenas conhecê-la. Queria saber se havia feito a escolha certa, se ela faria jus ao importante papel que ele lhe ofertava. A protagonista de sua trama não poderia ser uma qualquer, precisava merecer o papel.

No final daquela noite, ele disse que viajaria a trabalho e passaria alguns dias fora, mas que retornaria em pouco mais de duas semanas. Mostrou-se decepcionado com o fato de não poder vê-la nos próximos dias. Então, acariciou seu rosto e afastou uma mecha de cabelo que cobria parte da face. Prometeu que ligaria diariamente, sentiria saudades.

Júlia estava encantada com a sua gentileza e se sentia grata pelo fato de suas vidas terem se cruzado. Ao se despedirem, ela esperava um beijo ardente e molhado, mas, ao contrário, respeitosamente ele lhe deu apenas um abraço apertado e um beijo afetuoso na testa.

Jamais homem algum a havia tratado daquela maneira. Ela havia deixado a sua cidade, no interior de Minas, com dezoito anos. Trabalhara por um tempo como faxineira e um tempo depois conseguiu concluir o curso de cabeleireira, profissão que exercia com paixão.

Seu talento e profissionalismo chamaram a atenção de um professor, que ofereceu a ela um trabalho como assistente em seu próprio salão, no subúrbio do Rio. Não demorou para que ela fosse promovida a cabeleireira e, alguns anos depois, conseguisse uma oportunidade em um salão na zona sul carioca, lugar em que faturava o dobro do que ganhava antes, além de ter a promessa de gorjetas mais substanciais.

Conseguiu, então, alugar uma quitinete modesta na Cruzada São Sebastião, no Leblon. Era uma contradição curiosa, já que aquele era considerado o bairro com o metro quadrado mais caro da cidade, quiçá do país. No início, a comunidade não lhe parecia acolhedora, mas viver ao lado do trabalho, no bairro mais chique da cidade, pagando um valor que cabia em seu orçamento, era uma excelente oportunidade. Aos poucos foi se acostumando com o novo local e conhecendo os vizinhos; logo já adorava viver ali.

Seu novo salário lhe permitia comprar uma coisinha ou outra de vez em quando. Novas roupas, novos sapatos, todos altos, e maquiagens, muitas maquiagens.

Os dias seguintes ao encontro passaram devagar para Júlia, quase arrastados. Falavam-se todos os dias, por mais de uma hora. Ela estava encantada com os galanteios que recebia. Foi se envolvendo cada vez mais e quando percebeu estava apaixonada por aquele homem que pouco conhecia.

Enquanto ela se enroscava nos fios de seda tecidos para fisgá-la, ele passava os dias estudando a sua rotina. Sabia a hora em que ela saía para o trabalho; quantos clientes atendia por dia; seu horário de descanso e o que fazia nesse intervalo; onde e com quem almoçava; quem eram seus amigos.

Na manhã da emboscada, ele ligou cedo. Disse que havia acabado de chegar de viagem e queria vê-la. Com o típico frio na barriga causado pela embriaguez da paixão, ela pediu para sair mais cedo do trabalho. Seu último cliente estava marcado para as sete horas da noite e um pouco antes das oito se reencontraram.

Por um momento ficaram apenas se encarando. Por diferentes razões, os dois mantinham olhos de predadores. Em seguida, sem que ele pudesse reagir, ela jogou-se em seus braços e o beijou com intensidade, liberando a brasa que havia sido acesa durante os últimos dias. Ele retribuiu, apesar da repulsa.

Primeiro, jantaram em um restaurante modesto, na Barra da Tijuca. Comeram pizza e tomaram alguns chopes. De lá, ele a levou para um motel na Estrada da Barra. Passava das dez horas da noite quando o recepcionista lhe mostrou as opções disponíveis, e ele pediu a suíte Luxo, que tinha sauna e hidromassagem. Indicou que ficariam por doze horas. Depois de entrarem na garagem e de ele abaixar a porta privativa, Júlia estava a ponto de explodir devido à excitação. Por ela, eles sequer teriam jantado e partiriam diretamente para o sexo, mas ele havia insistido, justificando que aquela noite teria que ser perfeita.

Subiram as escadas que levavam ao quarto. Ao entrarem, encontraram um ambiente com a temperatura gelada, beirando o desconfortável. A luz, predominantemente azul, era projetada do teto de gesso com a iluminação embutida.

O quarto cheirava a óleo de *ylang-ylang*, um odor exótico e considerado afrodisíaco. Júlia sentou-se na cama, cruzou as pernas em uma pose sedutora. Ele preparou duas doses de uísque e lhe ofereceu a que estava batizada com uma dosagem alta de diazepam. Ela pegou o copo de sua mão e virou o líquido em um único gole, não pretendia perder mais tempo com aquela bobagem de perfeição. Há dias ele a provocava, e ela já não tinha fôlego para aguentar as suas incitações, mas, antes que pudesse fazer qualquer outro movimento, começou a sentir um cansaço arrebatador e caiu sobre a cama em um sono profundo.

Com tranquilidade, ele sentou-se na poltrona no canto do quarto. Tomou cuidado para não deixar vestígios de que estivera ali. Assim esteve por longos minutos, pacientemente, até partir para a conclusão de seu plano. Levantou-se e limpou com cuidado as poucas coisas que havia tocado naquele quarto.

Colocou luvas cirúrgicas e despiu Júlia, deixando as suas roupas no piso. Subiu sobre o corpo e colocou um travesseiro sobre sua cabeça. O rosto juvenil de sua vítima lhe perturbava. Olhou para o corpo esbelto e tocou em seus seios. Então, sem esperar mais, pressionou com força o travesseiro e permaneceu assim por quase dez minutos.

Logo que tirou o travesseiro do rosto de Júlia, percebeu que ela estava com os olhos semiabertos. Ele não esperava isso e, com o susto, projetou seu corpo com rapidez para fora da cama.

Depois de certificar-se de que ela estava realmente morta, buscou em sua mochila o saco plástico no qual guardava a folha de árvore seca com a numeração 1178 escrita com marcador de texto. Ele retirou-a com cuidado do recipiente e deixou-a embaixo do corpo inerte de sua vítima.

Foi até a garagem levando as roupas de Júlia. Retirou do porta-malas o manequim feito de silicone com feições assustadoramente humanas. Vestiu a boneca e a acomodou no banco do carona com o rosto voltado para a janela do lado direito. Estendeu a mão esquerda do manequim sobre o banco do motorista, preparando a encenação final. Ajeitou a peruca de cabelo natural, que havia pintado com precisão, imitando as mechas rosadas de Júlia. Posicionou-se do lado de fora do carro, ao lado do motorista, para certificar-se que o cenário criado condizia com o que havia planejado.

Ao constatar a exatidão do trabalho executado, não conteve um sorriso nos lábios e, em seguida, voltou ao quarto para aguardar o momento certo.

Às seis e vinte da manhã, ele chamou a recepção e pediu a conta da noite mais excitante de sua vida.

## 3

### DOMINGO, 22 DE MARÇO DE 2015

Assim que Val colocou a chave na fechadura da porta de casa, escutou, de dentro do apartamento, os passos apressados de Luana correndo para seu quarto. Era essa a rotina. Luana evitava a mãe a todo custo, e esse comportamento a destroçava.

Antes de entrar, respirou fundo para tomar coragem e encarar a filha. No momento, não havia nada mais difícil do que conviver com ela. Os desafios que enfrentava nas investigações dos crimes mais horripilantes passaram a ser mais fácies do que lidar com a própria filha. Não havia assunto que as aproximasse. Luana se tornara um enigma indecifrável, que Val, mesmo com sua vasta experiência, não era capaz de desvendar.

Ela deixou a pasta de trabalho na cadeira da sala de jantar, tirou a arma do coldre preso à cintura e a acomodou na gaveta da mesinha de cabeceira de seu quarto. Em seguida, foi ao quarto da filha decidida a ter uma conversa séria.

Bateu três vezes com o nó do dedo indicador na porta. *Posso entrar?*, perguntou em voz alta, para que a filha escutasse. Como quem cala consente, Val entrou. Encontrou Luana deitada na cama, respaldada na cabeceira, com fones de ouvidos e passeando os dedos sobre o celular.

Luana olhou para a mãe sem fazer menção de tirar o fone para escutá-la. Munida de paciência, Val levou a mão aos próprios ouvidos, simulando tirar fones invisíveis, para que Luana fizesse o mesmo. Revirando os olhos, a filha seguiu o mesmo movimento.

— O que é — disse a filha.

— Você está com fome? — Val perguntou com voz terna. — Quer que eu prepare algo?

— Não. Não precisa se preocupar comigo. Eu tô bem.

— Eu não estou preocupada, sei que você está bem. Só perguntei se quer comer alguma coisa.

Val se aproximou e sentou aos pés da cama da filha, apoiando a mão em um de seus calcanhares. Luana puxou a perna e se levantou, saindo pelo outro lado.

— Não, mãe. Não precisa. Até porque já estou de saída mesmo.

— Achei que você fosse ficar em casa. Já são seis da tarde e... amanhã você não tem aula? — Val perguntou, também se levantando para encarar a filha.

— Vou para o meu pai. Já falei com ele.

— Mas você não combinou nada comigo. Não estava programado que você fosse para lá hoje!

— E desde quando preciso combinar com antecedência para ir passar a noite com meu pai? Não foi você mesma quem disse que eu poderia ir para lá sempre que quisesse quando enxotou ele de casa?

— Ai, Luana... Sabe de uma coisa? Vá pra casa dele, sim. Tá difícil viu. Tenho feito um esforço sobrenatural para convivermos com tranquilidade, mas parece que só eu quero paz nessa casa. Então vá e veja se fica alguns dias por lá.

Val falou com raiva, e assim que pronunciou as palavras se arrependeu. Ela já tinha visto, em uma dessas mensagens motivacionais, que as três coisas que não voltam atrás são a flecha lançada, a palavra pronunciada e a oportunidade perdida. *Que tipo de mãe eu sou? Em menos de três minutos de interação, descumpri as três regras.*

Val saiu do quarto da filha deixando a porta aberta e se trancou no seu. Sentou-se na poltrona ao lado da janela e olhou o case da guitarra embaixo da cama, pensou por alguns segundos em abri-lo. A música costumava ser seu calmante, sempre fora uma aliada importante em sua vida. Tinha sido assim desde a adolescência, quando ainda tocava no grupo Maléficas, uma banda formada por quatro amigas. Val era a vocalista e guitarrista; Isa, sua melhor amiga e ex-cunhada, era a baterista. Mariana era a baixista; e Rita fazia de tudo um pouco entre percussão, saxofone e teclado, mas essas duas fazia tempo que Val não via. Elas eram fãs de Heart, a banda americana formada pelas irmãs Ann e Nancy Wilson. Era assim que Val e Isa se sentiam, como irmãs.

Esperou a filha sair de casa para deixar o quarto, queria evitar outro confronto desagradável. Seu telefone tocou. Ela o sustentou na mão e viu que era Jonas.

— O que aconteceu? A Lu pediu para vir dormir aqui comigo.

— O de sempre, Jonas. A merda das desavenças com a complicada da Luana. Não sei mais o que fazer. E sabe o que mais me deixa possessa nisso tudo? É que você não mexe uma palha para me ajudar.

— Peraí, Val! Estou te ligando pra quê, então?

— É muito fácil tentar ajudar só perguntando o que aconteceu, Jonas. O que eu queria era que você me ajudasse conversando com ela, para entender o que está acontecendo. Tentando orientá-la. Afinal, por incrível que pareça, com você ela ainda mantém um diálogo. Na verdade, até mais do que isso. Ela te idolatra, e na verdade não consigo entender o porquê disso.

— Você costumava me idolatrar também e, de um dia para o outro, isso mudou.

— Isso não tem nada a ver com a gente. Quer que eu enumere os motivos para ter mudado de opinião sobre você?

— Val, não quero interferir na sua relação com a Luana. Não convivo com vocês no dia a dia. Escuto a sua versão. Escuto a versão dela. E acho, sinceramente, que vocês duas têm razão. Vocês precisam resolver isso sozinhas. Na verdade, só liguei para saber se precisava de alguma coisa, mas estou notando que não precisa. Então, só para te dizer que a Lu pode ficar aqui o tempo que quiser. Pelo que deu a entender, ela disse que você mandou ela ficar aqui até o fim da semana.

Val revirou os olhos. Mais uma vez a filha estava exagerando, colocando-a como a monstra da história.

— Façam o que quiserem. Estou com a cabeça cheia para pensar nisso agora. Preciso desligar. Tenho que trabalhar.

— Você precisa de alguma ajuda? Sabe que basta me ligar.

— Não é necessário, obrigada. Está tudo sob controle.

Eles se despediram e Val precisou de um banho para baixar a adrenalina que as conversas com a filha e com Jonas haviam liberado na sua corrente sanguínea. Serviu uma dose de tequila, a única bebida alcóolica de que gostava. Sentou no sofá da sala com o violão acústico na mão, dedilhou e cantou a música *Walking On Sunshine*, sucesso da banda Katrina and the Waves nos anos 1980.

Às oito horas da noite, o interfone tocou na cozinha. Era Isa, que ficou sabendo da confusão familiar e resolveu visitar a amiga, levando comida japonesa.

Quando Val abriu a porta, elas se abraçaram carinhosamente. Não se viam há mais de três semanas. Assim como Val, Isa andava trabalhando demais nos últimos tempos, devido ao aquecimento do mercado editorial nacional. Há dezenove anos ela trabalhava para uma revista de cultura. Sua jornada havia sido longa, mas hoje ela era diretora de assuntos literários.

Assim como Jonas, Isa era uma mulher com traços asiáticos, herdados da genética materna, uma linhagem de japoneses. Ela e o irmão eram muito parecidos fisicamente. Tinham cabelos lisos e negros e um rosto carismático, porém, enquanto Jonas herdara a estatura do pai, tonando-se um homem de 1,83m de altura, Isa herdara a da mãe e não chegava a medir 1,60m.

Isa sempre tinha sido uma peça importante na vida de Val. Com uma sabedoria acima da média, usava as palavras com maestria e conseguia ver qualquer situação com olhos de espectadora.

— Estou precisando de você, amiga — Val falou, ainda curvada e grudada no pescoço de Isa.

— E você acha que eu não sei? — ela respondeu com doçura.

Colocaram a mesa para o jantar, Isa abriu um vinho branco, e Val se serviu de mais uma dose de tequila.

— Não sei como você gosta disso. Na verdade, você e meu irmão são as únicas pessoas que eu conheço que gostam de tequila — Isa falou rindo, enquanto servia o molho de soja no pequeno prato para mergulhar os sushis.

— Pois é, essa é a única coisa em comum que restou da gente — Val respondeu, erguendo o copo de tequila em direção à amiga.

— Não seja dura com vocês, Val. Você sabe que eu repudio o que ele fez contigo. Fiquei do seu lado o tempo todo, mas vocês têm muita coisa em comum. Por sinal, muitas coisas boas. Você quer que eu faça uma lista?

— Não precisa, Isa — Val respondeu, consciente de que a amiga tinha um pouco de razão.

As duas conversaram por horas e, no final da noite, como sempre, Isa havia conseguido aliviar o peso que Val carregava nas costas.

— Sabe o que você está precisando, Val? De uma boa noite namorando gostoso. Você sabe que tudo que eu sempre quis era que você se entendesse com meu irmão, mas hoje consigo ver que isso nunca mais vai acontecer. A cada dia que passa vocês estão mais afastados — Isa falou, enquanto Val, já sob o efeito da tequila, fez cara de quem provocava um vômito. — Você precisa sair, Val! Estou falando sério. Precisa canalizar sua energia em algo que não seja nem o trabalho nem a Luana. Há quanto tempo você não transa, amiga? Caramba, mulher, você tem quarenta e dois anos, está na idade da loba, não é possível que não sinta falta disso!

— Amiga! Está aí a primeira coisa em que vou discordar de você. Não preciso disso — Val falou gargalhando.

Depois de arrumarem a cozinha, as amigas se despediram e mais uma vez se abraçaram.

— Promete que não vai sumir? — Val falou.

— Prometo, se você prometer primeiro que vai pensar no que te disse. Que precisa gastar a sua energia de loba em outro lugar que não seja no trabalho nem em casa.

— Ai! Lá vem você de novo...

— Promete, Val.

— Está bem, prometo! Só não sei como, se os únicos dois lugares que tenho tempo para frequentar são as cenas de crime e a minha casa, que, ultimamente, é quase isso também.

Nessa noite, Val passou longos minutos revirando-se de um lado ao outro na cama. Por mais que fosse difícil concordar, Isa tinha razão. Há mais de dois anos que não dormia com ninguém, que nem ao menos dera um beijo. E a verdade é que ela sentia falta disso, muita falta.

# 4

## QUINTA-FEIRA, 16 DE ABRIL DE 2015

Val chegou à delegacia por volta das nove horas. O trânsito naquela manhã estava particularmente complicado devido a um acidente de carro na entrada do túnel Zuzu Angel, criando retenções por todas as vias de acesso. A inspetora levou quase duas horas de casa até a delegacia. Nessas situações, cogitava morar mais próximo da Barra, algo que frequentemente surgia em sua cabeça.

Já haviam passado mais de três semanas desde o assassinato no motel, e nesse momento os policiais já sabiam que a vítima se chamava Júlia Nogueira; mesmo assim, a investigação corria a passos lentos. O laudo necroscópico ainda não havia sido liberado pelo IML, e Val acreditava que, uma vez que tivesse o documento em mãos, detalhes importantes seriam revelados.

Todos os dias ela pensava se deveria ou não fazer a maldita ligação para acelerar o processo, mas sua falta de coragem para pedir o favor a impedia de executar a chamada.

Assim que chegou à delegacia, observou a sua mesa de trabalho, que ainda reunia os papéis espalhados do dia anterior. A identidade de Júlia fora descoberta menos de quarenta e oito horas depois do crime, quando um boletim de ocorrência de desaparecimento de uma mulher com as mesmas características da vítima foi registrado na delegacia do Leblon, pelo gerente do salão de beleza onde ela trabalhava.

Durante as semanas seguintes, Val colheu depoimentos de seus colegas de trabalho e de vizinhos. Com uma ordem judicial, foi até o apartamento da vítima e isolou a área para que peritos pudessem trabalhar na tentativa de conseguir pistas do assassino. Mas nada foi encontrado. Buscaram por todos os lados. No apartamento havia apenas impressões digitais de Júlia. Tampouco havia qualquer celular que pudesse ter mensagens trocadas com o autor do crime.

Sobre Júlia, Val descobriu pelos amigos de trabalho que andava bastante animada nos dias antes do crime e não escondia de ninguém que a causa da sua empolgação era um cliente que conhecera semanas antes. Havia saído com ele uma única vez, mas, de acordo com testemunhas, eles se falaram todos os dias, por mais de dez dias.

Em uma das visitas de Val ao salão onde Júlia trabalhava, uma de suas colegas comentou que ele dizia que estava em viagem a trabalho, mas que ligava todas as noites para saber como ela estava.

*Um empresário misterioso. Se interessa por uma cabeleireira. Sai com ela e a mata, mas, antes de sair da cena do crime, deixa uma folha seca de árvore com os números 1178.* Val levantou da cadeira, deixando a papelada de lado. Visivelmente frustrada, foi pegar um café. Percebeu que estava igual a um cachorro, correndo atrás do próprio rabo. As imagens do circuito interno do motel mostravam o casal entrando. Mesmo sem conseguir visualizar o rosto dos ocupantes do veículo, era possível perceber que, na chegada, ocorrida às dez horas e vinte e três minutos, Júlia mostrava-se falante. Gesticulava com os braços e se abaixava em direção à janela do motorista, como se estivesse conferindo as fotos das suítes que eram mostradas pelo recepcionista.

Já na imagem da saída a figura sentada ao lado do motorista estava imóvel. Val trabalhava com duas hipóteses: a primeira era de que a mulher que aparecia na saída do motel seria uma cúmplice do assassino, que entrou no estabelecimento escondida no porta-malas do veículo; a segunda, que essa suposta mulher se tratava de um manequim.

Por mais que a suíte tivesse sido reservada para doze horas, a saída do veículo ocorreu às seis horas e trinta e quatro minutos da manhã, bem antes do prazo.

Pouco depois das três da tarde, o telefone de Val tocou. Ela checou o visor, constatou que era Isa e atendeu de imediato. Desde a última visita da amiga, algumas semanas antes, as duas não se viam pessoalmente. A verdade é que pouco se falaram ao telefone desde então.

Cansada do estressante trabalho investigativo que não se desenrolava, por um momento Val pensou que seria uma boa ideia sair com a ex-cunhada para se distrair. Precisava relaxar e não havia melhor companhia do que Isa.

— Oi, sumida! Tudo bem com você? Ainda está viva?

— Estamos sumidas, né! — Val respondeu, com voz brincalhona. — Você não pode falar nada...

— É verdade, amiga, tenho trabalhado muito cobrindo o lançamento do livro do AC Pereira.

Houve um silêncio incômodo.

— Não tem ideia de quem ele é, não é? — Isa perguntou.

— Eu deveria saber? — Val respondeu, enquanto organizava os papéis que estavam sobre a mesa.

— Eu não sei como ainda sou sua amiga. *Alôuuu*! Chamando Valéria Ricci na terra. AC Pereira só é o maior *best-seller* brasileiro da atualidade e, por sinal, escreve livros policiais maravilhosos. Você deveria conhecer, para se distrair um pouco.

—Isa! Você sabe que não sou de ler e, mesmo que fosse, você acha que eu perderia meu tempo lendo livros policiais? Já passo o dia enfurnada em crimes de verdade. A última coisa que preciso é passar a minha hora de folga imersa nisso também. Além do mais, esses caras romantizam demais a nossa realidade. Fica todo mundo achando que nossa vida é um mar de rosas.

— Ah! Qual é, Val! Deixa de ser ranzinza. Você está ficando uma velha muito da chata, viu?

As palavras de Isa foram seguidas de risos das duas.

— Você me ligou para me esculachar? — Val perguntou.

— Não! Na verdade, liguei porque quero te convidar para ir comigo na noite de autógrafos do AC Pereira. É hoje. Preciso ir. É meu trabalho. Tenho que bater ponto por lá, mas pensei em sairmos para jantar depois disso. O que acha? — Isa implorou pausadamente para que Val se convencesse.

— Acho uma ótima ideia a segunda parte desse seu plano. Não posso ir mais tarde e te encontrar direto no restaurante? — Val perguntou, já sabendo que Isa iria reclamar.

— Claro que não, sua chata! Você vai comigo na livraria e de lá vamos jantar. Eu passo na sua casa às sete em ponto.

Val revirou os olhos, mas concordou.

— Está bem, insuportável! Te espero.

— Até mais tarde, então. Eu te amo, amiga!

— Eu também! — Val respondeu, carinhosamente.

Naquela noite, Val chegou em casa e deu de cara com Luana, que por milagre não se escondeu em seu quarto quando a mãe entrou. Elas se cumprimentaram, e Val percebeu algo diferente na filha. Um brilho curioso em seus olhos, além de uma receptividade incomum, que há tempos não sentia.

Aproveitou para se aproximar e beijar a cabeça da filha, que, dessa vez, permitiu o carinho da mãe. Sem intenção de forçar a barra, Val mostrou-se indiferente e, depois de trocar algumas palavras, falou:

— Vou me arrumar e sair com a sua tia. Vamos ao lançamento de um livro. De um cara que ela diz ser famoso.

— Legal! Deve ser o AC Pereira. — Luana respondeu, para surpresa de Val, percebendo que ela era a única que vivia na ignorância.

— Esse mesmo. Você o conhece? — Val aproveitou a maré boa para trocar mais algumas palavras com a filha.

— Já li alguns livros dele. É legal, sim.

O telefone de Luana tocou e ela abriu um sorriso encantador ao ver quem a chamava. Sem pedir licença, seguiu para o quarto e fechou a porta. Val acompanhou-a com curiosidade e se sentiu agradecida pelos cinco minutos de paz que tivera com a filha. Era uma experiência que há tempos não vivenciava, e sabia que essa mudança repentina só poderia ter uma explicação. Luana estava apaixonada. Val lembrou de quando tinha a mesma idade, época em que começou a se interessar por Jonas. Desde então, sabia que um coração bem cuidado fazia milagres.

Ela tomou um rápido banho e se arrumou. Vestiu uma calça de brim branca e uma blusa de seda azul índigo, deixando-a para fora da calça num estilo despojado. Escolheu acessórios vermelhos e calçou uma sandália de salto alto do mesmo tom. Sempre fora uma mulher vaidosa, mas, ultimamente, era raro ter um compromisso social. Sua vaidade andava adormecida, mas aquela noite havia se tornado especial. O progresso que tivera com a filha reacendeu a chama da vida, e essa felicidade fora a inspiração de que precisava para se produzir com esmero.

Maquiou-se e conferiu o resultado da produção diante do grande espelho de piso encostado no canto do quarto. Gostou do que viu. Adorava a cor azul, sentia-se bem com ela, iluminada. Talvez fosse pela tonalidade ligeiramente avermelhada de seus cabelos, resquício de uma infância em que fora ruiva.

Antes de sair de casa, se despediu de Luana. Ainda ao telefone, a filha apenas respondeu com um aceno de cabeça. Mesmo percebendo a frieza dela, que voltara a se comportar como sempre, Val não se incomodou, pois estava extremamente animada ao escutar risadas frouxas da menina, mesmo que não lhe fossem dirigidas.

Quando chegou à portaria, Isa já estava parada com o carro na frente do prédio. Havia subido ligeiramente sobre a calçada, já que, àquela hora da noite, o tráfego da Rua das Laranjeiras era bastante intenso.

— Caramba, amiga, ainda bem que jogamos em times opostos, senão não sobraria nada para mim — Isa falou com uma voz divertida.

— Estou feliz! — Val disse, contando os detalhes do que havia acontecido entre ela e Luana. — Acho que está apaixonada.

— Nossa, quem quer que seja o causador dessa mudança merece os seus respeitos, amiga. Quem sabe ela não se tranquiliza de vez. Talvez ela esteja voltando para você.

No trajeto, Val pediu para que Isa contasse a respeito do famoso autor. Não queria cometer gafes e aparentar ser uma alienada literária, apesar de ter certeza de que era.

— Esse lançamento de hoje é o sétimo livro da carreira dele. Publicou o primeiro em 2007, acho que foi o *Fogo da Morte*, mas... na verdade estou em dúvida. Não lembro bem a sequência. O fato é que o cara estourou, principalmente, quando dois dos seus livros viraram filmes. E ele tem uma história de vida bem inspiradora. Nasceu em Macaé e veio para o Rio estudar. É de família humilde e alcançou a fama com seu talento. É super simples e bacana. Você vai gostar dele. Além disso, o agente literário dele é um deus grego.

Elas se entreolharam e Val revirou os olhos novamente para a amiga.

— É por isso que você insistiu para que eu viesse?

Isa limitou-se a sorrir.

O evento daquela noite era fechado para imprensa e profissionais do mercado literário. A noite de autógrafos aberta ao público seria na mesma livraria, no domingo seguinte.

Na porta, Isa apresentou os dois convites, e o segurança liberou a entrada. Val logo foi deixada de lado pela ex-cunhada, que tinha que cumprir seus compromissos oficiais, interagindo com algumas pessoas importantes do mercado.

Perdida em um ambiente com o qual não era familiarizada, Val afastou-se e foi até o fundo da loja. De onde estava, notou a concentração de pessoas em um determinado ponto e imaginou que deveria ser o burburinho próximo ao autor. Ainda observando a cena, viu de longe um homem que esbanjava simpatia e percebeu que Isa tinha razão: ele realmente aparentava ser um cara bacana.

Esperou alguns minutos e tentou se aproximar para cumprimentá-lo, mas era impossível chegar perto dele naquele momento, semelhante ao que enfrentava quando se aproximava de uma cena de crime antes que fosse isolada.

Ela caminhava pela livraria despretensiosamente. De vez em quando, tentava encontrar Isa, mas a amiga não era uma pessoa com estatura que se destacasse. Observando o ambiente, circulava com tranquilidade entre os convidados. Alguns garçons serviam vinho e champanhe, mas Val recusou todas as ofertas.

Parou diante da mesa de livros na qual estavam todas as obras do autor. Entediada, olhou mais uma vez para o relógio, mas não haviam passado nem mesmo dez minutos desde a última vez em que conferiu as horas. Seu estômago reclamava de fome, e ela pensava em abandonar a amiga, enviando uma mensagem para que a encontrasse no bistrô que ficava ali perto, mas resolveu esperar quinze minutos mais antes de realmente ir embora.

Val rodeava a mesa, observando as capas dos livros *Fogo da morte, Corpos em chamas, Estrada sem saída*, até se deparar com o livro de título *Enquanto você dormia*. Não pôde deixar de fazer a correlação com o caso de Júlia, já que ela morrera enquanto dormia. A similaridade fez

Val pegar uma das cópias nas mãos e ler a contracapa, mas, antes mesmo de concluir a leitura, foi interrompida pela voz de um homem que se aproximou.

— Esse foi o primeiro livro do AC. O livro que o projetou para a fama.

Val olhou para a pessoa ao seu lado. Surpreendeu-se ao ver um homem alto, com cabelos aloirados e ligeiramente despenteados. Ele sustentava um sorriso gracioso nos lábios. Seus olhos verdes fitavam os dela, e de imediato ela se sentiu atraída por ele, mas, ao mesmo tempo, se incomodou com a invasão do seu espaço. Ele segurava duas taças de vinho e lhe ofereceu uma delas.

— Obrigada! Mas eu não aceito bebidas de estranhos — ela disse, enquanto retornava o livro para a mesa. Percebeu que havia sido grosseira com sua resposta atravessada, arrependendo-se de suas palavras.

— Desculpe a minha indelicadeza. Não quis te ofender. — Ele respondeu, constrangido.

— Não, não! Não é nada pessoal. Eu que peço desculpas. Mas realmente não aceito bebidas sem conhecer sua procedência. — Percebeu que sua justificativa fora ainda pior. Gaguejou ainda mais, enquanto tentava consertar o estrago. — Me desculpe novamente. A verdade é que sou policial e, por precaução e experiência, criei esse hábito inconscientemente — ela sorriu.

— Bom, nesse caso, vou adquirir o mesmo hábito... Vindo de uma especialista, é melhor me precaver.

Ele retribuiu o sorriso e chamou um garçom que estava próximo, apoiando as duas taças de volta na bandeja.

— Deixe eu me apresentar. Meu nome é Arthur, sou agente literário do AC Pereira — ele levou a mão direita à frente do corpo para cumprimentá-la.

— Muito prazer, Arthur. Sou Valéria. — Ela estendeu o braço, apertando sua mão, e completou: — Sei que não deveria estar aqui, que o evento de hoje é exclusivo, fechado para profissionais da área, mas vim a convite de Isadora Ribeiro. Você deve conhecê-la.

— Claro que eu a conheço. Há muitos anos! Aliás, quem não a conhece? Isa é uma verdadeira autoridade do mercado.

Valéria concordou e sorriu, enquanto ele a observava com curiosidade e admiração.

— O que está achando do evento?

Val foi pega de surpresa, não sabia o que dizer. Nunca estivera em uma noite de autógrafos. Não conhecia esse tipo de evento para saber se estava bom ou ruim. Sentia-se um peixe fora d'água.

— Está bacana. Muito bacana!

— Desculpe-me a indiscrição, mas você parece um pouco perdida, não? — Arthur mostrou-se intuitivo, tocando direto na ferida. Apesar do comentário embaraçoso, Valéria apreciava pessoas assim.

— Achei que estava conseguindo disfarçar bem.

— Não se preocupe, sei o que você está sentindo. Não é em todo lugar que a gente se sente bem. — Já teve a oportunidade de conhecer o autor?

— Ainda não, a situação está meio complicada daquele lado — Val respondeu, sinalizando com a cabeça para a direção de onde o autor recebia seus convidados. — Mas assim que as coisas acalmarem pretendo ir até lá.

— Vamos, me siga! Faço questão de apresentá-la — Arthur falou, pegando levemente a sua mão, e a conduziu até AC Pereira.

No caminho, Val cruzou olhares com Isa, que assistia à cena com divertimento.

— AC! Quero te apresentar a Valéria. Valéria... — Arthur olhou para Val, aguardando que ela completasse a frase com o seu sobrenome.

— Ricci — ela disse.

— Valéria Ricci! — ele repetiu — Valéria é policial! Olha que bacana, cara! — Arthur falou informalmente com o escritor, que levantou para cumprimentá-la.

— Uau! Uma honra tê-la aqui. É sempre bom ter contatos na polícia para futuras pesquisas.

— Estarei às ordens — Val falou com simpatia.

— Sabe que tudo que escrevo passa por um estudo minucioso e por muita pesquisa. Falando nisso, tenho um grande amigo policial na delegacia de São Cristóvão. Para esse livro, consultei muito suas opiniões, mas vale lembrar que o livro não passa de ficção.

— Não se preocupe com isso — Val respondeu sorrindo. Mas, na verdade, o que gostaria de ter dito era *não se preocupe, pois não pretendo ler mesmo.*

AC mostrou-se animado por estar conversando com Val e perguntou em qual delegacia ela trabalhava, justificando que, para ele, sendo autor de *thriller* policial, era sempre enriquecedor poder conversar com policiais de verdade. Val mostrou simpatia e dissimulou o seu desconhecimento sobre o autor e suas obras. Fazia anos que não lia nada além de inquéritos policiais e laudos periciais.

— Finalmente, consegui me aproximar do astro da noite — Isa falou, ao juntar-se ao grupo.

— Ah, querida Isadora. Que bom te ver — AC falou empolgado, abraçando-a.

— Olá, Arthur, como vai, querido? — Isa cumprimentou o agente e continuou. — Já vi que conheceram a minha amiga de infância. Quer dizer, somos praticamente irmãs.

Os três iniciaram a conversa de maneira calorosa, porém profissional, deixando Val novamente em uma posição desconfortável.

Pouco tempo depois, Val e Isa se afastaram, cedendo o lugar para outros convidados que ansiavam por falar com o escritor.

— Já estou quase terminando, Val. Aguenta só mais um pouquinho, está bem?

— Se esse for o preço que tenho que pagar para você me levar para jantar, aguento — Val falou, piscando um olho para ela.

Val voltou a ficar sozinha. Dessa vez, afastou-se ainda mais do público e foi observar os livros sobre espiritualidade. Pouco tempo depois, Arthur aproximou-se outra vez.

— Abandonada novamente? Não consigo vê-la sozinha e não fazer nada. Quero que saia daqui com uma boa experiência.

— E por que a preocupação comigo?

— Para que volte em outros eventos literários e a gente possa se reencontrar — Arthur falou, com um grande e encantador sorriso nos lábios, fazendo-a corar.

— Aqui, leve isto! — Arthur entregou o livro que estava sendo publicado.

Foi quando ela percebeu que era a única que não segurava um exemplar nas mãos.

— Um presente para você. Está autografado.

— Ai, me desculpe. Que insensibilidade a minha. Nem pensei em comprar um exemplar para mim. Desculpa mesmo, é que estou cheia de problemas no trabalho e a cabeça cisma em sair daqui.

— Não se preocupe. Só queria que você levasse uma lembrança dessa noite.

— Muito obrigada. Mas não li os outros livros dele. Será que preciso ler os outros primeiro? — Val tentou mostrar interesse, para se redimir de tanto constrangimento que havia provocado naquela noite. Imaginou que, com uma mancada atrás da outra, estava causando uma péssima primeira impressão.

— Não é necessário. Os livros são independentes — ele sorriu, pegou a mão de Val e continuou: — Foi um prazer te conhecer, Valéria. Sua presença trouxe um encanto especial para esse lançamento.

Arthur beijou a sua mão, despediu-se e partiu para se misturar ao resto do grupo.

Val viu o agente se afastar, ainda se recuperando do charme que aquele homem despejara em cima dela. Tinha os olhos perdidos nele quando Isa se aproximou.

— Te falei que ele era um deus grego.

— O quê? — Val perguntou por impulso, ainda estava com os olhos perdidos em Arthur.

— Eu falei que ele era um gato. E, pelo que percebi, você também achou — Isa falou com malícia, sendo repreendida por Val.

Elas saíram da livraria e foram jantar no Anna Ristorante, um italiano perto do Jardim de Alah. Tarde da noite, Val chamou um táxi; não faria a amiga levá-la até sua casa, já que o trajeto era fora do caminho.

Perto da chegada, abriu o livro na primeira página e se deparou com uma dedicatória simpática, porém seca, do autor. Ao virar a página, surpreendeu-se com uma outra mensagem, de Arthur, escrita em um post-it.

*E eu que achei que essa noite seria somente mais um lançamento, como todos os demais. Felizmente estava enganado.*

*Arthur*

Junto à mensagem, um cartão profissional com todos os seus contatos.

# 5

## NO PASSADO

Arthur Vianna deixou a livraria por volta das onze horas da noite. Foi o último a sair do local, junto com Rodrigo, o sócio e gerente da unidade. AC Pereira, o astro da noite, tinha saído cerca de quarenta minutos antes, e Arthur, apesar de ter sido convidado para jantar, recusou.

Arthur e Rodrigo eram amigos de longa data. Apesar de o gerente ser de outra geração e ter idade para ser seu pai, os dois tinham grandes afinidades. No passado, Rodrigo foi funcionário do Banco do Brasil, onde trabalhou por vinte anos, dez deles ao lado de Mauro, o pai de Arthur. A amizade iniciada no ambiente profissional transcendeu para o pessoal, tornando as famílias inseparáveis. Em 2004, incentivado por Mauro, Rodrigo deixou a função — não concursada — que exercia para se dedicar de forma permanente à livraria da qual se tornara sócio alguns anos antes.

Aos trinta e sete anos, Arthur desfrutava do seu melhor momento profissional. Depois de se despedir, enquanto seguia para casa, recordava com nostalgia a trajetória de sua vida. Ele sempre fora um homem reservado, mas não escondia da imprensa as suas origens. Era comum algum meio de comunicação solicitar alguma entrevista e, em todas elas, ele iniciava a conversa com a sua chegada à cidade, aos dez anos de idade.

Natural de Florianópolis, mudou com a família para o Rio de Janeiro, após seu pai ter sido promovido e assumido a gerência de uma agência do Banco do Brasil na cidade.

Assim que chegaram, instalaram-se em um apartamento no bairro do Leme, que era relativamente próximo ao trabalho de Mauro. A agência, que ocupava um edifício de cinco andares, estava localizada na Praia de Botafogo, ao lado de uma enorme loja da Sears, que na década de 1990 se tornaria um shopping center de grande circulação.

Assim que chegaram à nova cidade, Mauro conseguiu, por sua posição no banco, uma vaga para matricular os filhos no concorrido colégio Pedro II, uma das poucas instituições de ensino público que ainda era conceituada na cidade. Desde cedo, Arthur destacava-se dos demais colegas. Aos dez anos, tinha dezesseis centímetros a mais que a média dos meninos da sua idade.

Arthur foi o terceiro filho do casal e, depois dele, nasceu a única menina, três anos mais nova. A família, por ter vindo de uma cidade praiana, adorava passar o dia nas areias da praia do Leme e, de todos os quatro filhos, apenas Arthur se aventurava no surfe — apesar de amar o esporte, não levava jeito.

Por anos, a sua rotina tinha sido colégio, curso de inglês e surfe aos finais de semana com a turma de amigos que fizera no bairro. Descobriu a paixão pela leitura aos quinze anos, quando, incentivado por uma amiga, leu o livro *Assassinato no Expresso do Oriente*, de Agatha Christie. Desde então, nunca mais parou de ler.

Aos dezessete anos, chamava a atenção por seu porte físico. Um dia, quando saía da praia com a prancha embaixo do braço, foi abordado por um olheiro de agência de modelos, que lhe deu um cartão. Animado com a possibilidade de ganhar um dinheiro fazendo trabalhos publicitários, foi desmotivado pela mãe, que suspeitou da autenticidade da abordagem.

Depois de conversarem e buscarem referências no mercado, descobriram que a agência era real e séria, de modo que a mãe cedeu à vontade do filho e o acompanhou em uma primeira visita. Por sugestão da agência de modelos, Arthur fez um *book* de fotos profissionais e não demorou para se tornar o queridinho de diversas campanhas publicitárias, estampando a capa de revistas de moda masculina.

Concomitantemente à profissão de modelo, Arthur cursava Relações Públicas na PUC. Enquanto estudava e, sem perder o hábito de ler por prazer, passou a frequentar feiras de livros e conheceu diversos profissionais do mercado literário, aumentando gradativamente a sua rede de contatos. Dois anos após a sua formatura, abandonou a carreira de modelo fotográfico para se dedicar exclusivamente ao mercado dos livros.

Um pouco antes de mudar seu rumo profissional, quando tinha vinte e dois anos, conheceu a bela Karina Braga em um de seus trabalhos publicitários. Ela passou a ser sua parceira em dezenas de campanhas, já que a química entre os dois transcendia as câmeras fotográficas, e não demorou para que se envolvessem amorosamente. Durante o tempo em que estiveram juntos, Karina não escondia a adoração que tinha por ele, mas esse sentimento não era recíproco.

O relacionamento durou cerca de cinco anos, entre idas e vindas, pois o casal se desentendia constantemente por conta do ciúme doentio que ela sentia. Em uma atitude desesperada e infantil para amarrá-lo de vez, ela engravidou. Ao tomar conhecimento da gestação de Karina, Arthur assumiu toda a responsabilidade que lhe cabia como pai, mas deixou claro que não se uniria a ela.

Assim que deixou a carreira de modelo, Arthur conseguiu um emprego em uma agência de comunicação que se dedicava ao mercado de livros e, em 2006, no mesmo ano em que a filha Isabel nasceu, ele recebeu de maneira inesperada o primeiro manuscrito de AC Pereira.

Animado com o potencial do autor novato e conhecendo profundamente o mercado literário, Arthur apostou alto. Desvinculou-se da agência para a qual trabalhava e iniciou a sua nova atividade como agente independente. Na ocasião, ele acreditava que AC se tornaria o novo nome do mercado. Juntou as suas economias e investiu o que tinha no talentoso escritor, projetando-o ao sucesso.

As lembranças da sua trajetória foram dissipadas assim que ele deixou a escuridão do túnel do Joá e avistou as luzes da vida noturna da Barra da Tijuca. Um novo pensamento surgiu instantaneamente em sua cabeça: Valéria Ricci, a mulher interessante, linda e encantadora que tirara o seu fôlego ao entrar na livraria. Saber que ela trabalhava no mesmo bairro em que ele residia seria desafiador e, ao mesmo tempo, excitante.

# 6

## SEXTA-FEIRA, 8 DE MAIO DE 2015

Há alguns dias, Val trabalhava na investigação com o respaldo do laudo do IML, que havia saído oficialmente na sexta anterior. Nele, fora confirmada a causa da morte por asfixia, mas também estava claro que o assassino havia ministrado uma grande dose de calmante, o que fez a vítima desmaiar antes de sua execução, comprovando que Júlia estava desacordada quando foi sufocada com o auxílio do travesseiro.

A ausência de sêmen no corpo da vítima, ou mesmo na cena do crime, comprovara o que todos especulavam, que não houvera ato sexual antes ou após o homicídio. O legista também identificou que a morte havia ocorrido entre onze horas da noite e uma hora da manhã.

Desde que recebera o laudo, Val pôde preencher as lacunas faltantes e conectar os pontos daquele caso sobre o qual já se sabia quase tudo, menos a identidade do criminoso.

Val havia descoberto que, antes de ingressar no motel, naquela noite de sexta-feira, o casal havia comido pizza. Isso porque, de acordo com o relatório oficial dos legistas, o alimento fora encontrado no aparelho digestivo da vítima, ainda em fase de processamento. Além disso, também foram encontrados vestígios de álcool, mas o corpo estava limpo de substâncias alucinógenas. Ainda ficou constatado que a vítima não era usuária de entorpecentes, ao menos nos últimos 180 dias.

Durante a semana, Val solicitou ao delegado Almeida novas intimações para realizar novos depoimentos. Precisava ouvir os colegas de trabalho de Júlia uma segunda vez. Agora que tinha o panorama completo do crime, pretendia conseguir reconstituir os últimos momentos da vítima em vida.

O que a frustrava em todo esse processo era a falta de imagens captadas por câmeras de rua, que tivessem registrado o trajeto do casal desde o shopping Leblon, onde supostamente eles tinham se encontrado, passando pela pizzaria e chegando à entrada do motel na Barra. *Não é possível que, em pleno 2015, as pessoas ainda andem pelas ruas da cidade sem que as câmeras de vigilância capturem seus passos.*

Em uma determinada manhã, Val e o delegado Almeida estavam prontos para escutar pela segunda vez o cabeleireiro Alex, que trabalhava ombro a ombro com Júlia no salão, proximidade que os tornou íntimos e confidentes. Depois de se cumprimentarem e de se acomodarem na sala de interrogatório da delegacia na Barra, Val posicionou o gravador e apertou o *play*.

Foram mais de quarenta minutos em que ela, além de confrontar a versão do primeiro depoimento, também conseguiu identificar outros detalhes que não haviam sido mencionados antes. De acordo com Alex, Júlia era uma mulher intensa em tudo que se metia. Mergulhava de cabeça em seus objetivos e, ao longo dos últimos dez dias de vida, sua prioridade era conquistar o empresário.

— Todos os dias, Júlia chegava para trabalhar com um sorriso radiante, de orelha a orelha. Dizia que havia passado horas conversando com o tal carinha. Que ele estava caidinho por ela e que ela ia se casar com ele e abrir o seu próprio salão. Ela falava para mim: *Vou te levar para trabalhar comigo no meu salão, e você será o meu gerente, querido!* Eu pegava no pé dela perguntando como ela ia casar se nem sabia o sobrenome do dito cujo. Então ela cantava "devagar, devagarinho", que nem na música. Júlia era uma companheira animada. O salão não é mais o mesmo sem ela.

O nome que o suspeito havia informado ao marcar o horário no salão era Rodrigo, mas, como pagara pelo serviço com dinheiro, era impossível confirmar a sua identidade.

Val e sua equipe trabalhavam com duas hipóteses. A primeira era de crime premeditado. Nesse caso, quais seriam os motivos do criminoso? A segunda, que esse homem conhecera Júlia intimamente e somente depois decidiu matá-la. Seria então um feminicídio ou um crime passional?

Assim que acabou o depoimento, Alex foi dispensado. Val reuniu-se com o delegado para conversar sobre as suas impressões e sobre o destino daquela investigação.

— Não me parece que progredimos até aqui, inspetora.

— É frustrante. Essa falta de vestígios só me faz deduzir que o crime foi premeditado desde o começo. Caso contrário, existiriam cabos soltos. Mas não há nada que nos faça seguir adiante. É como se estivéssemos cavando um buraco na beira do mar. Quanto mais eu cavo, mais água e terra entram no buraco.

— Bem, inspetora, odeio fazer isso, mas não há opção. Vou te dar mais alguns dias... do contrário, teremos que arquivar o caso por falta de provas.

— Isso é humilhante para a polícia, Almeida. É um atestado de incompetência fodido.

— Vá para casa, descanse, toque sua guitarra. Quem sabe não sai nenhuma inspiração?

— Vou fazer isso. Você lembra que amanhã estarei fora visitando a minha mãe?

— Verdade, havia esquecido. Mas pode ficar tranquila. Pelo que vemos, nada vai mudar de hoje para amanhã.

Val se despediu, arrumou seus pertences e voltou para casa. No caminho, deixou o rádio desligado para se concentrar e pensar no caso de Júlia, que mais parecia um jogo de quebra-cabeça monocromático.

Quando estava na Lagoa, o telefone tocou e ela se animou ao ver o nome de Isa no identificador de chamada.

— Tenho um presente para você!

— E por que eu mereço um presente se não é o meu aniversário?

— Não é de minha parte, sou apenas a mensageira.

— Meu Deus! Que mistério é esse? Fala logo de quem é que estou curiosa.

— Não, não! Assim não tem graça nenhuma. Posso levar para você? Estou saindo do escritório. Você já está em casa? Podemos pedir uma pizza.

Meia hora mais tarde, quando Val finalmente chegou a seu apartamento, encontrou Isa conversando com a sobrinha na sala. À sua frente, uma caixa de papel *kraft*, relativamente grande e sem identificação.

Val se aproximou de Luana e lhe deu um beijo no topo da cabeça. Isa percebeu o incômodo da jovem com o carinho da mãe, esquivando-se discretamente. Por mais que nas últimas semanas a relação entre as duas parecesse melhor, ainda estava longe de se tornar perfeita.

Assim que Val chegou, Luana despediu-se da tia dizendo que iria ao cinema com uma amiga. Assim que ela bateu a porta, Val sussurrou:

— Quando eu penso que as coisas estão melhorando entre nós, voltamos à estaca zero.

— Tenha paciência, amiga, ela está passando por um processo difícil. A separação de vocês, a competição que ela sempre teve contigo... que, por sinal, é uma competição desde pequenininha. Não é novidade para ninguém que ela te vê como uma mulher fodona. No fundo, acho que ela tem medo de não te dar orgulho.

— Bobagem! Desde quando ela precisa competir comigo? Sou sua mãe e a amo incondicionalmente.

Val se jogou no sofá, derrotada.

— Ela não tem maturidade para entender isso, Val!

As duas ficaram em silêncio por alguns segundos. Até Isa fazer um movimento repentino, sustentando a caixa ligeiramente pesada.

— Toma. Isso vai te animar!

Val abriu o embrulho, perfurando o centro da fita crepe que o lacrava. Abriu as abas da caixa e se deparou com a coleção completa dos livros do autor AC Pereira. Por cima deles, uma folha de papel ofício dobrada. Val deixou a caixa sobre a mesa de centro e manteve o bilhete nas mãos para lê-lo.

*Valéria,*

*Quando te dei o livro do AC, no dia do lançamento, você me perguntou se precisaria ler os demais. Eu respondi que não, mas estou te enviando toda a coleção caso você se interesse.*

*Com carinho, Arthur*

— Que delicado — Val falou, ao terminar de ler a nota.

— Delicado? O homem está doidinho por você.

— Que tolice, Isa. Ele é um garoto.

— Que desculpa mais esfarrapada é essa, inspetora Valéria. Está certo que ele é mais novo, mas não exagera, vai! Além do mais... cacete... vocês fazem um casal de fechar o trânsito.

Val riu do comentário e pegou o telefone a fim de ligar para a pizzaria. Enquanto aguardava o atendimento, ela foi até o quarto e pegou o livro que havia ganhado de Arthur na noite do lançamento, mostrando a dedicatória que ele havia escrito. Isa deu um berro, assustando Val, que por reflexo desligou a ligação antes mesmo de fazer o pedido.

— Sua cretina, traíra! — Isa exclamou, revoltada. — Por que você não me mostrou isso antes? Ainda mandou o cartão dele! Agora estou entendendo por que ele apelou para mim, pedindo para te trazer a caixa em mãos. Você o ignorou por completo. Você vai pegar esse telefone agora e mandar uma mensagem para ele, agradecendo os livros.

— Para uma mulher do seu tamanho, você é bem abusada, sabia? — Val falou às gargalhadas, mas acatou a sugestão da ex-cunhada, concordando que agradecer era a coisa certa a fazer.

*Olá, Arthur, sou Valéria Ricci.*
*Acabo de receber os livros. Muito obrigada.*

Antes de Val apertar enviar, Isa puxou o telefone de sua mão, apagou o que ela havia escrito e reescreveu o texto, enviando-o antes que a amiga o visse.

— Puta merda, Isa! Você sabe que eu poderia te prender por isso, né? Como você faz uma coisa dessas? — Val falou, indignada ao perceber que a mensagem enviada já tinha dois traços azuis, indicando que fora lida.

— Você está precisando de um empurrão, amiga. Já te disse que precisa gastar as suas energias em outras coisas além do trabalho e de Luana. Vai beijar na boca! Vai dar uma boa trepada. E que se dane que ele tem cinco ou dez anos a menos que você. Ninguém está dizendo para você se casar com ele. É só uma companhia, um pouco de diversão.

Val escutava em silêncio o que a amiga dizia e não tinha coragem de se manifestar.

— O meu irmão não demorou nem um mês para aproveitar a vida de solteiro depois da separação de vocês. E você está aí, há dois anos, sozinha. Bola pra frente, Val. *Sai que é tuuua, Taffarel!*

O celular de Val apitou, informando que ela havia recebido uma nova mensagem. Mesmo sem olhar, já sabia que seria a resposta de

Arthur e, no fundo, Val tinha medo de lê-la. Isa pegou a bolsa, levantou-se e disse.

— Eu já vou. Vou te deixar sozinha. Você está precisando de um tempo para refletir sobre o que quer fazer da sua vida. Você tem a faca e o queijo na mão. Você é uma mulher linda, poderosa, bem-sucedida, mas também é muito, muito solitária. E, pelo visto — Isa apontou para o telefone de Val —, a solidão só depende de você. Pensa nisso! — Isa aproximou-se, deu um beijo carinhoso na bochecha da amiga e partiu.

Por mais que fosse difícil aceitar, Val sabia que ela tinha razão. Jonas nunca havia demonstrado sofrimento pós-separação, partindo para a ação pouco tempo depois. Em suas redes sociais, esbanjava mulheres dignas de portfólios de agência de modelos. Ele não permanecia mais do que quatro semanas com a mesma companhia. Não escondia a sua nova condição, e isso a deixava incomodada. Irritava-se ainda mais por perceber que o comportamento explicitamente libertino do pai não incomodava a filha, que aparentemente achava aquilo bastante natural. Naquela noite, ao deitar, resolveu ler a mensagem recebida de Arthur, além de reler a mensagem que Isa havia enviado por ela.

**19:16**

Olá, Arthur, em primeiro lugar gostaria de me desculpar por não ter te procurado antes. Estive ocupada essas últimas semanas.
Em segundo lugar, saiba que li a sua dedicatória no livro que me deu no lançamento. Compartilho do mesmo sentimento. Obrigada pelo presente, prometo ler todos eles. Ah! Pode me chamar de Val. Um beijo carinhoso.

**19:20**

Val, então, é? Não precisa agradecer. Para ser sincero, não foi nada nobre o meu gesto. Na verdade, é um ato bastante egoísta. Foi a única maneira que encontrei de me aproximar de você. A.

**20:44**

A única? Para um homem que trabalha com arte, você é pouco criativo. Rsrsrs

**20:45**

Oi, sumida, achei que tivesse te assustado com a minha mensagem. Talvez não fosse falta de criatividade, mas medo.

**20:45**

Hahaha, não me assusto facilmente. Medo?! Por quê? Fique sabendo que eu não mordo, não.

**20:45**

Pode não morder, mas intimida. E muito. rsrsrs

**20:45**

É preciso manter a pose.

**20:46**

Rsrsrs, posso garantir que consegue com maestria. Mas será que já posso relaxar?

**20:46**

Acho que sim!

**20:46**

Que boa notícia! Posso te ligar?

Val respondeu a última pergunta imediatamente, e segundos depois o seu telefone tocou ao mesmo tempo em que seu coração acelerou de maneira supreendentemente acolhedora.

# 7

## SÁBADO, 9 DE MAIO DE 2015

Val parou o carro no estacionamento da clínica, às quinze pras dez da manhã. Sentia sono. Tinha ido dormir mais tarde do que o previsto para quem precisava subir a serra na manhã seguinte. Mas a conversa por telefone com Arthur na noite anterior havia sido excitante. Reviveu sentimentos que não acreditava que ainda existiam.

O frio na espinha, o formigamento no estômago, o arrepio na nuca. Cada palavra que Arthur pronunciava do outro lado da linha despertava um estímulo novo em seu corpo.

Eles tinham se encontrado uma única vez e ela lembrava os detalhes do seu rosto jovem e viril. Era um homem atraente, sedutor e, depois de ter passado horas conversando com ele por telefone, Val já o via com mais interesse.

Arthur era engraçado, capaz de fazê-la rir por quase todo tempo em que estiveram ao telefone. Era um entusiasta, apaixonado pelo que fazia. De certa maneira, ele havia conseguido o impossível, fazer com que ela olhasse com carinho a pilha de livros que ganhara.

Naquela manhã, assim que acordou, perguntou se a filha não queria subir a serra com ela. Fazia tempo que Luana não visitava a avó e, por mais que essa falta de interesse não incomodasse Inês, a apatia da jovem chateava Val.

Avistou, ainda do estacionamento, a enfermeira que a aguardava para ingressar na clínica.

— Como ela está? — Val perguntou assim que se aproximou.

— Esteve um pouco agitada nos últimos dias, mas de uma maneira geral está bem. Repetiu muitas vezes "meu pai".

Inês tinha sido internada na clínica de repouso há pouco mais de sete anos, quando passou a necessitar de assistência vinte e quatro horas, algo que Val não podia fazer. Na ocasião, foi uma decisão difícil de se tomar. Inês havia sido diagnosticada com Alzheimer há dez anos e, no início da doença, ficara acompanhada de uma cuidadora para o período da noite. Por algum tempo, Val conseguia conciliar as folgas da cuidadora com as suas e, assim, quando a mãe não era assistida por uma, era pela outra, mas, com a evolução natural da doença, Val precisou tomar uma decisão entre contratar um serviço de assistência vinte e quatro horas, o que, pelas leis trabalhistas, exigiria rotação entre três enfermeiras ao longo da semana, e procurar uma casa de repouso.

Foram meses de busca. Inicialmente, Val buscava um local no Rio onde pudesse visitar a mãe com grande frequência, senão todos os dias. Mas em todas as clínicas tinha vontade de sair antes mesmo de iniciar o reconhecimento. Não conseguia imaginar a sua mãe vivendo em nenhum daqueles lugares.

Foi então que Jonas, ainda casado com ela, sugeriu que ampliassem a área geográfica de procura. Sendo médico, conseguiu através de seus contatos encontrar uma casa de repouso em Petrópolis. Ficava em um lugar acolhedor, junto à natureza, e tinha uma estrutura encantadora. Felizmente, a pensão que Inês recebia como juíza federal aposentada era suficiente para arcar com os custos da luxuosa clínica.

Inês ainda era lúcida quando foi internada, mas precisava de auxílio para as tarefas do dia a dia. Naquele tempo, Val a visitava em todas as suas folgas, mas à medida que a mãe foi perdendo a clareza sobre o que acontecia, ela foi espaçando as visitas, que passaram a ocorrer a cada dois finais de semana, ou quando era acionada em função de alguma urgência.

Elas sempre foram próximas. O pai de Val havia abandonado a mãe quando a filha tinha apenas nove anos. O homem que ela idolatrava, que era o seu herói, de um dia para o outro largou a família, e Val nunca mais o viu. Desde então, eram somente as duas. E elas se uniram ainda mais, suprindo a lacuna criada pelo abandono.

Era desse tipo de proximidade na relação que Val sentia falta com Luana. Elas nunca foram agarradas como Val um dia foi com a própria mãe. Agora, sentia que não era próxima nem de uma nem de outra.

Assim que entrou no quarto, viu Inês sentada na poltrona junto à janela. Com o violão pendurado nas costas, Val ajudou a enfermeira a acomodar Inês na cadeira de rodas e logo saiu empurrando a mãe pelo corredor do hospital em direção ao pátio.

O dia estava lindo, os raios de sol alcançavam a vegetação exaltando as cores vivas da flora. Sob uma árvore, próxima a um banco de madeira, Val acomodou a cadeira de rodas da mãe e sentou ao seu lado. Tirou o violão do case e o posicionou em seu colo.

Inês adorava música, e isso era uma das poucas coisas com que ainda interagia.

*Vai minha tristeza e diz a ela*
*Que sem ela não pode ser*
*Diz-lhe numa prece que ela regresse*
*Porque eu não posso mais sofrer*

*Chega de saudade, a realidade é que sem ela*
*Não há paz, não há beleza, é só*
*Tristeza e a melancolia*
*Que não sai de mim, não sai de mim, não sai...*

Assim que Val começou a cantar "Chega de Saudade", de João Gilberto, Inês esboçou um sorriso tímido nos lábios, fechou os olhos e moveu as mãos, que estavam apoiadas sobre as coxas, para cima e para baixo.

Val ficou mais de duas horas cantando músicas de bossa nova para a mãe, que parecia reconhecer todo o repertório cantado pela voz suave e harmônica da filha. Passava do meio-dia quando a enfermeira veio ao encontro das duas. Val fazia carinho nas mãos da mãe e contava como Luana estava.

— Está na hora do almoço dela, dona Valéria. Preciso levar a dona Inês para dentro.

— Claro! Claro que sim.

— Se a senhora quiser almoçar aqui, sabe que é sempre bem-vinda.

— Muito obrigada, mas preciso retornar para o Rio.

No refeitório, enquanto preparavam os alimentos de Inês, a filha abraçou a mãe e se despediu dela. Pouco tempo depois, colocava o violão no banco traseiro do carro.

Seu telefone tocou quando ela ainda se acomodava no carro. Era Urso, que a cumprimentou rapidamente antes de falar.

— Acharam um corpo em uma rua deserta na área do porto e estão solicitando a sua presença no local.

— Mas o que tenho a ver com isso? Isso é trabalho pra a 6ª DP! — Val disse, enquanto colocava a chave na ignição.

— Existe uma conexão com o caso da Júlia. Parece que é obra da mesma pessoa.

O telefone de Val apitou, e ela olhou a imagem em seu celular. Era a foto de uma folha de árvore seca com a inscrição 681, com uma caligrafia similar à do primeiro caso.

Val olhou incrédula para a fotografia e acelerou o carro sobre o chão de cascalho do estacionamento da clínica.

# 8

## NO PASSADO

Ele estava de férias escolares no dia em que fugiu de casa. Havia tomado a decisão de supetão. Naquela manhã, seguindo a mesma rotina dos últimos quatro anos desde que o pai morrera, a mãe, antes de sair e passar o dia na rua, fez questão de humilhar o filho. O apelido dado a ele na infância, fedelho remelento, por vezes ainda ressurgia no seu vocabulário. Eram palavras que doíam, até mais do que os abusos que recebia da empregada.

A cada dia que passava ele se tornava um rapaz mais introspectivo e cheio de problemas emocionais. Em plena puberdade, quando os questionamentos sobre a existência eram naturais, para ele tinham um peso ainda maior. Várias vezes pensou em acabar com tudo: acabar com a própria vida, ou com a vida da sua abusadora, ou até mesmo com a da mãe.

O hábito de leitura, adquirido quando o pai ainda era vivo e passava horas em pé de guerra com a mãe, foi o que o salvou daqueles pensamentos macabros. Quando não estava na escola ou em casa, escutando os insultos da mãe ou sendo abusado pela empregada, trancava-se no banheiro e lia.

Para comprar os livros, costumava roubar notas de pouco valor da carteira da mãe, se aproveitando do momento em que ela capotava sobre a cama, ainda com a roupa perfumada de bebida e cigarro.

Os livros, comprados em um sebo próximo ao colégio em que estudava, eram guardados embaixo de sua cama, já que esse era um lugar ignorado pela empregada como tantos outros da casa. Com frequência era ele próprio que trazia uma vassoura e um pano úmido para limpar o ambiente que tanto apreciava. Havia mais de cinquenta livros sob o colchão em que dormia.

Assim que tomou a decisão de fugir de casa, chorou ao perceber que teria que deixar grande parte dos seus bens mais preciosos para trás. Selecionar a meia dúzia de livros que conseguiria colocar na mochila foi uma verdadeira escolha de Sofia. Irônico por ser este livro, do autor William Styron, um dos que ele mantinha em seu acervo oculto.

Depois de colocá-lo na mochila, junto com outros escolhidos a dedo, ele abriu a porta do quarto silenciosamente. Precisava garantir que estava em um ambiente propício para seguir seu plano. Percebeu que a mãe já não estava em casa, mas escutava a empregada cantarolar na cozinha, o que seria um problema, já que ela não permitiria que ele saísse. A mulher tinha seu cronograma de atividades, e naquele momento não havia motivos para que ele fosse para a rua.

Seu plano de fuga daria certo se seguisse exatamente as etapas que havia desenhado em sua cabeça. Primeiro pegou a chave mestra do banheiro, a que a mãe usava quando ele passava longas horas trancado lendo, o que às vezes a deixava irritada. Trancou a porta por fora sem fazer barulho, mas antes fez questão de tampar o ralo da pia e ligar a torneira — com pouca pressão, para que o ruído não chamasse atenção. A inundação não era nenhuma obrigatoriedade para a execução do plano, mas achou divertido inundar a casa somente para provocar a mãe.

Com o banheiro trancado, ele partiu para a ação. Foi até a cozinha, abriu a geladeira e pegou uma maçã. Começou a comê-la encostado no balcão e falou para a empregada:

— Acho que estou crescendo. Não é sempre que isso acontece, mas estou com vontade de te chupar.

Surpresa com a investida do rapaz, ela ficou imóvel, já que isso nunca havia acontecido. Era sempre ela que o forçava a fazer aquilo que queria, usando técnicas de tortura psicológica.

— Que foi? — ele perguntou, levantando o tom de voz. — Anda, vá se lavar. Bem lavado, viu! E aproveita para cortar os pentelhos, não quero seu pelo preso na minha garganta.

Excitada, a mulher correu para o banheiro que ficava na área de serviço, e ele para o seu quarto a fim pegar a mochila. Saiu do apartamento para nunca mais voltar, enquanto a empregada, iludida, se higienizava.

# 9

## SÁBADO, 9 DE MAIO DE 2015

Val dirigia com pressa, contudo com precaução. Descia a serra pela Rodovia Washington Luís, trecho da BR-040 entre as cidades de Petrópolis e Rio de Janeiro. Mas, pouco antes de chegar na parte plana da estrada, um grave acidente travou o trânsito. Carros colidiram em uma curva e rodopiaram diversas vezes antes de atravancar as duas faixas da estrada. Havia vítimas presas nas ferragens, e os veículos não puderam ser removidos até a chegada do resgate. Enquanto isso, Val conversava com Urso pelo celular e recebia fotos do local onde o corpo fora encontrado na tarde do dia anterior.

De acordo com o parceiro, a polícia recebera uma denúncia anônima informando que um forte cheiro exalava de um carro abandonado há alguns dias na travessa Brito Teixeira, na Gamboa.

O chamado foi atendido horas depois por uma viatura da 6ª DP, que confirmou o olor de putrefação e imediatamente vistoriou o veículo, encontrando o corpo de uma mulher amordaçada. Eles isolaram a área por volta das quatro horas da tarde e chamaram a perícia para o local.

— A conexão com o caso de Júlia só foi feita no final da manhã de hoje, quando um perito identificou uma das pistas coletadas na cena do crime e conectou ao caso que estamos investigando por aqui. Foram eles que fizeram o alerta na nossa DP — Urso falou, antes de completar: — Já estou a caminho.

— Assim que você chegar ao local, certifique-se de que essa folha seca é realmente semelhante ao material encontrado na cena do crime de Júlia. Assim que você autenticar, já pode classificar esses dois materiais como *Evidência 7*, para que esse caso siga um novo rumo.

Val já suspeitava que a folha seca encontrada no motel era a *Evidência 7* do caso de Júlia, mas agora, com o novo corpo e o mesmo vestígio encontrado, estava claro que os casos estavam conectados e que as folhas secas com os números enigmáticos eram a *evidência 7* daquela investigação.

Val olhou para o relógio, viu que já passava das cinco horas da tarde.

— Estou presa na estrada, Urso. Não tenho como sair daqui até que liberem a pista. O corpo já está no IML? Preciso vê-lo. Adianta isso pra gente. Peça autorização do delegado para irmos lá.

Val seguiu viagem assim que a estrada foi liberada. Eram sete horas da noite quando chegou à capital. Sua intenção era ir diretamente para o IML, mas havia recebido pouco tempo antes uma mensagem de Urso: *Almeida autorizou, mas ele quer ver você primeiro. Amanhã, antes das nove, na DP.*

Frustrada, não havia o que pudesse fazer. Seguiu direto para casa.

Depois de um banho quente, com a toalha ainda enrolada na cabeça, resolveu checar as mensagens que havia recebido no WhatsApp ao longo do dia, mas que não tivera como ler. Dentre elas, havia uma de Arthur. Por mais que não tivesse cabeça para pensar sobre ele naquele momento, ver o seu nome aqueceu o seu coração.

**16:15**

Não preguei o olho essa noite.

**16:15**

Nosso papo me fez bem. Adorei te conhecer um pouco mais. Seu senso de humor é cativante.

**16:15**

Aproveitando que hoje é sábado, quer jantar comigo?

**20:34**

Boa noite, Arthur, me desculpa a demora. Só pude ver a sua mensagem agora. O meu dia foi uma loucura. Fiquei presa em um engarrafamento na Rio-Petrópolis por mais de cinco horas.

**20:35**

Enquanto estava na estrada, fiquei trabalhando em um novo caso que apareceu essa manhã.

**20:35**

Vou adorar jantar com você, mas não hoje. Estou sem cabeça e não seria uma boa companhia. Podemos deixar para outro dia?

**20:36**

Oi, Val, que inferno deve ter sido ficar tanto tempo na estrada. Descanse.

**20:36**

Podemos deixar para outro dia, sim. Ah! Acho difícil de acreditar que você seja uma má companhia. :) Boa noite.

**20:36**

:)

As mensagens trocadas com Arthur fizeram Val sorrir. Era uma sensação que não experimentava há tempos. Lembrou da filha suspirando daquela mesma forma semanas antes e se sentiu boba de se comparar com a adolescente, afinal já era uma mulher de quarenta e dois anos, divorciada e experiente. *Seria mesmo uma tolice me apaixonar na minha idade?*

Na manhã de domingo, chegou à delegacia às oito e quinze. Conversava com Urso sobre os detalhes do novo caso, nomeado 681. Aguardavam Almeida para que ele desse o direcionamento da investigação.

Assim que o delegado chegou, o acompanharam e se fecharam em sua sala.

— O caso é o seguinte. A iminência de estarmos lidando com um assassino em série fez com que o assunto subisse para a delegada regional, que está colocando a faca no meu pescoço para solucionarmos o caso antes que ele caia na graça do povo e todo mundo pire com a ideia de ter um assassino solto pela cidade. Temos que descobrir tudo o que correlaciona um crime ao outro e tentar evitar a execução de outras vítimas. Sendo assim, tenho carta branca para fazer o que for necessário com o objetivo de acelerar a investigação, claro que usando de métodos legais.

— Por onde começamos? — Urso perguntou.

— A investigação será reforçada com o apoio do Dr. Ribeiro — Almeida falou isso encarando Val.

Urso também olhou de relance para a parceira e viu quando ela fincou as unhas contra o braço da cadeira.

— Não temos alternativa, Valéria. Você sabe que ele é o legista mais competente do estado, quiçá do Brasil.

— Você esqueceu de comentar que ele é o meu ex-marido. Porra, Almeida! Vocês vão me obrigar a trabalhar com ele agora? Isso não vai dar certo.

A porta da sala do delegado abriu e Val escutou uma voz atrás dela.

— O que não vai dar certo? — Jonas falou ao entrar e se unir aos policiais.

— Isso, Jonas! — Val falou, apontando para si e para ele em movimentos constantes.

— Eu também estava com saudades da nossa parceria, Val — Jonas falou, sorrindo.

— Está vendo, Almeida? Você acha que tem alguma chance de isso funcionar?

Almeida deu um forte tapa sobre a mesa e se levantou bruscamente, enquanto Urso se encolhia. Apesar da avantajada estatura, naquele momento ele parecia o menor de todos na sala.

— Chega, caralho! Vocês parecem duas crianças pirracentas. Val, vê se amadurece e encara o Ribeiro como o policial competente que é. E você, Ribeiro... Porra, cara, manera também! Se não, vamos todos nos foder com a corregedoria.

O perito médico legal Jonas Ribeiro era o profissional mais bem conceituado e respeitado em sua área de atuação. Diziam que ele ouvia os mortos melhor do que os vivos. Era um homem acostumado à violenta rotina de uma cidade muitas vezes negligenciada pelas autoridades. Dizia que o IML era o retrato da doença urbana, um lugar a que só chegavam as vítimas de causa não naturais: assassinados, acidentados, suicidas.

Aos quarenta e quatro anos, passava horas do seu dia debruçado sobre corpos na mesa fria de aço. Chegou a fazer sozinho mais de vinte necropsias em um único plantão. Vinte era o número médio diário de todos os plantões, mas às sextas-feiras as estatísticas pioravam, e os médicos plantonistas chamavam de o *Dia da Matança Carioca.*

Sua especialidade eram armas de fogo, afinal, em uma cidade como o Rio de Janeiro, vítimas por arma de fogo representavam mais de oitenta por cento dos casos.

A decisão de se tornar médico legista aconteceu ainda quando estudava. Na universidade, ele amava as aulas de anatomia. Todo o tempo livre disponível era usado dentro do laboratório, dissecando cadáveres. Nessa época ele já namorava Val, que ao se formar em direito resolveu fazer o concurso para a Polícia Civil. A pontuação que obteve não lhe permitiu exercer a função de delegada, mas garantiu a vaga de inspetora. Na ocasião, aceitou o cargo; queria usar a experiência para confirmar a sua vocação para a polícia.

Assim que Val ingressou na polícia, Jonas ficou encantado com a empolgação da namorada. Adorava escutar suas histórias sobre cada dia de trabalho. Assim, no ano seguinte, quando recebeu o registro do Conselho Regional de Medicina, fez o concurso para médico legista da Polícia Civil e se empolgou ao descobrir que havia passado na prova. A partir daquele dia, era oficialmente um perito médico legal.

Além dos plantões de vinte e quatro horas, Jonas também exercia a medicina em outros hospitais. O início de sua carreira não havia sido fácil, mas sua paixão pelo ofício dava sentido à vida sacrificada que levava. Hoje em dia, além dos plantões como médico generalista, ele também atendia em seu consultório particular, de onde provinha a maior parte de sua renda.

Passado o calor inicial de descobrir que haveria um caso em que oficialmente trabalhariam juntos, Val e Jonas se reuniram para falar sobre o corpo achado na rua sem saída. Seguiram em carros separados para o IML, enquanto Urso ficou na delegacia finalizando o trabalho burocrático do caso que se iniciava.

Val recebeu um crachá provisório do Instituto Médico Legal, que lhe daria acesso livre pelo tempo que fosse necessário durante aquela investigação.

— Com a ligação entre os dois casos, foi autorizada a exumação do corpo da outra vítima, Júlia. É isso? — Jonas perguntou, e Val confirmou com um movimento de cabeça.

— Foi você que trabalhou no caso dela? — Val perguntou, enquanto eles caminhavam pelo corredor gelado do instituto.

— Não. Ela chegou fora do meu plantão. Por isso pedi a exumação. Agora que sabemos que os casos se conectam quero tê-los lado a lado.

A temperatura na sala de necropsia era baixa, mas não tão baixa quanto a da sala ao lado, o necrotério, que precisava ser mantido a 2ºC para garantir o retardamento da putrefação dos cadáveres.

— Não sei como você consegue viver nesse ambiente, Jonas — Val falou, enquanto o ex-marido arrastava a cama de aço que sustentava o corpo da jovem encontrada dentro do porta-malas.

Ele encarou a ex-esposa e, sem falar nada, sorriu com o canto da boca.

## 10

### QUARTA-FEIRA, 15 DE ABRIL DE 2015

Eram sete horas da noite quando ele entrou no sobrado próximo à praça Mauá. Havia pesquisado o local e descobrira que ali, duas vezes por semana, acontecia uma reunião dos Alcoólicos Anônimos.

Não havia dormido na noite anterior; mantivera-se alerta com a ajuda de medicamentos, café e música eletrônica. A privação de sono era uma ferramenta imprescindível para aparentar cansaço físico e desgaste emocional.

Seu objetivo naquela noite era sondar o local. Conhecer o ambiente e as pessoas. Fazia um estudo de campo e sabia que era possível que a execução desse novo crime levasse mais tempo do que a do anterior.

Apresentou-se ao coordenador do grupo, um alcoólatra assumido, que se vangloriou ao dizer que estava há dois mil duzentos e setenta e quatro dias sem beber, encorajando-o a assumir o mesmo compromisso.

— A reunião do grupo vai te ajudar — o homem disse. — Você vai ver! Aqui somos uma família de apoio. Você já deu o primeiro passo ao nos procurar. Já está no caminho certo para o tratamento.

Ele agradeceu.

Mostrando timidez, foi encaminhado ao seu lugar e apresentado ao grupo de dezessete pessoas que aguardavam o início da reunião.

Ele observou com atenção o início da sessão, enquanto o coordenador proferia palavras de incentivo. As pessoas reagiam de maneiras diferentes. Umas acenavam as cabeças para cima e para baixo, concordando com o que era dito. Outras encaravam o coordenador com seriedade, com expressões indecifráveis. Ainda havia aquelas que, por vergonha, não tinham coragem de fitar o palestrante e desviavam os olhos para baixo, como se tivessem medo de encarar a realidade de frente. Mas, diferentemente de todos esses, havia uma mulher que chamou a sua atenção. Ela olhava o coordenador e chorava com discrição. Algumas vezes, limpava as lágrimas com delicadeza.

A mulher aparentava um pouco mais de quarenta anos. Parecia ter sido uma mulher bonita antes do desgaste causado pela bebida. Ele ficou animado quando o coordenador, após quarenta minutos de palavras motivacionais, deu voz a quem quisesse falar, para compartilhar experiências pessoais. Essa era a chance de que ele precisava para conhecer um pouco mais os candidatos de seu próximo ato.

*Eu sou Oswaldo, hoje é minha primeira vez aqui... Eu sou Joice e estou há trinta e três dias sem beber... Eu sou Roberto, estava há sete dias sem beber, mas...* Assim, as histórias foram se somando. Ninguém era obrigado a falar, o ambiente era amigável. Esse era o segredo dos encontros. Os participantes tinham que se sentir acolhidos para ultrapassar a barreira inicial e dividir as suas angústias e medos.

A mulher por quem ele se interessara não se manifestou; muito menos ele o faria, não pretendia direcionar os holofotes em sua direção. Queria passar despercebido pelo grupo.

Eram nove horas da noite quando a reunião terminou. Ele se levantou, seguindo o movimento de todos. Pretendia sair de imediato e seguir a mulher que lhe atraiu atenção. Precisava confirmar se ela preenchia os requisitos para participar do seu plano; mas, no momento em que saía sorrateiramente, foi chamado pelo coordenador, que quis saber como ele se sentira. Naquela noite, ele perdeu a chance de segui-la.

No encontro seguinte, alguns dias depois, ele retornou sem ter certeza de que a mulher estaria presente. Ele não sabia nada sobre ela, se a reunião em que estiveram juntos fora a sua primeira vez ou se era uma frequentadora assídua dos encontros. Para a sua felicidade, ela estava lá, sentada na mesma cadeira e se comportando da mesma maneira. Ao final dessa noite, ele conseguiu segui-la.

Ela caminhou até a estação Uruguaiana do metrô, comprou um bilhete e desceu para a plataforma em direção à zona norte da cidade. Ele entrou no mesmo vagão, mas tomou cuidado para não ser notado, embarcando na outra extremidade. Ela parecia abalada e pensativa. Sem conseguir esconder seu interesse, ele a encarava, questionando-se sobre o que se passava pela sua cabeça.

Ao chegar à estação Estácio, ela desembarcou junto a tantas pessoas que fariam baldeação para a linha dois, mas, diferentemente, ela seguiu para a saída. Na superfície, àquela hora da noite, as ruas estavam desertas. Ele concluiu que, se esse trajeto fosse uma rotina, não teria trabalho para executar o seu plano.

Caminharam por cerca de cinco minutos até ela entrar em um sobrado próximo ao Sambódromo. Satisfeito, ele pegou um táxi, feliz de ter descoberto onde ela morava.

Na semana seguinte, deu prosseguimento ao seu plano. Passou a fazer plantão a partir das quatro horas da manhã próximo à portaria de sua casa e descobriu que ela, durante os dias, só saia para ir ao mercado da região e, à noite, duas vezes por semana, seguia para o encontro do AA. Não recebia visitas, não saía para trabalhar, não se encontrava com ninguém. Era uma verdadeira incógnita que o fascinava.

A segunda parte do plano ele conseguiu executar na terceira semana de idas ao AA, quando iniciou uma aproximação estratégica com a mulher. Sentou-se próximo a ela e, em um intervalo, puxou uma conversa inocente. Inicialmente ela não lhe deu confiança, mas aos poucos foi baixando a guarda.

Ao terminar a reunião, eles saíram juntos. Certo de que ela não resistiria ao seu charme, ele ofereceu uma carona, mas ela recusou e seguiu o seu curso para casa. A rejeição foi somente um estímulo na sua ânsia de finalizar a execução naquela mesma noite.

Conhecendo bem o destino da futura vítima, apressou-se e seguiu até lá de carro, chegando antes dela. Estacionou em uma rua deserta perto da casa dela, por onde sabia que ela passaria, e ficou aguardando.

Quinze minutos depois de chegar ao local da emboscada, ele viu a sua aproximação. Embebeu um pano com éter e saiu discretamente do carro. Pouco tempo depois, ela estava desacordada no banco de trás do veículo que seria abandonado no centro da cidade.

## 11

### INÍCIO DA NOITE DE DOMINGO, 10 DE MAIO DE 2015

Foram poucos os momentos ao longo da carreira de Val em que ela se arrependia de ser inspetora, e aquele era um deles. A sala de necropsia era o local mais deprimente do mundo. Aliás, Val estava segura de que se o inferno existisse seria semelhante àquele lugar.

A imagem dos legistas debruçados sobre os cadáveres abertos lembrava uma cena rural em que a carcaça de um animal era devorada por abutres famintos. *O médico legista não pode ser uma pessoa normal*, ela pensava enquanto os via trabalhar.

Val entendia o porquê de muitas vezes, quando ainda era casada com Jonas, ele não querer falar sobre seu dia de trabalho. Mas, observando-o em ação, ele parecia não se importar com aquela rotina, como se já estivesse vacinado e fosse imune à dor que o lugar emanava.

O corpo da mulher encontrada foi analisado com detalhes por Jonas e Val. Usando vestimenta apropriada, luvas e um tampão no nariz para amenizar o cheiro pútrido, ela olhava atenta o estado em que os restos mortais se encontravam.

Enquanto Jonas analisava o cadáver, Val via as fotos tiradas pelos peritos que trabalharam na cena do crime.

A mulher, que trajava um vestido rosa, fora trancafiada no porta-malas do veículo e encontrada em posição fetal, com as mãos e os pés amarrados juntos e os braços passando ao redor das pernas dobradas. Pela fotografia, tinha os olhos abertos e uma fita isolante tapando a boca.

Segundo Jonas, ela não apresentava sinais de violência, além do fato de ter sido amarada como um porco para o abate. Não havia ossos quebrados ou hematomas evidentes. Não foram achados resquícios de pele sob as unhas, o que seria natural em uma situação de resistência. Tampouco foram encontrados indícios de abuso sexual.

— Causa da morte, asfixia — Jonas falou, olhando para Val.

— Assim como a Júlia. E, assim como no caso anterior, não conseguimos identificar a vítima, a perícia não encontrou documentos no local.

— As impressões digitais já foram coletadas, se ela tiver passagem pela polícia saberemos logo.

Val se aproximou do cadáver, observou de perto o estágio da decomposição.

— Com esse inchaço do abdômen e essa tonalidade da pele, ela está morta há... o quê... uns três ou quatro dias?

Jonas confirmou.

— Vou começar a abri-la. Você quer participar? — ele perguntou, sabendo qual seria a resposta de Val.

Ela se despediu e, quando estava se distanciando do necrotério, foi alcançada por ele, que correu pelo extenso corredor que levava à saída do prédio.

— Val! Queria que você soubesse que eu não provoquei essa situação. Fui tão surpreendido quanto você quando me comunicaram que teríamos que trabalhar juntos.

— Está tudo bem, Jonas. O choque inicial já passou. Mas foi o que o Almeida falou. Não somos crianças e precisamos aprender a trabalhar juntos. Infelizmente, nós, investigadores, dependemos de vocês, legistas.

— Queria aproveitar essa oportunidade, em que estaremos mais próximos no trabalho, para conversar sobre a Lu. Quero te ajudar. Podemos combinar de comer alguma coisa qualquer dia desses.

Ela disse que sim, agradeceu e partiu.

Pela primeira vez depois de vários meses, Val e Jonas conseguiram manter uma conversa pacífica, sem indiretas, sem acusações ou ressentimentos. Estavam em sintonia em prol da felicidade da filha. Esse sentimento encheu Val de esperanças de que finalmente poderia ter uma relação saudável com ele. Talvez fosse isso o necessário para que Luana se reaproximasse dela.

Antes de voltar para casa, resolveu ir até o local onde o corpo havia sido encontrado. A área ainda estava com fitas amarelas de isolamento, mas já não havia indícios de que ali fora encontrado um corpo dias antes. Ela estacionou o carro e caminhou pela região. Era uma área deserta. A travessa na qual o carro fora abandonado era sem saída, margeada por um muro alto de mais de três metros. Não havia câmeras de segurança em nenhum lado e, mais uma vez, isso dificultaria a investigação.

Na rua do crime não havia residências, diferentemente da rua ao lado, na qual Val pôde observar algumas casas simples ao longo dos setenta metros de extensão. Já era quase noite, o sol estava se pondo e, mesmo sendo policial, era perigoso ficar na região sozinha. Sabia que teria que voltar durante a semana para conversar com a vizinhança, mas, ao retornar, levaria Urso junto. Além de excelente policial, ele também era um verdadeiro guarda-costas.

Tirou o celular, que havia permanecido dentro da bolsa, e viu que não havia mensagem alguma de Arthur. Sentiu um aperto diferente no peito e uma vontade enorme de vê-lo. Quando percebeu, já havia digitado uma mensagem e estava a ponto de enviá-la:

**18:03**

Está tarde para um drink? Me cairia bem um agora.

Ela esperou por dois minutos a resposta de Arthur, mas, apesar de a mensagem ter sido entregue com sucesso, os dois tracinhos cinzas no canto direito da tela confirmavam que ele ainda não havia lido. Ela girou a chave na ignição do carro e partiu.

Quinze minutos mais tarde, quando estacionou o veículo na garagem do prédio, percebeu que tinha recebido uma resposta.

**18:14**

Nunca é tarde para um drink em boa companhia. Aonde você quer ir?

**18:22**

Não tenho preferência, domingo à noite acho que não temos tantas opções. Eu estou chegando em casa, preciso tirar o cheiro de formol. Mas me arrumo rápido. Nos vemos oito e meia? Pode ser? Escolhe o lugar e me avisa que te encontro lá.

**18:22**

Formol, é? É esse então o segredo da sua juventude?

**18:22**

Hahaha! Antes fosse. Estava no IML.

**18:23**

Confesso que nunca saí com uma mulher tão romântica assim. :)

Enquanto subia para seu apartamento no quarto andar, Val ria das mensagens trocadas com Arthur. Ele era divertido. Além disso, pelo que se lembrava, era lindo e charmoso.

Preocupou-se pelo que sentia por esse homem que pouco conhecia, percebeu que havia baixado a guarda em relação a ele. Em outros tempos, a essa altura, já teria vasculhado a sua vida antes de se deixar envolver, mas, nesse caso, sem ter uma explicação racional para a sua conduta, ela não sentia necessidade de fazer isso. Existia algo genuíno em Arthur que a seduzia e, pela primeira vez, ela optou por se deixar levar com o fluxo da maré.

Às oito e trinta e cinco, Val chegou ao Bar Lagoa. Foi de táxi para poder beber algo mais forte do que refrigerante. Ela precisava disso, o dia não tinha sido fácil. A verdade é que as últimas semanas tampouco haviam sido tranquilas.

Arthur já estava sentado em uma mesa aguardando a sua chegada. Apesar de ser domingo, o bar continuava cheio àquela hora da noite, para o desespero dos moradores dos prédios vizinhos.

Da varanda, Arthur viu Val se aproximar. Cheia de charme, ela ajeitava os cabelos soltos, ondulados e ligeiramente avermelhados, que se rebelavam com a brisa daquela noite fresca. Ele se levantou para cumprimentá-la com um beijo no rosto e Val experimentou um arrepio travesso subindo pela nuca ao sentir a barba cerrada roçando seu rosto.

— Uau, Valéria, você é linda! — ele disse, boquiaberto, ainda se recuperando. — Me desculpe! Pensei em voz alta.

Val trajava uma roupa despojada, mas sem esquecer a elegância, algo que lhe era natural. Ela corou com suas palavras e sorriu depois de agradecer o elogio.

Também havia esquecido quão interessante ele era, além de ser alto, muito alto. Talvez não tivesse prestado atenção nisso na noite em que se conheceram. Talvez fosse pela insistência da ex-cunhada para que ela se aventurasse com ele. O fato é que seu sorriso era encantador. Seus cabelos aloirados e revoltos lhe davam um ar descontraído, e ela gostava disso.

Assim como não se lembrava de ele ser tão atraente, também havia esquecido quão jovem era. Tinha guardado na memória que ele aparentava alguns anos a menos, mas, naquele momento, ela percebeu que a diferença de idade entre eles era ainda maior.

— O que você quer beber? — ele perguntou, já se posicionando para chamar o garçom. — Um chope?

— Não, eu não sou fã de chope. A única bebida alcóolica que tomo é tequila.

— Tequila! — ele reagiu, surpreso.

Ela riu e completou:

— Tequila ou qualquer drink à base de tequila.

Apesar de não ser comum, eles constataram que tequila era uma das opções do cardápio de bebidas do local. Arthur pediu duas doses; iria acompanhá-la.

Ambos aparentavam nervosismo. A intimidade das mensagens estava perdida em algum lugar desconhecido.

Conversaram sobre o trabalho de Arthur e sobre o lançamento do livro de AC Pereira. Animado, ele contou sobre a viagem pelas principais capitais do país, que estava planejando para o mês seguinte. A empolgação de Arthur era contagiante, Val se sentia genuinamente curiosa sobre o mercado do livro e sobre a carreira de AC Pereira.

— São sete livros até o momento? Ele lança o quê, um por ano?

— Mais ou menos isso. O primeiro foi publicado em 2007, é o *Enquanto você dormia*. Esse livro foi um sucesso de vendas, foi quando ele saiu do anonimato. O livro ficou na lista dos mais vendidos por diversas semanas e, por incrível que pareça, ele sempre volta para a lista quando AC lança uma nova obra. Aí, com o sucesso que foi, ele se empolgou e publicou o segundo, no ano seguinte. Esse se chama *Fogo na morte* e vendeu tão bem quanto o primeiro.

— E ele sempre escreveu livros policiais?

— Sim, sempre. AC tem um talento nato para isso. Ele gosta do que faz e tem muita criatividade. Às vezes ele me liga, assim, do nada, e fala *Já sei qual vai ser o tema do meu próximo livro, sonhei com isso*. Isso aconteceu com o quinto livro dele, o *Corpos em chama*.

— São todos títulos fortes. Não sei se é pelo fato de ser policial, mas me choca um pouco alguém querer escrever sobre essa realidade que vivo todos os dias.

— Sim, os títulos são fortes. Na verdade, os temas são fortes, mas AC tem uma maneira de escrever encantadora, hipnótica.

— Romantiza o crime, você quer dizer?

— Não sei se romantizar o crime é o termo adequado. Aliás, ele nunca escreveu nada que levasse o leitor à inversão de valores. Esse é um cuidado que ele tem. E você, já começou a ler algum livro dele, agora que tem a coleção completa?

Val sorriu sem graça.

— Ainda não. Você me desculpa?

Ele levantou uma das sobrancelhas e disse que ela estava cometendo um delito grave. Ela prometeu que começaria a leitura.

— Tenho trabalhado demais. Estou com um caso complicado no momento, não tenho tido tempo para fazer muita coisa além da investigação.

— Acho que AC adoraria conversar com você. Ele já fez muitos trabalhos de campo com policiais para construir personagens, conhecer a rotina, é sempre bom trocar uma ideia com quem vive o assunto intensamente.

— Podemos marcar. Não posso entrar em detalhes dos crimes que investigo, mas posso contar um pouco sobre a minha rotina. E claro que posso falar sobre os casos concluídos, principalmente os que tiveram repercussão da mídia.

— Tenho certeza de que ele vai adorar essa ideia. Talvez quando voltarmos da viagem, quem sabe.

— Quando vocês partem?

— Não sei ainda. Estou fechando algumas datas.

Era meia-noite e meia quando eles perceberam que, além da deles, somente uma mesa estava ocupada. Os garçons desarmavam as mesas vazias para tirá-las da varanda, levando-as para dentro do bar. Arthur pediu a conta e, por mais que Val quisesse pagar a sua parte, ele não permitiu; disse que ela era sua convidada.

— Mas isso não é justo. Fui eu quem te convidei — ela falou, enquanto ele estendia ao garçom o seu cartão de crédito.

Ao saírem do bar, foram caminhando devagar para a calçada. Pareciam não querer que a noite acabasse assim. Ao longo das horas em que conversaram, pouco falaram sobre suas vidas pessoais. Val ainda não sabia nada sobre ele, apenas sobre seu trabalho dos últimos anos, quando se tornou agente literário de AC Pereira.

— Você está de carro? Espero que não. Você não entraria em um carro para dirigir na frente de uma policial depois de beber o que bebeu, ou entraria?

Ele gargalhou deliciosamente, revelando sua faceta mais charmosa. Era tentador vê-lo daquela maneira, e Val sentiu pela segunda vez o arrepio percorrer sua espinha.

— Não, eu não vim de carro. Na verdade, pensei a mesma coisa. Ia ser muita cara de pau minha fazer isso na sua frente.

— Ah, então quer dizer que o senhor confessa que infringe a Lei Seca? Com uma confissão dessa eu poderia te prender agora mesmo, sabia disso?

Ele se aproximou e ficou a poucos centímetros dela. A diferença de altura que os separava a obrigava a projetar o rosto para cima, ao mesmo tempo em que ele se curvava para encará-la. Fitou-a com seus olhos verdes e esboçou um sorriso gracioso nos lábios. Com os nós dos dedos acariciou seu rosto e disse:

— Você já me prendeu faz tempo.

Sem poder resistir ao desejo, se beijaram. Pela terceira vez, Val sentiu um arrepio percorrer seu corpo, sendo que dessa vez já não era fruto da sua imaginação.

As línguas movimentavam-se delicadamente, conhecendo-se e aproveitando cada minuto daquele *boa noite*. Era uma despedida necessária, com gosto de quero mais.

Arthur envolvia Val em um abraço forte. Suas mãos passeavam com audácia por suas costas e sua nuca. O passeio era excitante e gradativamente colocava mais brasa na fogueira acesa com o beijo.

Há tempos Val não era a protagonista de uma cena excitante como aquela, e a cada segundo que passava, um novo estímulo surgia. Com cada um deles, surgia também a curiosidade de conhecer intimamente o corpo de Arthur.

Eles se afastaram, ofegantes e enfeitiçados com a química que descobriram entre si. Encararam-se em silêncio, sérios, pensativos sobre o turbilhão de emoções que aquele beijo havia provocado.

— Já está tarde — Val disse, quebrando o silêncio. — É melhor pedirmos um táxi. Quer dizer, dois táxis. Um para mim e um para você.

Ele novamente mostrou seu charme gargalhando. Reagindo ao constrangimento de Val, tomou-a nos braços com carinho.

— Eu entendi o que você quis dizer.

— Que idiota que sou. É que faz tempo que não....

Antes que completasse a sentença, Arthur a confortou.

— Não precisa se justificar. Faz tempo para mim também. Estou tão nervoso quanto você — disse e a beijou novamente.

No caminho para casa, Val sorria como uma criança que acabara de ganhar sua boneca desejada. Ainda sentia o toque de Arthur e o calor de sua pele. Sabia que seria difícil dormir naquela noite e, quando pensava sobre isso, seu telefone apitou. Era uma mensagem dele.

**01:08**

Vai ser impossível dormir.

Val riu ao perceber a sintonia entre eles.

**01:08**

Eu sei.

# 12

## SEGUNDA-FEIRA, 11 DE MAIO DE 2015

Assim que chegou em casa, após o encontro com Arthur, Val encontrou Luana dormindo em seu quarto. O telefone, que ainda estava em sua mão, permanecia com a tela desbloqueada. Val conteve o impulso de inspecionar o aparelho da filha, afinal estava diante de uma oportunidade que raramente encontrava, mas olhou para a menina e decidiu respeitar sua privacidade.

Colocou um pijama e deitou na cama, depois rolou de um lado ao outro pensando em Arthur e no beijo que trocaram. Como havia imaginado, não conseguiu dormir naquela noite.

Cansada de girar sobre a cama, levantou-se e foi até a estante de livros na sala. Pegou o primeiro livro de AC Pereira, *Enquanto você dormia*. Analisou a obra e concordou que se tratava de um livro com uma bela capa.

Predominantemente branca, a imagem central era uma mulher deitada em uma cama, ladeada por cores vibrantes e atraentes. O curioso é que o nome de AC Pereira era maior do que o próprio título, como se o livro se vendesse pelo autor e não pela história.

Folheou a obra e viu que tinha 426 páginas. Seus olhos reviraram ao mesmo tempo em que ela pensou, *Vou levar séculos para ler isso*. Em seguida, leu a sinopse:

"Dois agentes da polícia especial trabalham para desvendar a identidade de um assassino em série que está tirando o sossego dos moradores de Roma. Sem seguir um *modus operandi* padrão, a única similaridade entre os casos é que o assassino atua enquanto as vítimas dormem. A investigação é dificultada quando os policiais encontram indícios de que o filho do comissário geral da polícia italiana, no passado, teve relação com as pessoas assassinadas. Com as suspeitas caindo sobre ele, os policiais precisarão enfrentar uma rede de intrigas e mentiras, ao mesmo tempo em que o assassino debocha de suas habilidades."

Isso vai ser interessante, Val pensou.

Rendeu-se ao sono após ler os dois primeiros capítulos, mas, ao fechar o livro, confessou para si mesma que havia gostado do que lera.

No dia seguinte, arrumou-se para o trabalho e, antes de sair, tomou café da manhã com a filha. Percebeu que a jovem parecia mais animada do que o normal. Era o mesmo tipo de animação que ela mesma experimentava, e a inspetora sabia que apenas uma coisa poderia causar isso: *Minha filha está apaixonada.*

Com o enigma familiar decifrado, aproveitou o bom humor da jovem para desfrutar do momento. Val iniciou uma conversa despretensiosa para ver se conseguia maiores detalhes sobre o assunto. Luana, sem perceber o plano da mãe, foi se emaranhando na teia de seda preparada delicadamente pela experiente inspetora. E, seguindo o fluxo natural da conversa, em pouco tempo Luana abria as informações que Val procurava.

— O nome dele é Marcus, mas todo mundo o chama de Neto.

— E ele é do seu colégio? — Val perguntou, interessada, mas ao mesmo tempo sem demonstrar preocupação.

— Não. Conheci ele na ONG — Luana respondeu, enquanto levantava da mesa e retirava a sua louça suja.

Val sabia que a filha havia sido voluntária em uma ONG de resgate de animais, mas achava que já não a frequentava mais. Essa informação a pegou de surpresa, pois a fez perceber o abismo que existia entre elas. A policial passava todos os dias investigando as vidas alheias, mas desconhecia a da própria filha. Uma onda de remorso abateu-se sobre ela, que precisou se concentrar para finalizar o que havia iniciado. Buscou no fundo da sua memória o nome da ONG, que a filha um dia pronunciou. Precisava resgatar essa informação para continuar progredindo em seu plano. Para seu alívio, a lembrança veio em seguida, e Val não hesitou em usá-la.

— Que bacana, Lu. Você ainda está ajudando a ProPet? — Val falou, orgulhosa de sua memória.

Luana pareceu surpresa por a mãe saber o nome da instituição e seguiu com o assunto.

— Aham. Na verdade, no ano passado, no segundo semestre, dei uma parada por causa das provas, mas em fevereiro desse ano eu voltei. Tenho ido duas vezes na semana, enquanto o colégio não aperta.

— E o Neto ajuda lá também? — Val perguntou, enquanto secava e guardava a louça que a filha lavava.

— Não. Ele levou um cachorro que foi atropelado e eu que atendi. Aí nos conhecemos e acabamos ficando amigos por causa do Lucky.

— Que bacana, filha. Fico feliz por você, ele parece ser uma cara legal.

— Sim, mãe, ele é mesmo — Luana disse, com um sorriso contagiante no rosto. — Aí, um dia, ele foi visitar o cachorrinho que tinha resgatado e que tinha sido operado, ficamos conversando e tal. Ele me chamou para ir ao cinema e eu aceitei.

Val olhou para a filha. Não queria demonstrar preocupação, mas seu faro policial e instinto materno queriam saber tudo a respeito do rapaz. E ela precisava continuar com o semblante tranquilo se quisesse ganhar a confiança da filha e se reaproximar dela.

— Mãe! — Luana fechou a torneira e a encarou. — Eu sei o que está passando pela sua cabeça, mas queria te pedir... eu gosto dele, ele é um cara legal, então confia em mim. Queria te pedir para não investigar ele como você fez com o meu outro namorado, que acabou descobrindo e *fugiu* com medo de você.

Val engoliu em seco. Luana estava certa, precisava começar a confiar nela. Ela estava às vésperas de fazer dezoito anos, e Val não poderia viver a vida colocando Luana em uma redoma protetora.

— Está bem, filha. Eu prometo. Mas, por outro lado, vou pedir para você confiar em mim também e trazer ele aqui para eu conhecê-lo. Não precisa ser nada formal. Em um dia qualquer que vocês combinem de sair, ele vem te buscar e sobe para dar um oi. Pode ser?

Luana olhou, hesitante.

— É uma via de mão dupla, filha. Eu confio em você, e você confia em mim.

Após alguns segundos, nos quais Luana se mostrou pensativa, ela sorriu e concordou, fechando aquela conversa com um abraço verdadeiro.

O abraço recebido da filha foi como a cereja do bolo daquela conversa. Val se emocionou. Há muito tempo não tinha a filha nos braços de forma espontânea, e sentiu, naquele momento, que havia recuperado a sua menina.

Animada e com um sorriso nos lábios, Val deixou a garagem do seu prédio às oito e quinze da manhã. Quando estava saindo do túnel Rebouças, na Lagoa, percebeu que havia recebido uma mensagem de Arthur.

**08:32**

Bom dia! Dormiu bem? Está podendo falar?

Aproveitando o trânsito parado próximo à Hípica, ela respondeu que sim, e pouco tempo depois o seu telefone tocou.

Conversaram por alguns minutos, relembrando a noite anterior e fazendo planos para se reencontrarem. Havia muito a ser dito. Tinham pressa para se conhecerem. Mas tanto Val quanto Arthur viviam momentos turbulentos no trabalho e suas agendas estavam incompatíveis.

A investigação do segundo caso estava apenas no início e, sabendo que os dois crimes haviam sido cometidos pelo mesmo assassino, havia muito a ser feito para solucioná-los.

— Eu também queria te ver — Val disse, após ele expressar a vontade de se encontrarem naquela noite —, mas não sei como vai ser o meu dia. Estou chegando na delegacia daqui a pouco. Como te disse ontem, estou iniciando um novo caso que é bastante complicado, minha agenda não será fácil pelas próximas semanas. Espero que você tenha paciência.

— Para você, tenho toda paciência do mundo! Será que conseguimos ao menos uma ligação mais tarde?

— Claro. Quando eu estiver voltando, você me faz companhia durante o trajeto até em casa.

Sabendo que Val trabalhava na delegacia da Barra da Tijuca, ele se adiantou e disse, com malícia:

— Você sabe que eu moro na Barra, né? Se estiver cansada para dirigir até o Cosme Velho e não quiser ir tão longe...

Ela riu, corou e agradeceu, dizendo *quem sabe um dia.*

Despediram-se quando Val desligava o carro. Ao encarar a porta de entrada da delegacia ela inspirou fundo para ter força e ânimo de enfrentar mais um dia exaustivo de trabalho, que prometia arrancá-la do estado de nirvana em que se encontrava desde a noite anterior.

# 13

## SEXTA-FEIRA, 15 DE MAIO DE 2015

— É uma verdadeira palhaçada — Val esbravejou, irritada, ao ser informada de que o corpo de Júlia, que havia sido exumado, já estava sendo analisado pelo ex-marido e que ela não havia sido comunicada.

Na mesma hora em que ficou sabendo, ligou enfurecida para Jonas.

— Porra, Jonas, você está querendo me ferrar? Que merda é essa que o corpo da Júlia já está aí e eu não fui chamada?

— Não tem o que você fazer aqui agora, Valéria, estou nesse exato momento limpando o cadáver, tirando larvas, para ser mais exato. Tem certeza de que você quer fazer isso? Se quiser mesmo, pode vir, eu te espero.

Passada a raiva inicial, ele completou:

— Prometo que, assim que tiver alguma coisa, eu te chamo.

Enquanto aguardava a hora de encontrar Jonas no IML, Val relia o relatório da reconstituição do assassinato de Júlia, que havia sido escrito dias antes. Foi interrompida por Urso, que segurava alguns papéis da investigação. Era o relatório da companhia telefônica. Eles haviam disponibilizado a movimentação das últimas semanas na casa de Júlia. Val havia pedido somente por uma questão de procedimento padrão, pois sabia que não encontraria nada de incomum nele. Ninguém mais usa telefone fixo para assuntos pessoais, disse a Urso quando ele entregou os relatórios. Quanto ao celular, por mais que tivessem o número de Júlia, as ligações não puderam ser rastreadas. Júlia não tinha plano pós-pago, o que dificultava o trabalho da polícia.

Enquanto folheavam as páginas da companhia telefônica, Val e Urso foram interrompidos por um outro policial que trazia a notícia sobre a identificação do segundo corpo. Tratava-se de Maria Luiza Dias de Souza, uma mulher de trinta e dois anos, moradora do Estácio. As impressões digitais da vítima foram confrontadas com as dos arquivos da polícia. Maria Luiza tinha sido fichada dois anos antes, presa em flagrante por roubar uma loja de departamentos no Centro.

Com a identidade desvendada, os inspetores poderiam investigar a vítima e chegar às pessoas próximas a ela, até encontrar alguma pista que levasse ao assassino.

Desde a descoberta do corpo de Maria Luiza, o delegado Almeida aparecia com frequência na mídia, e Val, sendo a inspetora responsável pelo caso, acompanhava-o em todos os seus pronunciamentos oficiais.

Naquela tarde de sexta-feira, o telefone de Val tocou, e ela viu que era Arthur. Apesar de não terem se visto desde o encontro no Bar Lagoa, conversavam com frequência. Compartilhavam suas vidas com naturalidade. Tinham uma intimidade que ansiava pelo contato físico, mas Val, por mais que quisesse desfrutar desse momento, tinha medos e inseguranças sendo uma mulher de mais de quarenta anos. Todas as vezes em que Arthur iniciava uma conversa sedutora, era atingida por pensamentos que boicotavam sua autoestima, que enfraquecia à medida que sua idade avançava.

— Você viu que vai cair um temporal? — ele falou, após cumprimentá-la.

Val havia escutado alguém comentar isso na delegacia, mas não tinha dado atenção. Estavam em meados de maio, não era mais tempo de se preocupar com os temporais catastróficos de verão. Desde que começara a trabalhar na delegacia da Barra da Tijuca, houve uma única vez em que ela não pôde voltar para casa devido a um temporal devastador que assolou a cidade: quatro anos antes, em janeiro de 2011, quando as águas também varreram a cidade de Nova Friburgo, em uma tragédia nunca esquecida, que tirou a vida de mais de quatrocentas pessoas, além das dezenas de desaparecidos.

Nessa ocasião, para não ter seu carro tragado pelas ruas alagadas, Val optou por dormir na delegacia, assim como vários policiais, inclusive o delegado Almeida.

— Escutei falar, mas não me aprofundei no assunto — ela respondeu a Arthur.

— Se isso se confirmar, acho que você deveria considerar passar a noite aqui pela Barra. Você sabe que o convite está feito, mas, se achar inadequado, melhor ficar em um hotel aqui pelo bairro.

Val agradeceu a sua preocupação, dizendo que, se as previsões fossem confirmadas, ela consideraria a questão.

Depois que desligaram, não demorou para perceber a vibração do aparelho e ver uma nova mensagem de Arthur.

**14:32**

Sei que é horrível pensar isso, mas não consigo controlar meus pensamentos. Nunca fui tão egoísta na vida, mas queria que esse temporal se confirmasse. :)

Val leu a mensagem e seu coração apertou de vontade de vê-lo. Ela sentia saudades e tinha vontade de estar em seus braços novamente. Então, munida de uma coragem espontânea, respondeu:

**14:32**

Que feio, Arthur! rsrsrs. Faremos o seguinte. Eu fico na Barra, mas nós dois pensamos positivo para que a chuva não venha. Pode ser assim? :)

**14:33**

♥♥♥

**14:33**

Não acredito que meu plano com São Pedro deu certo. Vou avisar a ele que já pode tirar o dia de folga.

Urso se aproximou enquanto Val enviava a última mensagem para Arthur, com o sorriso ainda estampado no rosto.

— Alguém anda feliz essa semana.

Ela sorriu e concordou.

— Sim! Felizmente, tirando essa merda de investigação que não anda, o resto está caminhando bem.

— Isso está com cara de paixão.

— Isso está com cara de que você está sem ter o que fazer — ela levantou, rindo, e bateu no ombro do colega, criticando a sua intromissão.

Assim que se livrou de Urso, Val precisou sentar para conter as pernas trêmulas. *Isso está acontecendo de verdade. Onde estou com a cabeça para tomar essa decisão, tão precipitada?*

Não se reconhecia. Sentia como se estivesse sendo enfeitiçada por ele. Considerava-se uma policial experiente e sua conduta sempre fora de desconfiança, mas, com Arthur, comportava-se na contramão de tudo o que prezou a vida toda.

Decidiu que investigaria Arthur. O mínimo que fosse. Ao menos para saber se havia algo grave sobre a sua vida que precisasse saber antes de tomar a decisão de dormir com ele. Ao iniciar a sua investigação particular, se sentiu estranha. Revirar a vida de alguém com quem havia desenvolvido tanta intimidade mexia com seus valores, e isso a deixou desconfortável.

Parou a pesquisa assim que descobriu que Arthur não tinha antecedentes criminais. Era isso o que importava. Qualquer outra informação pertencia a ele e cabia a ele decidir se compartilharia com ela ou não.

Ao terminar, apagou o histórico de seu computador, assim como os técnicos de TI haviam ensinado. Sentia-se mal por ter feito aquilo, mas era o que achava correto no momento.

Ligou para Luana, determinada a dizer à filha que passaria a noite fora de casa. Que, se ela não quisesse ficar sozinha, poderia ir para a casa do pai. Mas, assim que ela atendeu a chamada, Val foi surpreendida com a notícia de que Luana estava decidida a apresentar o Neto aquela noite.

— Pensei em pedir uma pizza para a gente, mãe. Você pode?

A notícia foi recebida com empolgação por Val, que encontrou a desculpa perfeita para cancelar a loucura de dormir com Arthur aquela noite. Respirou, aliviada, sabendo que essa sensação não tinha relação alguma com a vontade que sentia de conhecer profundamente o corpo e os toques de Arthur, mas por achar que estava mergulhando rápido demais em águas desconhecidas.

Não se importava com o fato de que os tempos haviam mudado e que ninguém a julgaria por dormir com quem ela quisesse, mas a sua consciência dizia para colocar o pé no freio. Havia sido criada pela mãe, abandonada pelo pai que tanto idolatrava. A decepção que sentia com seu genitor foi o estopim para que criasse uma carcaça protetora para evitar sofrer. Val foi testemunha da vivência da mãe e não desejava o mesmo a ninguém.

Ela seguiria o seu ritmo e prometeu não se deixar seduzir pelos olhos verdes de Arthur. Ligou para ele para falar sobre a sua decisão. A notícia foi recebida com desânimo. Sem confessar sobre suas angústias, contou apenas sobre os planos da filha, e ele, sabendo de toda a problemática entre as duas, concordou, incentivando-a a jantar com a filha e Neto.

Arthur também era pai. Sua filha tinha dez anos. Ele entendia os receios de Val, afinal não conseguia imaginar o dia em que sua filha lhe dissesse que estava namorando.

No início da noite, Jonas ligou para Val para contar detalhes sobre a investigação que fazia nos dois cadáveres.

— O que posso dizer é que, apesar de os crimes terem sido diferentes, as duas vítimas não sofreram em vida. Não existem sinais de violência ou de resistência. Além disso, realizamos mais uma vez os exames toxicológicos. Por sorte, os cabelos da Júlia ainda estavam preservados e novamente foi comprovado que nenhuma delas consumiu drogas ilícitas nos últimos 180 dias. Ou seja, acho improvável que isso tenha sido acerto de contas do tráfico. Qualquer que seja o motivo do assassino, precisamos pensar fora da caixa, encarar esse crime como algo novo, e não como a violência cotidiana que vivenciamos.

Val anotou tudo. Antes de desligar a chamada, Jonas disse:

— A Lu disse que vai levar o Neto para conhecer você?

— Sim, estou ansiosa para isso. Você já o conhece?

— Não pessoalmente, mas já falei com ele por telefone outro dia. Val... pega leve com ele, viu. Ele parece ser um cara legal, e a Lu está realmente gostando do rapaz.

Mais uma vez, Val foi tomada por um sentimento de pesar. Sua filha, sua única menina, confiava mais no pai do que nela, e as palavras de Jonas só confirmavam a grande lacuna entre as duas.

Desligou o telefone ao mesmo tempo em que seus olhos se umedeceram.

# 14

## ALGUMAS SEMANAS ANTES

Luana saiu do colégio em que estudava em Botafogo. Comeu algo rapidamente e seguiu para a ONG ProPet, que ficava a algumas quadras de distância. Essa era a sua rotina duas vezes por semana, quando dedicava três horas de suas tardes para ajudar a instituição que resgatava e cuidava de cachorros e gatos de rua.

Ela sonhava em estudar veterinária e por isso se preparava para a prova do Enem, marcada para o final do mês de outubro.

Naquela tarde, chegou à ONG e foi recebida com carinho pelo fundador, um homem de cinquenta e três anos que herdara a casa que era sede da ProPet, no coração do bairro. O terreno era grande, um espaço enorme que facilmente acomodava um grande jardim e uma casa cômoda o bastante para montar uma clínica veterinária. Assim que os trâmites da herança foram concluídos, ele resolveu fazer do local um centro de resgate de animais de rua e há quinze anos mantinha o lugar com a ajuda de campanhas beneficentes e voluntários apaixonados por animais, como Luana.

Quando ela chegou, colocou a mochila na sala da administração e foi até o espaço criado para a higiene canina. Naquela tarde, seria ela a responsável por dar banho nos animais, mas, mal havia terminado o primeiro serviço, foi solicitada a ajudar a receber um cão cujo atropelamento fora testemunhado por um rapaz que trazia o bichinho para a clínica.

Quando se aproximou, encontrou o homem aflito. Ele contou que estava dirigindo atrás do veículo que provocara o acidente e que, apesar de ter buzinado e gesticulado para o motorista da frente, ele seguiu seu caminho sem parar para dar assistência ao animal ferido.

Ao testemunhar a cena, ele parou o carro para retirar o cachorro, que não se movia, do meio da rua e evitar que outro carro o atingisse.

— Algumas pessoas que estavam na rua me falaram sobre vocês, por isso vim.

— Você fez bem — Luana disse, enquanto ajudava a transportar o cachorro para uma mesa.

— Luana, você pode atender o rapaz enquanto eu cuido desse pequeno aqui? — o veterinário pediu.

Luana encaminhou o homem até a sala de atendimento e começou a preencher a ficha de ingresso.

— Vou precisar anotar algumas informações para cadastrar o animal. Você se incomoda em aguardar um pouco para me ajudar com alguns dados?

Ele concordou. Ao perceber que ele ainda estava nervoso, ela disse:

— Você quer uma água, um café?

— Você pode colocar açúcar na água? — ele falou, sorrindo.

Luana sorriu em retorno e o encarou. Percebeu que ele era um homem simpático e que, por trás dos olhos angustiados, existia um brilho encantador.

— Só água normal mesmo. Estava brincando. Meu nome é Neto. Você é Luana, né?

— Sim. Prazer, Neto.

Depois de preencher algumas informações no documento da ONG, ela disse:

— Neto, você quer deixar o seu telefone para que a gente dê notícias do cachorrinho que você trouxe? Se não quiser, não tem problema, mas muita gente quer acompanhar a recuperação do animal que resgata.

— Claro que quero. Meu nome é Marcus Vicente de Carvalho Neto, mas todo mundo me chama de Neto. Você é veterinária também?

— Não, ainda não. Estou finalizando o Ensino Médio, mas vou prestar o Enem esse ano, e é claro que quero fazer veterinária.

— Você trabalha como voluntária aqui? — ele perguntou, enquanto caminhavam calmamente em direção ao portão de entrada.

— Sim, duas vezes na semana. Faço o que for necessário no dia. Dou banho em cachorro, faço o cadastro dos animais, dou medicamento.

— Foi um prazer te conhecer, Luana. Conversar com você foi muito tranquilizador.

Eles despediram-se com um aperto de mãos e, ao fechar o portão, Luana foi surpreendida por um sentimento empolgante. Neto era atraente e educado, diferente dos meninos de sua idade. Ela sorriu e voltou à clínica para ajudar o veterinário. Dias depois, quando retornou à ONG, buscou informação sobre o cachorro que Neto havia levado e soube que o bichinho se recuperava bem. Observou na ficha do animal que ninguém havia contatado o rapaz para falar sobre o cachorrinho. Tomada pelo impulso e desejo de interagir novamente, ela tomou a iniciativa de mandar uma mensagem para dizer como o animal se encontrava.

Maliciosamente, escreveu do seu telefone pessoal, para que Neto guardasse o seu número.

*Neto, aqui é Luana, da ProPet. Desculpe o incômodo, mas só queria te informar que o Lucky, o cachorrinho que você salvou, já está melhorzinho. Ele vem se recuperando bem e logo será colocado para adoção.*

As horas passaram e, para desespero de Luana, a mensagem ainda não havia sido visualizada por ele. Somente à noite, quando ela já estava em casa, recebeu uma resposta.

*Que maravilha, Luana. Muito obrigado por me avisar. Estava ansioso por notícias mesmo. Será que eu posso visitá-lo qualquer dia desses?*

Imediatamente, ela respondeu:

*Claro que sim, quando quiser. Eu não estarei lá até terça que vem, mas, se quiser ir antes, não tem problema, qualquer um que estiver lá ficará feliz em ajudar.*

Luana enviou a mensagem e ficou apreensiva pela resposta. Tinha um sentimento de que talvez ele pudesse ter se interessado por ela também. Não demorou para a resposta vir.

*Posso esperar. Vou na terça e aproveito para te agradecer pessoalmente.*

Ao ler a mensagem, Luana sorriu para a tela do aparelho, sem perceber que sua mãe a observava de longe.

## 15

### SEXTA-FEIRA, 15 DE MAIO DE 2015

A tempestade que a defesa civil alertou que cairia sobre a cidade não passou de uma chuva forte, mas foi o suficiente para alagar algumas poucas vias que ficavam no trajeto entre a delegacia e a casa de Val. Enquanto dirigia, ela escutava o noticiário da rádio CBN, que àquela hora reportava as principais notícias do dia, inclusive sobre os dois assassinatos que ainda estavam em investigação sigilosa sob o comando do delegado Alberto Almeida e da inspetora Valéria Ricci.

Assim que chegou em casa, quarenta e cinco minutos depois do horário que havia combinado, encontrou Luana apreensiva. Tentou acalmar a filha, dizendo que ficaria tudo bem, que não iria interrogar o namorado.

— Mas, afinal, de onde veio essa surpresa de trazê-lo aqui? Achei que você fosse armar um encontro mais informal, para que ele não se sentisse pressionado.

— Esse era o plano, mas acabou que ele mesmo sugeriu de vir aqui. Disse que, se estamos namorando, ele precisa conhecer os meus pais, para que vocês saibam com quem a filha está andando.

— Nossa, filha, que maturidade desse menino. Já gostei dele, viu! Já tem ponto positivo comigo — Val disse, enquanto Luana corava e ria.

— Mãe, tem um detalhe que eu não te contei, mas que você precisa saber antes de ele chegar. Calma, não é nada sério, não é que ele seja um mafioso que tenha que sair algemado essa noite.

— Não enrola, Luana. Fala logo o que eu preciso saber.

— É que... o Neto é um pouco mais velho do que eu.

— Mais velho quanto, Luana?

— Ele tem vinte e seis anos.

Sem demonstrar o alívio que sentia, por ter imaginado que o namorado da filha tinha idade para ser seu pai, Val disse:

— Ele sabe que você é menor de idade?

— Por dois meses, né, mãe. Já vou fazer dezoito.

— Você está se cuidando?

— Mãe!

— O quê, Luana? Você acha que um homem de vinte e seis anos vai querer ficar até quando indo ao cinema e tomando sorvete?

— Eu sabia que esse encontro não era uma boa ideia, mas ele insistiu. Não sei onde eu estava com a cabeça para concordar com isso — Luana respondeu, batendo o pé e seguindo para o quarto.

Munida de paciência, Val seguiu a filha. Se quisesse conhecer o seu namorado naquela noite, precisaria mudar a postura antes que fosse tarde demais e ela cancelasse o encontro.

— Lu! Volta aqui, filha. Eu não estou te recriminando, pelo contrário. Quero que você confie em mim sempre. Sei que você gosta dele. Quero que você seja feliz e que curta esse momento que sei que está sendo especial para vocês dois. Só quero que você se cuide.

De costas e parada sob o batente da porta do corredor, Luana escutou a mãe e voltou para a sala assim que ela parou de falar.

— Obrigada, mãe. Eu realmente gosto muito dele e sei que ele gosta de mim também. Ele é bacana, atencioso e me faz bem.

Escutar a filha falar sobre Neto fez Val recordar dos sentimentos que um dia teve por Jonas. Na época, tinha a mesma idade que a filha e, apesar de conhecer e frequentar a sua casa desde os quatorze, por conta da amizade que tinha com Isa, foi somente aos dezessete anos que se interessou por Jonas. Foi na mesma época em que ele deixou de vê-la como a menina boba que era a melhor amiga da sua irmã.

Foi um momento mágico, como se uma flechada de cupido, semelhante ao que ocorre nos desenhos animados, tivesse atingido os dois simultaneamente.

Certo dia, Isa chamou Val para ir para sua casa. Val estava deprimida por ter flagrado o namorado flertando com uma menina do mesmo ano, no pátio da escola. E ela gostava dele, namoravam há mais de seis meses. *Amiga, você está precisando é de uma tarde de sorvete e música,* Isa falou para convencê-la a desistir do plano de ir para casa e se enfiar no quarto escuro.

Por toda a tarde, Isa tentou melhorar o ânimo da amiga e por um bom tempo conseguiu que ela gargalhasse de suas piadas. Assim como planejado, tomaram sorvete e tocaram música, muitas canções do repertório que as duas haviam criado ao longo dos anos para a banda Maléficas. Isa tinha permissão dos pais de tocar a sua bateria até as cinco da tarde, mas somente se os irmãos, Jonas e Mateus, não estivessem estudando. O instrumento era ruidoso, mesmo com a adaptação acústica que as amigas fizeram utilizando espuma rígida de poliuretano e embalagens de papelão de caixas de ovos.

Passava das seis da tarde, Val dedilhava o violão e conversava com Isa em seu quarto quando, de repente, um acorde tocado acidentalmente a remeteu para a música “On my own”, de Nikka Costa, que havia sido sucesso absoluto uma década antes devido ao filme *Fame*.

Com o peito em chamas, Val iniciou a cantoria com sua voz doce, mas ao mesmo tempo potente. Ela externava o sentimento ruim que percorria suas entranhas desde aquela manhã, quando resolveu ir ao banheiro durante a aula de física e viu o namorado acariciando os cabelos de uma colega, enquanto sussurrava algo em seus ouvidos.

A dor que sentia em seu peito podia ser percebida pelo seu tom de voz. Sua aflição ultrapassou a barreira acústica do quarto, chamando a atenção de Jonas, que, ao ser tocado por tamanha emoção, seguiu para o cômodo da irmã para ver com seus próprios olhos o arranjo que Val interpretava.

Jonas abriu a porta devagar, para não ser notado, e a viu sentada em um banco no canto do quarto. Descalça, mantinha um dos pés no chão; o outro permanecia no apoio do assento, elevando o joelho que sustentava o violão. De olhos fechados, ela cantava o trecho mais sofrido da canção:

When I’m down and feelin’ blue
I close my eyes so I can be with you
Oh baby, be strong for me,
Baby, belong to me
Help me through, help me need you.

Assim que terminou a música, levou ainda alguns segundos para abrir os olhos, como se estivesse se recuperando daquela imersão melancólica. E, ao fazê-lo, deu de cara com Jonas, que a admirava.

O barulho do interfone tirou Val de suas lembranças nostálgicas, do dia em que se apaixonara por Jonas, vinte e cinco anos antes. Enquanto a filha atendia o porteiro, que anunciava a chegada de Neto, pensava em que momento a magia que os atingira naquela tarde teria acabado.

Val percebeu o nervosismo da filha, segurou a sua mão e disse.

— Fica tranquila. Vai ficar tudo bem.

Luana abraçou a mãe com carinho e Val se sentiu plena com o afeto recebido.

Neto entrou devagar e deu um beijo delicado nos lábios de Luana. Val estava em pé junto ao sofá, e eles se cumprimentaram com um aperto de mãos.

Neto era um homem alto, passando um pouco de um metro e oitenta. Tinha a pele bronzeada e os cabelos negros. A barba bem-feita lhe dava um ar de bom moço. Seus olhos eram amendoados e seu sorriso, encantador.

— É um prazer enorme conhecer a senhora.

— O prazer é meu, Neto. Mas, pelo amor de Deus, senhora não, né?

Todos se acomodaram nos sofás. Val, sozinha, em um, e eles, abraçados, no outro. Conversaram sobre assuntos diversos: o modo como haviam se conhecido, a admiração que tinha pelo trabalho voluntário e pela dedicação de Luana na ONG e o incentivo que lhe dava para seguir a carreira de veterinária. Contou também que era professor de português do quinto ano de algumas escolas privadas no Rio e que amava a sua profissão.

Val, mesmo com seu olhar minucioso de inspetora, só conseguia ver a felicidade que a filha não fazia a menor questão de esconder.

Pediram pizza e sentaram à mesa para jantar.

— Desculpe a intromissão, mas a Lu me disse que você é policial — Neto disse. — E, na verdade, acho que não é mais segredo para ninguém, com o tanto que tem aparecido nos jornais. Só quero que saiba que tenho muito respeito por Luana, você pode ficar tranquila quanto a isso.

Val não queria quebrar a promessa que havia feito à filha, tampouco queria passar a impressão de que não estava nem aí para o namoro deles, então ponderou as palavras e comentou.

— Neto! Sendo ou não policial, a minha preocupação será sempre o bem-estar da minha filha. Vocês já são adultos, ou quase — ela falou olhando para a filha — e têm discernimento para se curtirem. Mas eu sou mãe, então estarei sempre presente.

Neto era um homem maduro, inteligente, e recebeu a mensagem como um tapa com luva de pelica. Ele encarou Val e gesticulou com a cabeça em sinal de que havia entendido o recado.

Depois do jantar, Neto ajudou a tirar a louça e se ofereceu para lavá-la, mas Val foi taxativa e disse que ele era visita. Não se preocupe que, com um pouco mais de intimidade, a sua barriga estará colada na pia, ela disse, e todos gargalharam. Antes de sair, Neto observou a coleção de livros de AC Pereira sobre a estante da sala e perguntou se ela era fã.

— Não muito. Na verdade, ganhei de presente.

— Eu gosto dos livros dele. Já li todos, inclusive esse último que saiu. Está faltando o primeiro.

— Está na minha mesa de cabeceira. Comecei a ler, mas não tenho tido muito ânimo. Quando chego em casa estou sempre com a cabeça fervendo com o trabalho e ler sobre crimes não é bem o tipo de distração que eu procuro.

— Tem razão. São livros pesados, com crimes violentos, mas ao mesmo tempo são bem escritos, com tramas bem elaboradas e com finais surpreendentes, como os bons thrillers precisam. Acho que você vai gostar. O primeiro livro melhora muito pro meio dele, fica mais dinâmico e rápido de ler.

Eles se despediram e, enquanto a mãe terminava de arrumar a cozinha, Luana acompanhou o namorado até a portaria. Ao chegar de volta, a menina estava radiante e novamente abraçou a mãe por trás.

— Obrigada, mãe. A noite foi perfeita. O Neto gostou de você.

— Eu também gostei dele, filha. Parece um bom rapaz.

Val realmente havia gostado dele, mas os motivos pelos quais ela simpatizava com Neto não podiam ser ditos. Ele havia trazido Luana para perto de si. Val não sabia dizer se a reaproximação com a filha tinha influência direta ou não de Neto, mas o fato era que Luana estava de volta.

— Agora, mãe... que história é essa desse presente que você ganhou? Bem que senti você gaguejando, como se tivesse sido pega de surpresa com a pergunta.

Havia chegado a hora de ela dividir os seus sentimentos com a filha.

# 16

## DURANTE A SEMANA SEGUINTE

Val e Jonas trabalharam juntos todos os dias, incluindo o final de semana. Trabalhar com o ex-marido estava sendo uma experiência interessante. Ela não sabia dizer se finalmente o sentimento amoroso deixara de existir entre os dois, ou se o trabalho funcionava pela maturidade que cada um atingira nos últimos anos. O fato é que não havia competição entre eles; pelo contrário, viviam como se estivessem envoltos em um manto de espírito colaborativo. A inspetora e o legista tinham pressa para descobrir o autor dos crimes ainda sem explicação.

Enquanto isso, aproveitavam para conversar sobre Luana, que parecia cada vez mais próxima da mãe.

— Eu te falei que era uma fase, Val — Jonas comentou enquanto, sentados frente a frente em uma sala do IML, analisavam os documentos relativos aos dois casos que investigavam.

Antes que ela continuasse a conversa, seu telefone apitou, indicando uma nova mensagem. Instantaneamente, ela olhou o visor e, ao constatar que era Arthur, pediu licença ao ex-marido e saiu da sala, sem se dar conta de que ele a observava.

Val e Arthur continuavam a se comportar como namorados, apesar de efetivamente só terem se encontrado uma única vez. O contato diário, por telefone, e o carinho demonstrado pelas mensagens que trocavam traduziam o sentimento genuíno que fora despertado neles. A incompatibilidade das agendas dificultava o reencontro do casal, que suplicava por uma oportunidade. Mais uma vez, precisariam postergar esse momento.

Sabendo da sua agenda atribulada, Arthur enviara uma mensagem a Val pedindo que ela retornasse a ligação quando pudesse, e não esperava que ela o fizesse de imediato. Mas, aproveitando um momento mais tranquilo, ela resolveu retornar assim que recebeu o aviso. Ele atendeu com voz exausta, de quem estivera correndo.

Ele explicou que estava a caminho do aeroporto Santos Dumont, havia sido marcada de última hora uma entrevista de AC Pereira em um importante programa de cultura, mas afirmou que voltaria no dia seguinte. Essa viagem ainda não fazia parte da turnê de quinze dias.

Decepcionada, Val lamentou o infortúnio de ficarem afastados por mais tempo. Planejava sugerir um encontro àquela noite, mas compreendia que sua agenda era tão culpada quanto a dele para o afastamento temporário.

Eles se despediram e, ao retornar para a sala de reuniões, Val encontrou Jonas com cara emburrada.

— O que foi? Encontrou alguma coisa?

— Era o tipinho que a Luana comentou? O agente literário com que você está saindo?

— Apesar de não ter que te dar satisfação sobre a minha vida pessoal, era ele, sim.

Jonas não insistiu na conversa, deixou morrer o assunto ali mesmo e continuou trabalhando, mas, a partir de então, com frieza.

Val não entendia o comportamento de Jonas. Questionava os motivos de seu desconforto ao saber que ela estava se relacionando com alguém. E cada vez que ele respondia atravessado a algumas de suas perguntas, seu sangue borbulhava, em uma mistura de raiva e curiosidade, até que, antes de sair, quando já estavam guardando os documentos da investigação, ela falou, com certa seriedade:

— O que está pegando, Jonas? O que foi que te deu de uma hora para outra?

Ele continuou guardando as coisas, ignorando a sua pergunta.

Jonas lembrava a irmã, fisicamente, mas também em temperamento. Era dois anos mais velho do que Isa, moreno e tinha cabelos lisos e escuros. Era alto e atraente, muito atraente. Tinha uma beleza peculiar que chamava a atenção.

Val segurou o seu braço e o forçou a olhar para ela. Perguntou pela segunda vez o que estava acontecendo. Sabia que ele havia ficado assim depois que ela saíra para ligar para Arthur, mas queria escutar da sua boca as razões, para se certificar de que não estava ficando maluca. Custava acreditar que, depois de todos os anos separados e de todas as mulheres com as quais ele se envolvera, ele estivesse com ciúmes.

Jonas olhou para Val como há tempos não olhava e respondeu:

— Não sei, Val, sei lá o que me deu, mas saber que você está de namorico com outro homem me deixa um pouco puto.

Ela não conteve o riso.

— Não estou acreditando que você está com ciúmes.

— Não falei que estava com ciúmes, falei que estava puto. São duas coisas completamente diferentes.

— Para mim, é a mesma coisa. Sério mesmo, Jonas? Mas que porra é essa agora?

— Não é ciúmes, Valéria. Já falei!

— Então é machismo mesmo, o que para mim é infinitamente pior. Você não demorou nem um mês para enfiar uma mulher na sua cama depois da separação. Na verdade, você enfiou uma mulher na cama até antes da separação, e agora, depois de dois anos, eu resolvo me dar uma chance e você vem com essa palhaçada de ficar putinho? Ah, Jonas, faça-me o favor!

Val saiu da sala batendo a porta. Sentia raiva do ex-marido e do seu orgulho viril ferido. Olhou para o relógio e viu que já passava das oito da noite. Pensou em Arthur, que a essa hora já estaria em São Paulo. Mandou uma mensagem perguntando se a viagem havia sido boa, mas não obteve resposta.

Voltou para casa. Era quinta-feira, dia em que a faxineira havia limpado o apartamento e preparado a refeição. Felizmente, teria uma comida caseira para jantar. Estava esfomeada. Havia passado o dia com apenas um sanduíche natural, um pouco depois de uma da tarde.

No caminho para casa, recebeu uma mensagem de Jonas e deixou para ler o texto quando chegasse ao apartamento. Estava dirigindo e não colocaria as vidas dela e de outras pessoas em risco para ver uma mensagem do homem que há poucos minutos fora responsável pela patética cena nas instalações do IML.

Já no prédio, enquanto subia o elevador, resolveu ver o que ele havia enviado.

**19:34**

Desculpa, Val. Realmente não tem nenhum cabimento eu reagir dessa maneira. Eu sabia que esse dia chegaria. Você é uma mulher linda, inteligente, fodona e merece ser feliz. O agente é um cara de sorte :)

Ao ler a mensagem de Jonas, Val esboçou um sorriso no canto da boca. Ainda estava irritada. O pedido de desculpa amenizara a situação, mas não eliminava o fato de ele ter tido um chilique por ela estar se envolvendo com outro homem. Esse sentimento era autêntico, retratando a necessidade de posse que ele tinha sobre ela.

Ao entrar em casa, encontrou o apartamento vazio. Naquela noite, Luana dormiria na casa do pai, mas, antes, fora ao cinema com Neto. Depois de comer, Val sentou no sofá com o violão no colo. Tocou algumas canções do tempo em que sonhava seguir uma carreira artística com Isa e finalizou a sequência com um arranjo com toques de bossa nova da música "Girls Just Want to Have Fun", lançada pela cantora Cyndi Lauper no início dos anos 1980.

Ao deitar-se, resolveu continuar a leitura do livro de AC antes de dormir. Há dias havia começado, e avançava lentamente. Lembrava de ouvir Neto dizer que a partir da centésima página a trama melhorava, e era a essa esperança que ela se agarrava. Estava na página 85 ao retomar a leitura naquela noite, iniciava o capítulo 10. Os minutos foram passando, e o sono que tinha ao deitar foi se dissipando com o avanço das páginas.

Neto tinha razão. O livro por fim havia engrenado e, sem que percebesse, ela já havia lido muitas páginas. Nunca em sua vida lera tanto em uma única sentada. Em algumas partes da história, ria ao comparar a ficção hollywoodiana que o autor criara com a realidade vivida dentro das delegacias brasileiras, mas, no geral, a trama era interessante.

Eram duas da manhã quando Val terminou um capítulo no qual o autor havia deixado um gancho aberto, para o seu desespero, pois àquela hora já sentia os olhos pesarem. Queria continuar a leitura e olhou para o relógio. Folheou o livro e constatou que o capítulo seguinte tinha apenas doze páginas, um número irrisório para quem já tinha lido mais de oitenta.

Iniciou o capítulo 17 e não demorou para perceber a semelhança que a narrativa tinha com o relatório da reconstituição do crime de Júlia Nogueira. Ficou em alerta ao perceber os detalhes encontrados na descrição daquele livro, que parecia mais com o relatório da perícia.

Levantou-se, apressada. Sentia a adrenalina percorrer livremente o seu corpo. Aquilo não era uma coincidência. Eram muitos os detalhes que correspondiam à cena do crime do arquivo apelidado de 1178, que sabia de cor.

Acendeu as luzes da sala e correu até a mesa de jantar. Espalhou os poucos documentos que tinha em casa referentes aos dois casos e manteve o livro aberto na página em questão. Não demorou para perceber a correlação existente com o crime narrado no livro, mas, para ter certeza de que suas suspeitas eram verdadeiras, precisava encontrar outra evidência. Para isso, era preciso abrir outro livro do autor.

Ligou o computador e entrou no navegador de busca da internet. Colocou a frase "AC Pereira autor" na ferramenta de pesquisa. Dezenas de links sugiram na tela, e Val entrou no *website* dele para buscar a informação de que precisava sobre a ordem cronológica dos livros. Olhou para a estante onde os livros estavam guardados e buscou o sexto livro, *Beco sem saída*.

Avançando nas páginas, foi direto ao capítulo oito e leu o primeiro parágrafo:

*Suzana foi encontrada dentro do porta-malas do carro. Ela estava em posição fetal, com as mãos e os pés amarrados com uma única corda de fibra sintética. Mantinha os olhos abertos, com a expressão assustada. A fita negra presa à boca havia sido usada para isolar os gritos de terror, agora silenciados para sempre. Não havia o que fazer. Era tarde demais. Suzana estava morta, abandonada no porta-malas de um carro velho, naquele beco sem saída.*

Chocada com o que havia descoberto, sem se importar com a hora, Val ligou para Jonas.

## 17

### MADRUGADA DE SÁBADO, 23 DE MAIO DE 2015

Val fazia um café enquanto Jonas, sentado à mesa de jantar, lia atentamente os trechos que ela havia grifado.

— Como você chegou a essa conclusão? — ele gritou, sem perceber que ainda não eram seis horas da manhã.

Desde que se separaram, Jonas optara por morar próximo a ela, para que pudesse estar perto de Luana. Então, quando ela ligou de madrugada para dizer que havia decifrado os números marcados nas folhas secas, pistas encontradas junto aos dois corpos, identificadas como *evidência 7*, ele deixou a filha dormindo em sua casa e correu para o apartamento da ex-esposa.

— Eu estava lendo o primeiro livro do AC e quando cheguei no capítulo 17 percebi que a descrição estava muito similar ao relatório da perícia do crime da Júlia. Conheço de cor o laudo da reconstituição do crime. Li inúmeras vezes, tentando encontrar algum cabo solto do assassino — Val disse, enquanto entregava a Jonas uma das xícaras de café que havia preparado. — Até o detalhe da mulher ter sido encontrada sem roupa no motel está descrito no livro. O cara reproduziu o assassinato do livro com minúcia e perfeição, Jonas. Apesar do horário, o livro estava interessante e acabei cedendo à vontade de ler mais um capítulo. Na hora, fiz a correlação de... livro 1, capítulo 17 e o início das similaridades ocorreu no parágrafo 8: 1178. Bingo!

Jonas observava atento a explicação de Val, enquanto levava lentamente a xícara quente à boca.

— Para ter certeza de que eu não estava alucinando àquela hora da madrugada, usei a mesma lógica para a *evidência 7* do crime da Maria Luiza, que tem a numeração 681. Peguei o sexto livro do autor, achei o oitavo capítulo e já no primeiro parágrafo minha hipótese foi comprovada.

Val terminou de falar enquanto Jonas lia o trecho ao qual ela se referia.

— Ainda não sabemos quem é o assassino dessas duas mulheres, mas está claro que alguém está usando esses livros como inspiração. Pode ser um admirador ou um *hater*.

— Pode ser o próprio autor, ou qualquer pessoa ligada a ele também — Jonas completou.

Val percebeu que a possibilidade apontada por Jonas ia além de especulações policiais. Arthur era o agente literário de AC Pereira e poderia ser considerado um suspeito caso seguissem essa linha de investigação. Essa foi a maneira encontrada pelo ex-marido para manipular o afastamento de Val do homem que feria o seu ego, mas ela era uma mulher determinada, inteligente e forte e não cairia no jogo do ex-marido. Em vez de confrontá-lo, decidiu perguntar.

— A troco de que o autor ou alguém ligado a ele praticaria esses crimes?

— Não sei, estratégia de marketing. Ele não está lançando livro novo?

— Que asneira é essa, Jonas! Alguém mataria para fazer marketing? Você já viu algum assassino em série matar porque quer vender alguma coisa? O perfil de assassino em série é a psicopatia, e não a ganância. Não faz o menor sentido. O fato é que já temos um norte. Sabendo que os crimes foram motivados pelos livros desse autor, além de chamá-lo para depor, vou pedir à equipe para começar a acompanhar a sua movimentação e as postagens dos fãs nas redes sociais.

— Você precisa convocar o agente para depor também.

Com um olhar fulminante e gélido, Val recostou-se na cadeira, cruzou os braços e disse.

— Qual é a tua, Jonas? Não estou entendendo.

Jonas levantou-se e foi até a janela. Ficou em silêncio observando a vista arborizada. Àquela hora, o sol já havia nascido e os primeiros raios atingiam as copas das árvores, ressaltando os múltiplos tons verdes da vegetação. Ele respirou fundo antes de dizer o que há algum tempo estava preso em sua garganta. Mediu as palavras para evitar dizer algo de que pudesse se arrepender, mas o fato é que ainda a amava e sentia que Arthur era uma ameaça real.

Desde que soubera da existência do agente na vida de Val, Jonas percebeu que ele era um homem diferente, afinal era a primeira vez em dois anos que Val compartilhava com Luana os seus sentimentos. Jonas sabia que, para ela fazer isso, só havia uma explicação: Val realmente gostava dele. E essa certeza acendeu um sinal de alerta.

— Não tem nada de errado — disse, apoiado ao parapeito da janela.

— Se não existe nada de errado, por que essa desconfiança, esse comportamento infantil desde que mencionamos o nome de Arthur?

— Simplesmente porque eu me preocupo com você, ok?

— Jonas, eu agradeço, mas você não precisa se preocupar comigo. Eu sei me cuidar.

Ela levantou da cadeira e partiu em direção à cozinha. Ele juntou as suas coisas e foi em direção à porta. Antes de sair, fitando os olhos de Val, ele falou:

— Foi você quem pediu o divórcio, não eu, então use as suas habilidades investigativas para deduzir o porquê disso tudo — Jonas disse, com a voz embargada, e partiu.

Impactada pelas palavras, Val ficou imóvel por longos minutos. Não sabia como reagir à declaração do ex-marido. Como, depois de tanto tempo separados, depois de tantas mulheres com que ele se relacionara, no momento em que ela decidiu se libertar e seguir a sua vida, ele foi capaz de soltar essa bomba sem se preocupar com as consequências de sua declaração?

O divórcio foi uma das decisões mais difíceis que teve que tomar em sua vida. A causa não foi falta de amor por Jonas, porque, sim, na época, Val amava o marido. E muito. Ainda era apaixonada por ele, como se os anos não tivessem passado. Ele tinha sido seu primeiro namorado, seu primeiro homem. A pessoa com quem imaginava passar o resto da vida. Mas uma escolha equivocada de Jonas, após uma briga do casal, mudou o rumo da história que escreviam juntos.

Arthur apareceu em sua vida e inesperadamente preencheu o vazio que lhe apertava o peito desde que sofrera a traição do marido, uma deslealdade difícil de esquecer. Respeito e confiança eram valores inegociáveis para Val, que sofrera na pele a quebra desses dois princípios quando o pai a abandonara.

As boas lembranças do tempo em que Jonas era parte de sua vida voltaram a pipocar em sua mente e uma fossa profunda surgiu, obrigando-a a voltar para a cama e se aninhar nos lençóis. Tinha medo dessas lembranças e do dano devastador que elas poderiam causar. Passadas duas horas em que estava deitada na cama, se forçou a levantar.

Tomou um banho quente, vestiu a roupa, juntou todos os livros numa sacola e partiu para a delegacia. Havia muito o que fazer naquela manhã com a reviravolta que o caso tomava.

Assim que chegou na delegacia, reuniu-se com Urso e o delegado para informar o que havia descoberto. Depois, passaram a vasculhar as redes sociais de AC Pereira. O autor tinha uma legião de fãs no Facebook, no Instagram e Twitter. Cada publicação gerava milhares de comentários. Os policiais liam todos com atenção, principalmente os dos *haters*. Alguns desses comentários eram extremamente hostis, e esses perfis seriam minuciosamente analisados. Não era novidade para ninguém o campo de batalha criado ao longo dos anos por trás dos computadores. A intolerância com as pessoas que pensam diferente é notória na internet, e isso não era diferente no mundo literário.

A tarde de trabalho fez com que Val deduzisse que os crimes haviam sido cometidos por algum fanático com intenção de prejudicar o autor. Mas por quê? Ela não conseguia identificar no comportamento de AC nenhuma ideologia polêmica que justificasse a repulsa à sua figura, mas, também, a sua experiência profissional confirmava que uma mente doentia não necessita de justificativas plausíveis.

O apito do celular de Val tirou a sua concentração da tela do computador, e ela viu que era uma mensagem de Arthur.

**17:36**

Acabei de pousar no Rio. Será que conseguimos nos ver?

Ainda não sabia como lidar com a situação. Havia omitido do delegado e do parceiro a sua relação com o agente de AC Pereira. Seu instinto dizia que ainda não era hora para isso. Precisava vê-lo primeiro, tinha diversas perguntas que precisavam ser respondidas e tinha urgência em fazê-las.

Às dezenove horas, ela respondeu perguntando como havia sido a viagem e se ele estava em casa.

Pouco tempo depois, Val recebeu a confirmação, então, sem prolongar a conversa, arrumou as suas coisas, despediu-se de quem ainda estava na delegacia e partiu.

A distância entre a delegacia e o apartamento de Arthur era de apenas sete quilômetros. O trânsito, apesar de intenso, fluía bem. Aquele era um horário em que Val costumava voltar para casa; por essa razão, mantinha o rádio em uma estação que àquela hora do dia tocava músicas de *flashback*. Geralmente eram canções que ela conhecia bem. Grande parte delas haviam feito parte do repertório das Maléficas, normalmente as escutava com nostalgia. As canções remetiam-na a uma época quando não enfrentava nenhum tipo de preocupação mais importante do que a sua afinação ao cantar uma música, a dificuldade da prova de química ou, ainda, a chance de conversar com o paquera da escola.

Enquanto dirigia, a música "Everybody Wants to Rule the World", da banda Tears For Fears, era a canção da vez e escutá-la fez com que Val, por alguns minutos, fosse arrancada daquele carro e fosse cuspida no palco do Circo Voador, um espaço cultural na Lapa que nos anos 1980 foi cenário de diversos saraus juvenis.

Era dezembro de 1988, começava a primeira apresentação oficial das Maléficas, no sarau de fim de ano da escola. Val estava à frente da banda, com a guitarra e a voz, enquanto Isa estava na bateria e as outras duas amigas no baixo e na percussão.

Quando entraram no palco para apresentar a música da dupla britânica, a plateia foi ao delírio, uma experiência a qual ela nunca experimentara antes. Até os dias atuais, escutar a canção transporta Val para aquela tarde.

Assim que a canção terminou, Val percebeu que já estava ingressando na Avenida Lúcio Costa. Estava a poucas quadras do apartamento de Arthur e imediatamente sentiu um frio na barriga ao pensar que o veria em instantes.

Estacionou o carro em frente ao edifício e caminhou até a entrada. Anunciou-se assim que o porteiro se conectou pelo interfone. Aguardou alguns segundos olhando em direção à praia, que àquela hora estava bastante movimentada, com esportistas caminhando, correndo e pedalando. Escutou o barulho da abertura do portão e entrou no prédio.

Cumprimentou o porteiro enquanto ingressava no elevador. Encarou-se no espelho e não gostou do que viu. Não era daquela maneira que imaginava estar em seu segundo encontro com Arthur. Val não havia dormido na noite anterior. Tinha olheiras profundas, estava abatida, não havia comido. Estava exausta. Passou as mãos pelos cabelos para tentar ao menos melhorar a sua aparência.

Ao sair do elavador, encontrou Arthur recostado sobre o batente, com os braços e as pernas cruzadas em uma pose propositalmente *sexy*, esperando por ela. Ao vê-lo, não pode deixar de sorrir. Arthur mexia com ela, brincava com seus sentimentos de uma maneira que somente Jonas, um dia, também havia conseguido.

— Não acreditei quando o porteiro te anunciou — ele disse, enquanto se dirigia ao seu encontro e a envolvia em seus braços, ficando a apenas um palmo de distância.

Val, uma mulher inteligente e policial experiente, não entendia como podia sentir tamanha vulnerabilidade quando estava próxima dele. Fixou os olhos em seus lábios, bem delineados e que projetavam um sorriso maroto, um convite para um beijo prolongado. Mas, antes de se deixar hipnotizar, ela disse, com tom de voz ponderado:

— Infelizmente, estou aqui por motivos profissionais.

Imediatamente, ele se afastou e desfez o sorriso. Franziu o cenho e a convidou a entrar.

Arthur vivia sozinho em um apartamento amplo. A sala era espaçosa e bem decorada. Os móveis, modernos, eram predominantemente cinza. Presa à parede em frente ao sofá de quatro lugares, uma televisão enorme estava ligada no noticiário da noite. E, sobre a mesa de centro, um prato com a metade de um sanduíche de atum e uma taça de vinho tinto.

Ele convidou Val a se sentar, diminuiu o som da televisão e lhe ofereceu uma bebida. Assim que voltou da cozinha com um copo de água, sentou na poltrona ao lado da dela.

— Desculpe vir assim, Arthur, sem avisar. Mas precisava falar com você sobre o caso em que estou trabalhando. Não é novidade para ninguém a investigação que estou conduzindo. — Val apontou para a televisão, quando uma sequência de imagens em que ela aparecia era projetada, em uma espécie de resumo do caso. Arthur voltou os olhos para o televisor e sorriu, concordando com o que ela havia acabado de dizer. — Não entrei em detalhes antes por ser uma investigação sigilosa, mas nessa madrugada houve uma reviravolta que aproxima os crimes aos livros do AC Pereira.

A expressão de surpresa de Arthur foi notória, e ele, em silêncio, aguardava Val concluir o raciocínio.

— Continuo sem poder detalhar o caso, mas o que posso dizer é que os dois crimes foram inspirados nos livros dele.

— Como?

— Eles são a cópia fiel de dois trechos dos livros. Por isso estou aqui. Preciso saber se você conhece alguém que queira prejudicá-lo, se ele tem inimigos. Quero deixar claro que ele não é suspeito de ter cometido os crimes, qualquer pessoa que tenha lido suas histórias pode ser o assassino. Mas estamos trabalhando na motivação, e uma das hipóteses é que alguém tenha algo contra ele e queira se vingar.

— Que eu saiba, ele não tem inimigos, Val. AC é um cara do bem. Um escritor que escreve livros policiais, às vezes violentos, mas é um cara do bem. Não consigo imaginar o motivo que possa levar alguém a praticar esses crimes baseados em histórias fictícias.

— Por isso vim aqui. Queria conversar com você antes de tudo vir à tona. Nos próximos dias, AC será chamado para depor e é claro que a mídia vai surtar com a intimação. Precisava te antecipar sobre esses acontecimentos. Não queria que você fosse pego de surpresa.

Val deixou-o a par da investigação, respeitando o sigilo do caso. A todo momento, mantivera-se distante. Nada de flerte, olhares sedutores ou sorrisos maliciosos. Foi uma conversa formal sobre o relacionamento que Arthur mantinha com o autor: como se conheceram, como era a sua convivência ao longo de todos aqueles anos e quais foram os altos e baixos da relação profissional e pessoal que desenvolveram.

Passava das dez da noite quando ela se levantou, anunciando que precisava ir embora. Aparentava exaustão, mal conseguia se equilibrar.

— Val, você veio de carro? — ele perguntou, preocupado, enquanto acompanhava o seu movimento.

— Sim, está aqui na frente.

— Não quero me meter na sua vida, mas, pelo que você me contou, não dormiu nada na noite passada. Você está esgotada, isso é aparente. Não é seguro dirigir nesse estado. Por que você não dorme aqui? No quarto da Isabel?

Val parecia em dúvida sobre a proposta. Sabia que ele tinha razão, que era perigoso dirigir com o cansaço que sentia. Poderia dormir ao volante e provocar um acidente.

— Mas eu não tenho nada aqui. Como vou dormir? Não tenho nem escova de dentes.

Arthur gargalhou da sua preocupação tola e disse que guardava sempre umas novas em casa para o caso de Isabel esquecer nos dias em que dormia lá. Ele abraçou-a enquanto a levava para o quarto da filha.

Arthur montara um quarto de princesa para a filha. No canto da parede, uma cama de solteiro próxima a algumas prateleiras nas quais a menina mantinha alguns objetos pessoais e de decoração.

Val entrou no quarto e caminhou por ele, até bater o olho em um porta-retratos sobre a cama, pegando-o em suas mãos. Isabel, linda, soprava a vela de nove anos que estava posta no centro de um bolo de chocolate. Ao seu lado estavam Arthur e a mãe da menina, uma mulher jovem e extremamente bela, que sapateava na autoestima de Val.

— Muito linda a sua filha, Arthur. Mas, também, como poderia ser diferente...

Ele observou-a com cautela e sorriu. Ela sentou na cama, e ele se agachou à sua frente pegando o porta-retratos.

— Desculpe. Não quis ser invasiva — Val disse, e ambos sabiam que ela se referia a Karina, mãe de Isabel.

— Vamos, você precisa dormir. Vou buscar uma roupa para que você possa ficar mais confortável. No banheiro tem toalha limpa, e a escova de dente está dentro da primeira gaveta. Pode tomar um banho tranquila que deixo a roupa aqui sobre a cama.

— Arthur! Obrigada por me convidar a ficar, eu realmente seria um risco na rua.

Ele voltou, abraçou-a com afeto e lhe deu um beijo na testa.

Assim que Val terminou o banho, ainda enrolada na toalha, encontrou sobre a cama uma camisa de malha de Arthur.

Ele havia puxado as cobertas até a metade da cama, um convite para que entrasse embaixo delas. A janela aberta dava acesso à brisa da noite fresca, assim como ao ruído contínuo das ondas do mar.

Val apagou as luzes, mas antes viu que a mensagem que havia enviado para Luana, avisando que não dormiria em casa, havia sido lida. Segundos depois, mergulhava em um sono profundo e merecido, enquanto ainda sentia o perfume de Arthur impregnado na camisa que a envolvia.

# 18

## ALGUMAS SEMANAS ANTES

Luana acordou animada, aquele era o dia em que veria Neto. Ele havia dito que visitaria o cachorrinho naquela tarde, quando sabia que ela estaria na ONG. Dissimulou a própria felicidade; não queria ter que responder uma série de perguntas que sabia que a mãe faria caso percebesse o seu bom humor.

Saiu do quarto e deu um bom-dia seco para Val, que tentou não se abalar com a rispidez constante de Luana.

A jovem tomou um café da manhã rápido, despediu-se da mãe e seguiu para o colégio, que ficava perto de casa. As aulas foram mais entediantes do que de costume. Luana não conseguia prestar atenção nos professores e confidenciou a uma amiga o motivo de sua distração.

As duas fofocaram e especularam sobre o que aconteceria à tarde. *Você precisa mandar sinais de que está a fim dele*, a amiga orientava.

Ao se aproximar da hora de ir para a ONG, Luana se sentia nervosa. Não sabia o horário exato em que Neto apareceria por lá. A verdade é que não sabia dizer nem se ele realmente iria, já que não voltaram a se falar depois das mensagens trocadas na semana anterior.

Às quatro e quinze da tarde, a campainha da ProPet tocou, e Luana por coincidência estava na sala da administração, onde havia monitores exibindo as imagens das câmeras de segurança. Ela viu que era Neto do lado de fora, aguardando para ser atendido, e sentiu fisicamente a reação àquele encontro. O seu estômago se contorceu de nervosismo e uma leve ardência percorreu todo o seu corpo. Eu atendo, ela disse ao veterinário que examinava um cachorro.

Ao abrir a porta, viu que Neto sustentava um sorriso encantador e se mostrava animado ao vê-la. Por sua vez, Luana não escondeu o alívio que sentiu ao estar cara a cara com ele.

Convidou-o a entrar e o levou ao canil, onde os cachorros passavam o dia soltos e brincando. Eles chegaram próximos à cerca e alguns animais se aproximaram, emocionados com o visitante.

— Ali está Lucky — Luana apontou para o cachorrinho mais afastado.

— Nossa, Lu! Como ele está lindo — ao perceber que a havia chamado de Lu, ele imediatamente se desculpou, mas ela achou fofo e disse que não havia problema algum no apelido.

Eles trocaram olhares e sorriram juntos. Luana olhava para Neto e pensava na reação dos seus pais caso o conhecessem. Ele era visivelmente mais velho do que ela e, agora que estava ao seu lado, Luana percebeu que tinha interesse em conhecê-lo melhor.

Neto pediu para pegar o cachorro no colo. Depois de brincar com o bichinho por vários minutos, ele perguntou sobre a adoção, e ela disse que já havia uma pessoa interessada, que o veria no dia seguinte. Neto mostrou-se animado com a possibilidade. Tinha pena do bichinho, mas contou que não poderia ficar com o cachorro pois ficava com pena de deixar o animal sozinho o dia todo.

Aproximava-se das cinco da tarde, hora em que Luana deixava a ONG. Neto ofereceu-se para acompanhá-la até o ponto de ônibus e lhe fazer companhia até que a condução chegasse. Eles foram conversando pelo trajeto e Luana, pela primeira vez desde que trabalhava na ONG, torcia para que o ônibus demorasse a chegar, o que não aconteceu.

Despediram-se com um beijo em cada lado do rosto e, assim que Luana entrou na condução, ainda enquanto subia os degraus do veículo, ele falou:

— Você gostaria de ir ao cinema, qualquer dia desses?

— Eu adoraria. Você tem o meu número — ela disse, animada, enquanto o ônibus partia.

Luana foi sorrindo por todo o trajeto até em casa. Seus pensamentos estavam voltados para a voz suave de Neto, que havia gravado em seus ouvidos.

Imaginava como seriam seu beijo e o toque de suas mãos. Ela era virgem, mas, aos dezessete anos, tinha a imaginação intensificada pelo excesso de filmes românticos que via, e pensou se ele seria o homem com quem dormiria pela primeira vez.

Perdida em seus devaneios, Luana quase perdeu o ponto. Apertou o botão de parada quando motorista estava a poucos metros do ponto. Ela saiu pedindo desculpas e ele, sem paciência, acelerou.

Assim que chegou em casa, Luana tirou o celular da mochila. Ainda no elevador, viu que havia recebido uma mensagem de Neto. *Gostei de te ver hoje. Queria agradecer novamente ao pessoal da ProPet por ter salvado a vida do Lucky e principalmente a você por ter cuidado bem dele. Vou aguardar ansioso pelo cinema. Você pode na sexta?*

Apesar de não querer responder de imediato para não parecer ansiosa, mandou a confirmação de que sexta-feira seria perfeito. Que se dane, estou ansiosa mesmo, pensou.

Na sexta-feira seguinte, no horário combinado, Luana chegou à área de cinema do Botafogo Praia Shopping, e Neto já a esperava com os ingressos na mão. Havia comprado entradas para verem *Uma longa jornada*, um filme romântico baseado em um livro de Nicholas Sparks.

Neto e Luana se cumprimentaram e seguiram para a sala, que já estava aberta, mas, antes, ele ofereceu pipoca e refrigerante. Luana recusou a oferta. Não queria estar com os dentes cheios de casca de milho caso tivesse a chance de beijá-lo.

Ao sentar, sentia-se nervosa. Percebeu uma migração de borboletas-monarca dentro do estômago e observava atenta a mão de Neto apoiada na cadeira. Eles dividiam o braço da poltrona, apoiando os cotovelos lado a lado.

De repente, em um dos momentos românticos do filme, Neto aproximou seus dedos dos dela, tocando-os levemente e entrelaçando suas mãos.

Eles olharam um para o outro no escuro do cinema, e a baixa luminosidade não impediu que se encarassem. Ele beijou seus lábios com suavidade. Luana retribuiu, e assim eles ficaram pelo resto do filme.

Quando a sessão acabou, ele convidou-a para comer, ali mesmo no shopping, em um rodízio de comida japonesa. Ela aceitou, e lá puderam conversar, trocar carícias, rir e se conhecer.

Foi a partir daquela sexta-feira que eles passaram a se ver com frequência e se tornaram cada vez mais próximos. Neto era um homem tranquilo e bastante ponderado. Escutava Luana se queixar da mãe e da relação que tinha com ela e foi aos poucos aconselhando a namorada a ter paciência.

— Lu, eu já tive uma relação difícil com a minha mãe, mas fomos aprendendo a ver nossos conflitos sob a ótica do outro, e isso fez muito bem para nós. Não há nada mais precioso do que a relação de mãe e filho. Hoje, sou muito grato por termos conseguido reverter a situação. Eu amo a minha mãe e, pelo que posso sentir, você também ama a sua. Acho que você deve se esforçar para se reaproximar dela. Tenho certeza de que ela só quer o seu bem.

Luana foi para casa decidida a seguir os conselhos de Neto. Quando chegou, Val ainda não estava, mas, diferentemente dos outros dias, esperou a mãe sentada no sofá da sala, e não correu para o quarto quando a escutou chegar. Ao entrar no apartamento, Luana percebeu a expressão surpresa da mãe, que a cumprimentou com um beijo no alto da cabeça enquanto ela se esforçava para não se esquivar, como sempre fazia. Ao sentir o carinho de Val, percebeu que havia gostado e que, de certa maneira, sentia saudades daquilo.

A mãe iniciou uma conversa, disse que ia ao lançamento de um livro com a sua tia Isa, e Luana deduziu que era o lançamento do último livro do AC Pereira. Estavam todos falando sobre isso na escola durante a semana.

As poucas palavras trocadas naquela noite fizeram com que Luana se sentisse bem e foi então que percebeu que Neto tinha razão. Assim que pensou nisso, seu telefone tocou e ela viu que era ele quem a chamava. Pediu licença para a mãe e foi atendê-lo em seu quarto.

Ao contar o que tinha acontecido, como havia deixado a mãe lhe acarinhar e que chegaram a dialogar sem que houvesse estranhamento, ele parabenizou-a e disse estar feliz por ela ter dado o primeiro passo.

— Você vai ver, Lu, as coisas vão melhorar entre vocês. Já passei por isso, mas hoje tenho um ótimo relacionamento com a minha mãe. Nos vemos quando posso visitá-la, mas nos falamos diariamente, nem que seja para dar um oi. Ela é tudo na minha vida.

— Você fala dela com tanto carinho. É lindo de ver.

— Quero te apresentar a ela. Já falei muito de você, e ela está doida para te conhecer também. Você topa?

Sua proposta a pegou de surpresa. Já havia namorado alguns rapazes, mas nunca conhecera as suas famílias. Seus relacionamentos nunca perduraram para chegar nessa fase. Ela mostrou-se animada com a possibilidade de ultrapassar essa barreira.

## SÁBADO, 9 DE MAIO

Luana aproveitou que a mãe passaria o dia visitando a sua avó, na clínica, para sair com Neto sem precisar dar explicações de aonde iria naquela tarde. Ela ainda não tinha contado para a mãe sobre o seu namoro. Queria contar primeiro ao pai, com quem tinha uma relação mais amistosa.

Logo depois do meio-dia, Neto chegou para buscá-la na porta do seu edifício. Haviam planejado almoçar com a mãe dele, para que se conhecessem. Dependendo de como fosse esse encontro, aproveitaria que dormiria na casa do pai para contar a ele sobre o namoro.

Luana chegou à portaria com um sorriso no rosto. Desde que conhecera Neto, passara a cuidar mais da aparência. Não era tão vaidosa quanto a mãe, mas, desde então, ao sair de casa, passara a se produzir um pouco mais. Do pai a menina herdara os olhos, que se sobressaíam com o auxílio do rímel alongador de cílios, e os cabelos negros. Da mãe, a pele clara e as sardas no rosto. Luana era a mistura ideal de um casal que um dia tinha sido perfeito.

Ela usava um vestido soltinho azul um pouco acima do joelho e uma sandália rasteirinha.

Ao avistá-la, Neto projetou um leve suspiro.

— Você está uma gata.

— Você é muito exagerado.

Chegaram à casa da mãe dele quarenta e cinco minutos mais tarde. Soraia era uma mulher de aparência simples e morava em um apartamento de dois cômodos na Praia de Icaraí, em Niterói. Era lá que Neto havia vivido a sua infância e adolescência, até sair de casa, aos vinte três anos, quando decidiu morar no Rio, próximo ao trabalho.

Assim que entraram, o cheiro de comida caseira perfumava o ambiente, abrindo o apetite dos dois. Neto abraçou a mãe com força e a tirou do piso, dando-lhe um giro e fazendo Luana sorrir e invejar a cumplicidade que tinham.

— Mãe, essa é a Luana, minha gata — ele disse, orgulhoso.

— Finalmente, minha querida. Neto fala tanto de você que não via a hora de conhecer a menina responsável por ele ficar suspirando pelos cantos.

— Muito prazer, dona Soraia, também estou feliz em te conhecer. O Neto fala sempre da senhora e sempre que faz isso vejo seus olhos brilharem.

Soraia foi até a cozinha pegar uma variedade de bebidas, mas antes recriminou Luana por tratá-la com tanta formalidade. Voltou da cozinha com refrigerantes e cervejas e, apesar de Luana ainda não ter completado dezoito anos, agarrou uma lata da bebida alcóolica sem pudor. Faltava pouco tempo para isso e ela se considerava uma rebelde.

— Sua mãe vai me prender se souber que você tomou cerveja comigo — Neto disse, rindo.

— Neto me falou que sua mãe é policial! Mas ela não é dessas policiais duronas não, né? De dar medo na gente... — Soraia brincou.

— Bem, durona ela é. Ela é da Civil, trabalha para investigar homicídios.

— Uau! Para trabalhar com isso precisa ser durona mesmo. E como é para você ter uma mãe policial?

Essa era uma curiosidade que as pessoas tinham e que Luana precisava lidar com frequência, respondendo perguntas que mudavam o foco das conversas, girando o holofote para Val. Isso costumava deixar Luana irritada, ao perceber a influência que a mãe tinha sobre ela mesmo sem estar presente. Mas, por alguma razão, naquele momento, sentiu um certo orgulho de ser sua filha. Além do mais, era natural que Soraia quisesse saber um pouco mais sobre a sua vida.

— O meu pai também é policial. Bem, na verdade não é bem policial. Ele é perito médico legal, mas também tem porte de arma, por isso digo que é policial.

— Minha querida, você então está bem protegida, hein. Cercada de seguranças particulares. Cuidado, Neto. Cuida bem dessa menina senão a casa cai para você, meu filho.

Neto pegou a mão de Luana, entrelaçou os dedos e os trouxe aos lábios, beijando-os com delicadeza enquanto encarava a namorada com afeto.

— Pode deixar, mãe. Luana é minha joia rara, eu a trato com muito respeito e espero que os pais dela aprovem nosso namoro.

— Vocês deviam ter trazido eles hoje, assim todos nós já nos conhecíamos e pronto.

— Ainda não contei para a minha mãe sobre a gente, Soraia. Ela está trabalhando demais, e a gente tem se visto pouco. Estou aguardando o momento certo para contar para ela. Além disso, hoje ela foi para Petrópolis visitar a minha avó.

— Ah, a sua avó mora lá?

— Bem, ela vive lá, sim. Em uma clínica de repouso... Minha avó tem Alzheimer e há sete anos foi levada para lá.

— Ai, minha querida, que pena. Pobrezinha.

— É. Minha mãe a visita a cada quinze dias. Nunca deixou de ir, nem quando está muito atarefada. Isso eu acho bonito dela.

— E você não costuma ir com ela? — Neto perguntou.

— Já fui várias vezes, mas faz um tempo que não vou. Minha avó já não reconhece ninguém. Me sinto muito mal de vê-la desse jeito. Quero guardar na minha memória os momentos em que ela ainda sabia quem eu era, quando cozinhava para mim o meu bolo predileto ou quando fazia pipoca e a gente via desenho juntas.

Neto abraçou-se e disse em seu ouvido: eu te entendo, minha gata.

Às seis da tarde, Luana e Neto saíram do apartamento de Soraia. Quando estavam na ponte Rio-Niterói, Luana, em silêncio, observou a paisagem daquele início de noite. Por trás das famosas montanhas que estampam os cartões postais da cidade, o sol dava adeus a mais um dia, criando uma silhueta maravilhosa dos principais pontos turísticos cariocas.

Luana suspirava e se recordava dos momentos vividos naquele dia, que, para ela, tinha sido perfeito.

— No que você está pensando? — Neto perguntou, tirando-a do transe.

— Em você e na sua mãe. Na relação que vocês têm. É inspirador ver que você conseguiu superar as suas diferenças com ela.

Neto tirou a mão direita do volante e acariciou o seu cabelo, confortando-a ao dizer que ela também conseguiria, que ele a ajudaria a passar por isso.

Naquela noite, Luana custou a dormir. Sonhava acordada com Neto e, com a mente criativa, sentia arrepios no corpo ao imaginar uma noite de amor com ele. Ele era perfeito, e ela se sentia pronta para amá-lo. Agora era apenas uma questão de oportunidade.

# 19

## MADRUGADA DE DOMINGO, 24 DE MAIO DE 2015

Val acordou zonza, como se tivesse sido arrancada de um sono profundo. O quarto estava escuro. Ao acostumar a vista, percebeu que não era o seu. Levou alguns segundos para lembrar que havia passado a noite no quarto da filha de Arthur.

Ao se dar conta de que ele estava dormindo no quarto ao lado, sentiu um calor percorrer seu corpo, um desejo incontrolável de procurá-lo.

Sentia fome, muita fome. Não havia se alimentado direito no dia anterior.

Olhou as horas, eram quatro e meia da manhã. Virou de lado e tentou tirar ao menos a fome do foco de seus pensamentos, já que tirar Arthur da cabeça era uma missão impossível. Os ruídos e os espasmos provocados pelo estômago vazio eram um sinal de que precisava procurar algo para comer.

Levantou e percebeu que a camisa que vestia a cobria até o meio da coxa, mas, àquela hora da madrugada, o risco de encontrar Arthur era mínimo, a não ser que, ao voltar para o quarto, ela desviasse o caminho para saciar o desejo que sentia.

Abriu a porta devagar e caminhou na ponta dos pés. Não pegaria bem para a sua reputação ser flagrada assaltando a geladeira de Arthur. A cozinha era em estilo americano, porém espaçosa. Tinha um cooktop de cinco bocas, voltado para a área social. Val ponderou se Arthur seria um cozinheiro gourmet e o imaginou preparando bacon e ovos fritos de manhã. Foi direto para a geladeira e a abriu lentamente, para não fazer barulho; mesmo assim, algumas garrafas que estavam armazenadas no console da porta se chocaram com o movimento, provocando um ruído agudo, que, àquela hora da noite, parecia ainda mais alto. Val fez uma careta e olhou por sobre o ombro para se certificar de que Arthur não havia acordado.

Agarrou o pacote de pão de forma e a vasilha em que havia queijo e presunto. Viu também que, na prateleira de cima, havia uma garrafa de tequila, ainda fechada. Achou graça no fato de ele ter comprado a bebida. Seguramente havia se preparado para o dia em que ela aceitasse seu convite de passar a noite lá. O que ele não previra era que, em sua primeira noite no apartamento, ela estaria dormindo no quarto da filha e surrupiando comida no meio da madrugada.

Pegou uma garrafa de suco de laranja e colocou tudo sobre a bancada. Abriu alguns armários até encontrar os pratos. Tudo foi feito com cuidado, para não fazer barulho.

Preparou o sanduíche e sentou em um dos quatro bancos na bancada de frente para o fogão. Quando ela dava a primeira mordida, as luzes das quatro luminárias solitárias que pendiam do teto se acenderam.

— Deu fome? — Arthur perguntou, sorrindo, enquanto Val pulava de susto.

— Jesus! Que susto, meu Deus. Quase me mata do coração.

Ele gargalhou.

— Não sabia que policiais eram tão assustados assim.

— Somos mais do que aparentamos. Sua sorte é que não estou armada. Me desculpa, Arthur, por saquear a sua geladeira, mas com a confusão de ontem quase não comi, estava tão cansada. Mas... gente, que fome foi essa que me deu agora!

— A culpa foi minha, eu deveria ter insistido para você comer alguma coisa antes de se deitar.

Ele encheu um copo d'água e se apoiou de frente para ela, junto ao fogão, assim como ela o havia imaginado quando entrou na cozinha. Vestia uma camisa de malha branca e uma calça de pijama quadriculada em tons vinho. Tentou disfarçar ao ser flagrada olhando para ele e puxou uma conversa corriqueira.

— Você cozinha?

— Adoro cozinhar e, cá entre nós, faço isso muito bem. Se tivesse me chamado, esse seu sanduíche chocho, frio, de queijo e presunto teria sido um *croque-monsieur*.

— Que maravilha! Não vejo a hora de provar. Mas... vai ter que ficar para outro dia.

— Dormiu bem?

— Muito bem, obrigada — ela respondeu enquanto se levantava. Lembrou que vestia apenas a camisa e, na mesma hora, ele se virou encarando-a. Seus olhos ardiam de desejo, assim como os dela.

Val sentiu novamente calafrios em seu corpo. Já conhecia a química que existia entre eles. O beijo que haviam trocado na saída do Bar Lagoa, há dez dias, havia acendido uma chama difícil de apagar.

Sem desviar os seus olhos dos dela, Arthur se aproximou. Entrelaçou suas mãos nas de Val, mantendo o olhar penetrante que tinha um efeito nocauteador. Seus olhos verdes, sua barba cerrada, seus lábios carnudos eram a materialização da tentação. Sem pressa, os lábios juntos, foi abrindo caminho com a língua, explorando sua boca e deixando que a explosão química voltasse a acontecer.

Ainda com os dedos entrelaçados, Arthur conduziu os braços de Val para o alto e, sem que precisasse ser dito, ela os manteve naquela posição, enquanto ele descia as mãos ao mesmo tempo em que acariciava o contorno do seu corpo, até alcançar a bainha da camiseta que havia subido alguns centímetros.

Ainda com o olhar fixo nos olhos de Val, ele segurou sua blusa e iniciou o movimento para levantá-la, enquanto ela consentia em um sorriso malicioso.

Ao passar com a camisa pela sua cabeça, os cabelos longos e avermelhados de Val se desvencilharam da malha e caíram em seus ombros lentamente, como se estivessem bailando. Extasiada, Val não se lembrava das inseguranças com o seu corpo de quarenta e dois anos, que lhe perturbaram a mente ao longo dos últimos dias. Isso já não era importante, já não fazia sentido algum.

Seguindo a mesma sequência de movimentos feitos por ele, Val tirou a blusa do pijama de Arthur, tocando seu corpo com leveza, como se estivesse fazendo um desenho de sua silhueta, provocando-lhe arrepios e discretos gemidos.

Abraçaram-se e sentiram o calor de seus corpos. O desejo que sentiam um pelo outro foi refletido na intensidade do beijo, que aumentou até que ele a suspendesse e ela entrelaçasse as pernas em seu quadril.

Estavam famintos de tesão. Ele a carregou para o sofá, acomodando-a com delicadeza. De pé, a contemplava com interesse, explorando seu corpo com olhos sedentos, enquanto se livrava da parte de baixo do pijama. Assim que o fez, montou sobre ela, agora explorando seu corpo com as mãos e língua.

Cada carícia, cada gemido foi compartilhado em cumplicidade. Val e Arthur tornaram-se apenas um, ao alcançarem o ápice do prazer simultaneamente, revelado por gozos ruidosos.

Assim que clareou, eles ainda estavam abraçados, no sofá, mas então semicobertos por uma fina manta que Arthur mantinha sobre o encosto do móvel e que puxara assim que se aquietaram. Conversavam com tranquilidade, curtiam a intimidade. Val sentia-se plena, feliz. Era uma mulher madura que havia se apaixonado por Jonas aos dezessete anos. A consequência desse amor juvenil fora a dedicação desempenhada por mais de vinte anos a ele. Era uma mulher pouco experiente para o sexo, mas naquelas últimas duas horas, Arthur proporcionara a ela um estado de plenitude indescritível.

Escutou ao longe o apito de seu telefone, que anunciava novas mensagens recebidas. Eram ruídos insistentes, e ela resolveu verificar o que estava acontecendo.

Com esforço, desvencilhou-se do abraço sedutor de Arthur e, sob protestos, levou consigo a coberta, enrolando-a em seu corpo.

— Vou preparar algo para a gente comer. — Ele levantou do sofá em um movimento ágil e vestiu a calça do pijama, que estava sobre o tapete junto ao sofá.

Era um pouco antes das sete da manhã quando Arthur, cantarolando, começou a separar alguns ingredientes sobre a bancada da cozinha. Estava inspirado a fazer a sua melhor versão do aguardado *croque-monsieur,* mas, apenas finalizada a organização dos ingredientes, Val voltou à sala com os olhos fixos em seu telefone.

Já estava vestida com sua roupa do dia anterior e, aflita, disse:

— Arthur, me desculpe. Sei que prometeu se exibir na cozinha, mas preciso ir.

— O que houve?

— Preciso visitar a minha mãe na clínica, em Petrópolis. Ela não passou bem a noite, e eles me pediram para ir até lá.

Imediatamente ele se posicionou ao seu lado e perguntou se precisava de companhia. Ela disse não ser necessário, mas ele insistiu.

— Val, você está abalada com a notícia. Me deixa te ajudar. Eu te levo, assim você não precisa dirigir.

Por um minuto, ela pensou em recusar, mas depois refletiu sobre a proposta e percebeu que seria melhor não ter que dirigir angustiada do jeito como se encontrava.

Ligou para a filha, avisou que estava subindo a serra e perguntou se ela queria ir, mas, mais uma vez, Luana recusou.

Mãe e filha conversaram por alguns minutos, mas nada foi dito sobre o fato de Val ter avisado tarde da noite que não dormiria em casa. Val não comentou e Luana não perguntou, mesmo sabendo que o fato mudaria a rotina das suas vidas. Antes, eram somente elas; há pouco tempo, Neto havia ingressado em suas vidas; agora era a vez de Arthur fazer o mesmo.

No trajeto para Petrópolis, enquanto Arthur dirigia, Val enviava mensagens coordenando os trabalhos na delegacia. Era domingo, mas, durante uma investigação como aquela, os dias da semana eram indiferentes. Os policiais precisavam trabalhar a qualquer dia e hora. Tinha avisado ao delegado que precisaria se ausentar naquela manhã. Almeida conhecia bem a sua vida pessoal e sabia que a sua mãe e filha sempre seriam prioridade.

Assim que começaram a subir a serra e as curvas se intensificaram, Val desligou o telefone, interrompendo a leitura das mensagens que chegavam. Sentia-se enjoada com os movimentos. Arthur quebrou o silêncio dizendo:

— Você já recebeu um meme que diz alguma coisa do tipo "se você pudesse ver a aura de uma pessoa você não se relacionaria com ela"?

Val encarou-o, intrigada, sem entender de onde vinha o assunto.

— Karina é assim. Você, ontem, comentou a foto do porta-retratos do quarto da Isabel. Sim, é verdade. Karina é uma mulher linda, mas tem suas inseguranças, personalidade obsessiva, manias, fraquezas, além de ser uma pessoa perigosamente negativa. E eu sinceramente não consigo vê-la mais com aquela aparência física da foto.

— Eu não tive a intenção de mostrar insegurança quando tomei a foto nas mãos. Acho que, sem querer, passei essa impressão.

— Eu sei, eu sei. Só estou querendo que saiba que eu não tenho nenhum sentimento por ela. Nossa relação é estritamente voltada para o bem-estar da Isabel, que, a meu ver, estaria mais protegida emocionalmente ao meu lado. Estou sempre presente na vida dela, temos uma relação maravilhosa, inclusive ela já me disse que prefere morar comigo em vez de viver com a mãe, mas essas coisas não são tão fáceis de conseguir... Sinto que teria que entrar em uma briga pela guarda dela, e a única prejudicada seria a própria Isabel.

Val segurou a sua mão. Compreendia seus sentimentos. Compartilhar a guarda de um filho, por mais amigável que fosse o relacionamento, era sempre um desafio. Sua relação com Luana se deteriorara depois que enfrentou o mesmo processo, ainda que sempre tivesse mantido uma relação amistosa com Jonas. Durante o resto do trajeto, Val e Arthur foram trocando suas experiências pessoais.

Ao chegar à clínica, o casal foi ao encontro da enfermeira-chefe, que havia mandado a mensagem para Val.

— Dona Inês passou a noite bastante agitada. Falava muito, levantava da cama, caminhava pelo quarto. Demos a medicação para acalmá-la, mas, antes que o remédio fizesse efeito, em um dos momentos de agitação, ela acabou se desequilibrando e caiu. Temos o vídeo de todos os momentos, inclusive da queda, que mostra que ela não chegou a bater a cabeça, que era uma das nossas preocupações.

A enfermeira foi descrevendo o ocorrido enquanto Val e Arthur a acompanhavam pelo corredor de acesso aos quartos, até chegarem ao número 34.

Da porta, podiam ver Inês repousando. Val se aproximou e segurou a sua mão, enquanto Arthur ficou em pé na entrada do quarto, mantendo uma distância para dar privacidade às duas.

Inês tinha uns arranhões nos dois braços e, ao questionar sobre os ferimentos, Val foi informada que ela mesma os havia provocado, no pico da agitação.

— O médico fez uma visita agora de manhã e confirmou que não houve nada grave. Ele analisou a gravação da queda para ver possíveis lesões. Ela ficará em observação. Deixamos ela acordada logo depois do evento, mas o médico permitiu que ela descansasse agora, pois ela não dormiu durante a noite.

Enquanto a enfermeira falava, Val segurava e acarinhava a mão da mãe, que aparentava estar em um sono pesado. Era angustiante para Val vê-la naquele estado. Inês sempre fora o seu porto seguro e agora, por conta da doença, não era capaz de dizer o que a perturbava, e os motivos pelos quais tivera uma noite ruim.

Por mais que quisesse ficar ali o dia todo, garantindo a segurança da mãe, Val precisava voltar para o Rio, havia uma investigação importante a ser conduzida. Tinha decifrado a chave para chegar à verdade, para descobrir os reais motivos dos crimes e, também, o responsável pelas mortes.

Val agachou até a mão da mãe e lhe deu um beijo carinhoso. Ao soltá-la, sentiu uma resistência, como se Inês quisesse mantê-la ao seu lado. Val, então, se aproximou do seu rosto, deu-lhe um beijo na bochecha e foi nesse momento que a mãe pronunciou a palavra *música*.

Emocionada, Val, ainda curvada sobre a mãe, começou a cantarolar a música "Ai, que saudade d'ocê", uma das que mais gostava de cantar para a mãe e que, junto com "Chega de saudade", não podia faltar no repertório de suas visitas.

Sem o violão, a música foi cantada a capela, chamando atenção de Arthur, que até então desconhecia a sua habilidade musical. Ele se aproximou de Val, precisava escutar de mais perto, estava hipnotizado com a doce afinação da mulher com quem a cada minuto se via mais envolvido.

Não se admire se um dia um beija-flor invadir
A porta da tua casa, te der um beijo e partir
Fui eu que mandei o beijo
Que é pra matar meu desejo
Faz tempo que eu não te vejo
Ai, que saudade d'ocê...

Ao terminar a canção, Val voltou a se despedir da mãe e se virou para sair do quarto, dando de cara com Arthur, que, sorrindo, encarava--a com olhar admirado.

— É... esqueci de comentar que eu sei cantar — disse, com timidez.

Na descida de retorno para o Rio, ela contou para Arthur sobre seu passado musical e cantou algumas canções de seu repertório antigo. Foi nesse mesmo momento que ele soube da sua relação com Isa, a quem já conhecia do mercado do livro, e de Jonas, seu ex-marido.

Quando já estavam na Linha Vermelha, o telefone dos dois apitou quase simultaneamente. No de Val, a mensagem de Urso, confirmando a entrega da intimação a AC Pereira; no telefone de Arthur, a mensagem desesperada de AC avisando sobre a visita do oficial de justiça.

## 20

### NO PASSADO

Na tarde em que fugiu de casa, ele caminhou sem rumo pela cidade. Carregava na mochila trezentos reais, que havia roubado da carteira da mãe no dia anterior, duas mudas de roupas, um sanduíche de manteiga e presunto e os cinco livros que havia escolhido da vasta coleção que guardava embaixo da cama.

Pensou em buscar abrigo na casa de algum conhecido da escola, inventando que a mãe tinha viajado e dando uma desculpa de que se sentia inseguro em dormir sozinho em casa, mas não havia ninguém em quem confiasse. Tinha receio de que seria delatado assim que contasse a falsa história.

Ele era um rapaz reservado. Havia se fechado para o mundo, como consequência de todos os conflitos familiares que havia vivenciado em seus quatorze anos de idade.

Assim que passara a adrenalina da fuga, precisou se concentrar e pensar no que de fato faria. Não poderia ficar vagando pela rua. Com a chegada da noite, os perigos naturais de uma cidade violenta poderiam atingi-lo e corria o risco de perder o pouco que carregava.

Entendeu que precisaria mudar o chip do seu celular. Não queria correr risco de ser encontrado, mas sabia que nenhum funcionário de uma operadora venderia um *chip*, mesmo que pré-pago, a um adolescente de quatorze anos. Pediu ajuda a um vendedor ambulante e pagou a ele cinquenta reais. Meia hora depois, instalava o novo *chip* em seu antigo aparelho.

Vagando pelo centro da cidade, entrou em uma papelaria que operava também como lan house. Sentou-se diante de um dos três computadores disponíveis. Lembrava que seu pai tinha uma irmã por quem tinha muita consideração. Lembrava, ainda, que essa tia, a quem não conhecia, sempre fora um dos motivos das desavenças dos pais. O que ele recordava das brigas é que a tia havia se desentendido com o pai pelo fato de ele ter se casado com a sua mãe. Elas não se aturavam. Com o seu nome guardado na memória, fez algumas pesquisas e conseguiu encontrá-la nas redes sociais. Pensou se seria necessário criar uma conta nova para navegar naquele ambiente, mas percebeu que sua preocupação era em vão, já que o seu desaparecimento seria visto pela mãe como uma bênção.

Mandou uma mensagem para a tia, explicando a situação. Ele era um rapaz inteligente. Seu amor pela literatura e a vasta experiência com os livros haviam lhe proporcionado sabedoria para empregar bem as palavras. Fez questão de deixar o número do seu telefone, para que ela entrasse em contato. Depois que enviou a mensagem ainda aguardou alguns minutos para ver se receberia resposta, mas ela não chegou de imediato.

Usou outros vinte reais para conseguir um quarto para dormir ali mesmo, no Centro. O lugar que conseguira era sujo e com lençóis encardidos, mas ele não poderia esperar nada muito melhor pelo valor pago e pelo risco que a hospedagem assumira ao abrigar um menor sem identificação. O abrigo não tinha internet, o que foi um problema durante a madrugada de insônia. Pela primeira vez desde que fugira de casa, sentiu medo. Sabia do risco que assumira ao tomar a decisão de deixar o seu lar, mas não tinha opção. Não tolerava o desprezo da mãe, muito menos os abusos sexuais da empregada, que fazia dele o que bem queria.

Na manhã seguinte deixou o quarto, parou em uma birosca para comer um pão na chapa e tomar uma Coca-Cola e voltou à papelaria para ver se havia recebido alguma mensagem de retorno da tia, mesmo não acreditando nisso.

As horas foram passando e o seu desespero aumentando ao perceber que a tia não responderia aos seus apelos. Decepcionado, ele voltou a procurar a mesma pensão em que havia dormido na noite anterior e ocupou o mesmo quarto. Olhava para o papel de parede floreado, puído e amarelado, colocado em uma época em que era elegante viver no centro da cidade. Pensou que, sem ter a resposta da tia, aquele seria o seu lar por um bom tempo. Seria difícil, mas era preciso se acostumar àquelas paredes.

Se esse fosse o caso, precisaria conseguir uma fonte de renda, ao menos para pagar a diária daquele quarto. No dia seguinte, propôs ajudar na limpeza do prédio em troca da moradia, o que foi aceito pelo proprietário do edifício.

Todos os dias ele voltava à papelaria para checar se a tia lhe respondera e, com essa rotina, fez amizade com o dono do lugar, que a cada dia se interessava mais sobre a vida do garoto. Um dia, um funcionário da papelaria, que ficara doente, precisou se afastar por alguns dias, e o dono ofereceu que o garoto assumisse o posto. Mas ele precisava prometer que, se houvesse alguma fiscalização, teria que se passar por seu sobrinho e em hipótese alguma poderia dizer que estava trabalhando lá.

A semana passou e, mesmo depois do retorno do funcionário, ele continuou ajudando na loja. Sua colaboração era necessária e fora apreciada pelo dono.

Com essa oportunidade, conseguiu algum dinheiro para se manter. Quando completou três meses vivendo nessas condições, em uma manhã em que se dirigia para o trabalho, seu celular tocou e tamanha foi a surpresa quando a mulher do outro lado da linha identificou-se como sua tia.

Naquele mesmo dia, ele deixou a pensão e foi encontrar a mulher, que explicou o motivo da demora em procurá-lo: *Eu achava que era um golpe. Só percebi que era você mesmo quando a sua mãe teve a decência de me ligar para saber se eu tinha notícias suas. Foi quando a ficha caiu, e eu pensei que você realmente estava precisando de mim.*

A tia o acolheu. Viúva, vivia sozinha em um apartamento confortável. O que não sabia é que ela herdara um belo patrimônio, que estava convertido em imóveis espalhados por toda a cidade, do marido falecido. A única filha, sua prima, morava no exterior, onde estudava, e decidira nunca mais voltar. Quase não vinha ao Brasil e pouco falava com a mãe.

A solidão e a carência da filha fizeram com que a tia depositasse todo o seu amor no sobrinho, que entrara de um dia para o outro em sua vida, criando na senhora um instinto protetor que o guardaria até a sua morte.

Como não poderia matriculá-lo em um colégio regular por estar vivendo às escondidas, o garoto sugeriu que ela contratasse um tutor para ajudá-lo, e ele se comprometeu a estudar sozinho. Em um primeiro momento, ela não concordou, mas percebia muita similaridade do sobrinho com o seu falecido irmão e sabia que o rapaz seria capaz de cumprir o acordo.

Em alguns momentos, a tia não sabia dizer quem ensinava quem naquela relação: se o professor a ele ou ele ao professor. O menino havia herdado a astúcia do pai, quem sempre fora inteligente e preparado.

Quando estava na idade certa, entrou em uma escola técnica para concluir os últimos meses e fazer a prova que certificava a conclusão do Ensino Médio. Somente assim ele poderia cursar a faculdade, como era o seu sonho. Quando passou no Enem com a pontuação que lhe garantia a vaga em uma boa universidade, teve certeza de que, para ele, o céu era o limite.

Até que a vida lhe deu outra rasteira.

Foi ele quem achou a tia no chão da cozinha. A mulher havia sofrido um infarto fulminante. Seu coração não resistiu aos sessenta e três anos que estava prestes a cumprir.

Ao vê-la no chão, com os olhos semiabertos, sentiu seu mundo desmoronar, assim como antes, quando ainda vivia sob o mesmo teto da mãe narcisista e da empregada violadora.

A felicidade que sentia por ter alcançado uma boa pontuação para ingressar em uma boa universidade foi substituída pelo luto. Na mesma semana da morte da tia, achou nos pertences dela uma carta endereçada a ele, em que a senhora dava todas as orientações que ele precisava de como proceder caso aquilo acontecesse. Aparentemente, a mulher tinha uma condição cardíaca delicada há tempos e, prevendo esse cenário, havia se adiantado, providenciando um documento em que declarava o seu desejo de doar ao sobrinho metade de sua fortuna. Junto com a carta, ele encontrou também os contatos do advogado que providenciara toda a transação; mas, ao ser acionado, esse profissional lhe informou que o trâmite não havia sido oficialmente registrado no cartório, com exceção de um terreno, herdado do irmão, que o pai de Neto tinha muito apego. A tia, então, decidiu, dois anos antes, transferi-lo para o sobrinho, que na época não deu importância à propriedade abandonada, mas que agora era a única coisa que lhe restava.

Não demorou para que a filha e única herdeira da falecida retornasse ao Brasil. Vinte e dois anos mais velha do que ele, chegou de mala e cuia para se apossar do que a lei lhe daria por direito. Mais uma vez, ele se viu com uma mão na frente e outra atrás.

Em um primeiro momento, a prima estava decidida a enxotá-lo da casa na qual ele vivera os últimos dois anos, mas, ao perceber a sua vulnerabilidade e carência, ele resolveu atacar da forma que melhor sabia. Em pouco tempo, seduziu-a e a levou para cama. Com seu fogo juvenil, ele conquistou a mulher ardente que se escondia por trás de uma carcaça antipática e desprezível. A partir de então, o relacionamento dos dois tornou-se uma cópia do que ele havia testemunhado quando criança, só que, agora, ele fazia o papel de sua mãe, e a prima o do seu pai.

## 21

SEGUNDA-FEIRA, 25 DE MAIO DE 2015

Val, Urso e Almeida chegaram à delegacia duas horas antes do horário marcado para o depoimento de AC Pereira. Val sabia que a tranquilidade da rua no momento da sua chegada tinha prazo de validade. Assim que a imprensa tomasse conhecimento sobre a intimação de AC, repórteres ficariam de prontidão à espera de uma notícia sobre os motivos que levaram o departamento de homicídios da Polícia Civil carioca a intimar o célebre autor.

Era como se Stephen King fosse intimado a depor em alguma grande cidade americana. Não demoraria para que dezenas de teorias especulativas fossem encontradas nas redes sociais e, para desmentir esses boatos, Almeida planejava realizar um comunicado à imprensa no fim daquela mesma tarde.

Enquanto se reuniam na sala do delegado para fechar os detalhes dos questionamentos que fariam a AC Pereira, a assessoria de imprensa da Polícia Civil organizava coletiva para as três horas da tarde, em um hotel da Barra da Tijuca.

Val viu uma mensagem de Arthur entrar em seu telefone. Ela pediu licença aos dois e saiu da sala. Entrou em uma sala de reunião desocupada para responder com uma ligação.

— Acabei de sair do apartamento de AC — Arthur disse. — Ele está se arrumando para ir depor. Chegou a pedir para que eu o acompanhasse, mas falei que não fazia sentido eu ir com ele.

— Fez bem — Val respondeu. — Realmente não teria motivo para você vir aqui. Teríamos que mandá-lo para casa. Ele está vindo acompanhando do advogado, imagino...

— Sim, está. Ele está tranquilo. Apenas curioso para saber o porquê de ter sido convocado. Não vou te atrapalhar mais. Sei que você deve estar com o dia cheio. Eu também tenho que reorganizar a agenda dele. Com essa confusão, terei que postergar alguns compromissos — Arthur disse e completou com voz preocupada. — Val, existe alguma chance de ele ser preso por precaução?

Val gargalhou.

— Você está vendo muito filme policial, ou talvez lendo muitos livros de ficção. Não, Arthur, não existe essa possibilidade. Não hoje — frisou. — É apenas um depoimento de rotina.

Antes de se despedirem, ela disse:

— Arthur, queria te agradecer por ter me acompanhando ontem, na visita da minha mãe. E... também... queria dizer que nossa noite foi especial.

— Você não tem que me agradecer, só queria estar perto caso você precisasse de ajuda. Quanto à nossa noite, estou com ela na cabeça até agora e vai ser difícil me concentrar em outra coisa que não seja você.

Val sentiu as maçãs do rosto queimarem. Sabia que seus sentimentos eram correspondidos e sentia viver um sonho juvenil, algo que já não pensava experimentar na vida.

Eles se despediram e, antes de iniciar o depoimento, Val tomou uma decisão importante. Precisava contar para o delegado do seu envolvimento afetivo com Arthur. Ele precisava saber antes de que tudo começasse.

— Almeida, você tem um minuto? Preciso conversar um assunto com você antes do depoimento — Val falou, ao entrar na sala do delegado. Pelo tom da sua voz, Urso percebeu que, o que quer que fosse, o assunto não interessava a ele. Então, levantou-se e saiu.

Enquanto Val se acomodava na cadeira em frente à mesa de Almeida, ele a encarava com curiosidade.

— Então, delegado, você sabe que não sou de dar voltas desnecessárias. O fato é que tenho saído com o agente literário do AC Pereira. Uma baita coincidência, eu sei. Conheci ele na noite de lançamento do último livro do autor, e de lá para cá temos nos visto. Para ser bem sincera, só consegui desvendar essa conexão dos crimes com os livros por conta desse relacionamento. Uns dias atrás, o Arthur me deu de presente os livros do AC, eu comecei a ler, e pude ver a similaridade em um dos trechos.

Era evidente a surpresa do delegado, a qual ele não escondeu da subordinada. Mas, depois que ela terminou de explicar, ele comentou:

— Inspetora, a verdade é que por ora não vejo nenhum motivo que impeça você de conduzir essa investigação, mas, caso haja alguma reviravolta nesse caso, você já deve imaginar que precisarei afastá-la. Manteremos o plano original. Você conduzirá o depoimento de hoje, mas, se houver algum indício, o menor que seja, do envolvimento desse AC no crime, haverá um grande conflito de interesses, e você precisará tomar uma decisão entre o seu relacionamento ou o comando da investigação. Mas, por enquanto, está tranquilo.

— Obrigada, delegado. Fico mais tranquila com você a par da questão. E não acredito que ele tenha algo a ver com isso. Acredito realmente que seja obra de algum seguidor desequilibrado.

Enquanto finalizavam a conversa, escutaram um murmúrio vindo do salão principal e avistaram AC entrando na delegacia e sendo cumprimentado pelos policiais e pessoas que lá estavam. Selfies foram tiradas, apertos de mãos, trocados, autógrafos, pedidos e concedidos, como se aquilo fosse a entrada de AC em um evento literário.

Val e Almeida saíram da sala condenando a equipe com o olhar, e o delegado disse com voz potente:

— Vocês não têm mais o que fazer, não?

Todos voltaram aos seus postos de trabalho, liberando o acesso até o autor. Val foi a primeira a cumprimentá-lo, e ele a reconheceu de quando foram apresentados na noite de lançamento do seu último livro.

— Inspetora Valéria Ricci, não é? Prazer revê-la. Está certo que teria sido melhor em outras circunstâncias.

— Obrigada por vir, sr. Antônio Carlos. Me acompanhe, por favor.

Almeida apresentou-se ao autor e ao advogado que o acompanhava. Eles foram conduzidos por Val para a sala de interrogatórios. No centro do ambiente, uma mesa retangular com duas cadeiras de cada lado. AC e o advogado se sentaram de frente para o espelho espião, de onde, do outro lado, Urso acompanharia o depoimento.

A sessão foi iniciada com a apresentação de AC e de seu advogado e com a descrição de quem estava presente.

— Antônio Carlos Pereira, o senhor sabe por que foi intimado a depor nessa delegacia? — Val perguntou.

— Não, mas imagino que seja relativo aos dois assassinatos que estão investigando.

— Limite-se a responder somente o que lhe foi perguntado — interveio o advogado.

— O senhor tem acompanhado as notícias sobre esses crimes?

— Muito pouco. Como é de conhecimento público, acabo de lançar um livro e tenho estado ocupado com compromissos da divulgação.

— Sim, eu entendo — Val disse. — Temos evidências que provam a conexão desses dois casos com dois casos dos seus livros. Gostaria de ler parte do laudo da perícia para que possamos continuar com esse interrogatório. Posso?

Ambos concordaram com a sugestão da inspetora, que imediatamente começou a leitura de um documento de três páginas com informações compiladas acerca dos crimes.

— Agora, gostaria de ler duas passagens tiradas de seus livros.

Val leu a narrativa do crime do motel, encontrada no primeiro livro do autor, no capítulo dezessete, oitavo parágrafo; em seguida, a narração do corpo encontrado no porta-malas de uma rua sem saída, descrito no sexto livro do autor, no capítulo oito, primeiro parágrafo.

— Como pode ser percebido, aqui temos o indício de que a vida imita a arte. Estamos convencidos de que esses dois crimes foram elaborados seguindo uma espécie de roteiro dos seus livros. E estamos investigando para encontrar o assassino dessas mulheres. Logo, o senhor foi chamado para que possa prestar depoimento e nos ajudar a seguir com as investigações.

— Estou realmente espantado que minhas histórias tenham sido usadas para esse fim. Eu nunca imaginei que elas pudessem ser usadas como inspiração para crimes reais.

— Existe muita gente desequilibrada no mundo, senhor Pereira. Às vezes, elas só precisam de um estímulo — Almeida disse.

— No que eu posso ajudar? — AC perguntou.

— Como é o seu relacionamento com os seus fãs?

— Bem... Eu tenho uma legião de seguidores e confesso que não sou capaz de administrar sozinho o volume de mensagens e interação que precisa ser despendida nesse relacionamento. Tenho uma equipe de duas pessoas que passa o dia lendo as mensagens e interagindo com os fãs. Faz parte do escopo do trabalho selecionar algumas dessas mensagens para que eu mesmo interaja, para que seja algo mais pessoal. Eu nunca recebi nada fora do normal. Sempre existem as pessoas que gostam e as que não gostam do meu trabalho, mas essa relação nunca passou ao intolerável.

Val puxou um papel com a lista de alguns perfis de pessoas que, dias antes, vasculhando as redes sociais de AC Pereira, havia identificado como *haters* do autor.

— Fizemos uma busca nas suas redes sociais e identificamos essas pessoas aqui como as mais acaloradas, mandando mensagens hostis direcionadas a você. Você conhece alguma delas? Algum desses comportamentos lhe chamou atenção no passado?

AC pegou a lista nas mãos, observou as dezenas de nomes de perfis que estavam listados.

— Não, infelizmente não. Mas, como disse antes, eu não acompanho as minhas redes sociais. Acho que meus assessores seriam as pessoas mais indicadas para ajudar nesse caso.

— Você sabe se seus assessores filtram as informações para chegar a você apenas aquilo que não seja fora do padrão? — Almeida perguntou.

— Talvez sim, mas não acredito que seja esse o caso. Tenho um bom relacionamento com eles e sei que, se houvesse algo muito sério, eles comentariam.

— Há quanto tempo eles trabalham para você?

— Cerca de seis anos, um, e quatro anos o outro. Como disse, são pessoas de total confiança.

— Você, em algum momento da vida, foi ameaçado por alguém? Consegue pensar em alguma pessoa que queira te prejudicar? — Val perguntou.

— Não. Não consigo pensar em ninguém.

As perguntas seguiram por mais algum tempo. No total, o depoimento durou cerca de duas horas. Quando estavam se despedindo, Val entregou um cartão com os dados da delegacia. E incluiu o seu celular.

— Senhor Antônio Carlos, deixo com você os nossos contatos. Qualquer coisa que lembrar ou que achar pertinente, comunique, por favor.

Queremos capturar esse assassino o quanto antes, afinal, pelo que podemos perceber, seus livros são um universo criativo e, nas mãos equivocadas, um perigo para a sociedade. Gostaria de pedir que mantenha o que foi dito nessa sala de depoimentos em sigilo. Temos uma coletiva de imprensa agendada hoje à tarde e queremos ser os responsáveis por expor o caso à sociedade.

— Não se preocupem. Não falarei com a imprensa nem com ninguém sobre isso.

Antes de sair, Val pediu para que ele apontasse o contato de todas as pessoas com quem se relacionava diretamente, para que pudessem ser chamadas a depor ainda naquela semana, e um frio momentâneo percorreu a espinha de Val ao ver o nome de Arthur na lista.

Naquela mesma tarde, ela e o delegado Almeida entravam no salão do hotel. Repórteres de diversas emissoras de TV, rádio e mídia impressa ocupavam a sala de conferência, que comportava setenta pessoas.

Apesar de a investigação ser sigilosa, a polícia se viu obrigada a abrir um pouco mais sobre os detalhes dos crimes. Assim que AC Pereira deixou a delegacia, no início daquela tarde, as especulações e *hashtags* envolvendo o autor eram os assuntos mais comentados do dia.

Na medida do possível, Val respondia às perguntas dos repórteres, que transmitiam as novidades investigativas em cadeia nacional. Enquanto isso, Ele assistia àquilo tudo empolgado, animado com o fato de finalmente ser reconhecido pelo seu minucioso trabalho.

Às seis e meia da tarde, Val se despediu do delegado e, com agilidade, conseguiu se esquivar dos repórteres que continuavam bombardeando-a com inúmeras perguntas. Entrou em seu carro, que fora entregue pelo manobrista do hotel, e seguiu pela Avenida Lúcio Costa. Por mais que desejasse seguir reto até chegar ao número 5600, para encontrar Arthur, ligou a seta para esquerda, virando no retorno seguinte e se dirigindo para a sua casa, a vinte quilômetros dali.

## 22

### NA MESMA TARDE

Como prometido, AC Pereira não deu nenhuma declaração aos repórteres que estavam de prontidão na entrada da delegacia. A aglomeração aconteceu logo após uma foto dele, entrando na delegacia, ter sido divulgada por uma pessoa que passava na rua. Não demorou para que a imprensa chegasse e tivesse que disputar espaço com os curiosos que desejavam uma fotografia com o ídolo. Mas, para a decepção de todos, as únicas reações que conseguiram foram um aceno e um sorriso de quem não deve nada à justiça.

Protegido por seu advogado e por alguns policiais, que o escoltaram até o carro, AC entrou no veículo e pela primeira vez em quase vinte e quatro horas pôde se acalmar.

A verdade é que há dias ele acompanhava na mídia as notícias sobre os assassinatos e já sabia da relação que os crimes tinham com seus livros, mas mantivera-se quieto, longe dos holofotes, sabendo que a repercussão seria prejudicial à sua carreira. Nem mesmo para seu agente literário, Arthur, ele expusera o tema.

Sabia que, se houvesse alguma relação com suas histórias, a polícia mais cedo ou mais tarde encontraria por si só a conexão. O recebimento da intimação não havia sido uma completa surpresa, apesar de ele ter feito questão de demonstrar o contrário.

AC era um homem simpático, extrovertido, animado, o tipo da pessoa de quem todos queriam ser amigos. Na época em que foi descoberto por Arthur, o mercado passava pela escassez de novos talentos, e o agente viu nele a possibilidade de um novo fenômeno literário.

Ainda na escola, em Macaé, AC sempre foi o garoto bacana da turma. Desde pequeno, era apaixonado por leitura. Lembrava com carinho do avô, que, depois de economizar por vários meses parte da sua pensão de professor estadual, o presenteou com a coleção de Monteiro Lobato em seu aniversário de dez anos.

Ao concluir os estudos, seu sonho era prestar vestibular para o curso de Letras. Mas precisou adiá-lo por um tempo, pois seu pai, dono de um mercadinho local, insistia para que permanecesse na cidade e ajudasse com a loja da família.

A persistência na mudança de cidade acabou afastando AC da família, que o considerava egocêntrico e egoísta. Aos vinte e quatro anos ele partiu. Levava consigo, além da mala em que embalara seus pertences, ressentimentos de seu pai, que na véspera de sua partida ainda tentara persuadi-lo a desistir do sonho de ser escritor. Esse desentendimento acabou levando-os a uma briga com ofensas mútuas soltas ao vento.

Sozinho, cheio de sonhos e medos, AC desembarcou na rodoviária Novo Rio, na zona portuária da cidade. Sendo aquela a sua primeira vez na metrópole, pediu a orientação que precisava para chegar a Cascadura, bairro que seria a sua moradia por longos anos.

Escolheu a localização a dedo. Além de o local ser próximo à universidade, era o que o seu limitado orçamento, com a ajuda financeira do avô, o único familiar que o apoiou na drástica mudança, lhe permitia pagar.

Por quatro anos, Antônio Carlos manteve uma rotina disciplinada e, acima de tudo, economicamente restrita. Estudava durante o dia e trabalhava à noite como atendente em uma loja de roupas em um shopping de Cascadura.

Apesar de ser um homem com habilidades sociais, nesse tempo ele pouco socializava. Muito pelo fato de estar sempre sem dinheiro para acompanhar as noitadas dos amigos, mas também porque o escasso tempo que lhe sobrava era dedicado a ler e escrever. Eventualmente virava a madrugada trabalhando em textos que muitas vezes foram recusados por editoras, que respondiam sempre com a mesma desculpa: *agradecemos o envio do manuscrito e reconhecemos suas qualidades, mas no momento estamos focados em outra linha editorial.*

Os anos passaram e ele se frustrava cada vez mais com a falta de perspectivas. A cada porta que se fechava, escutava a voz do pai dizendo *eu te avisei*. E, por mais que muitas vezes pudesse concordar, AC precisava mostrar ao mundo que ele estava equivocado.

Em 2005, procurou uma nova editora e apresentou um manuscrito original, diferente de tudo o que havia produzido até então. Foi nessa ocasião que seu caminho cruzou com Arthur Vianna, que, apesar de ter quase a sua idade, era um homem muito bem relacionado no mercado literário e enxergou o seu potencial.

Na noite de lançamento do seu primeiro livro, *Enquanto você dormia*, AC Pereira foi surpreendido com as presenças de seu pai e de sua mãe. Arthur, que tinha conhecimento dos conflitos familiares, organizou a surpresa e promoveu a reaproximação da família, depois de terem passado nove anos brigados. Por ironia do destino, seu avô, o único que sempre acreditara em seu potencial, havia falecido alguns anos antes e não pôde acompanhar a noite de conquista do neto.

Depois do lançamento, o sucesso veio rápido. Com uma boa estratégia de marketing, as vendas da primeira obra alcançaram números inimagináveis para um jovem que havia saído de Macaé com uma mão na frente e outra atrás. Em pouco tempo, ele conquistava fama no Brasil inteiro.

Ainda surfava a onda do sucesso do primeiro livro quando a editora encomendou um novo livro policial, e assim os anos foram passando, com livros sendo publicados com frequência e com as adaptações cinematográficas de duas de suas obras.

Além dos livros, tornou-se palestrante, sendo chamado para diversos eventos importantes, além de ter ganhado alguns prêmios literários.

Há tempos havia deixado o bairro de Cascadura. Mesmo assim, mantinha contato com alguns amigos da época em que vivia na quitinete ao lado da universidade. Hoje em dia, ainda sozinho, morava em um apartamento luxuoso de frente para a Lagoa e, sempre que possível, apreciava o pôr do sol por trás do morro Dois Irmãos, que via da varanda.

Ao sair da delegacia, foi direto para casa. Não pretendia se expor até que a coletiva de imprensa dos policiais fosse finalizada, mas já recebia dezenas de mensagens de seu assessor de imprensa, informando que a mídia estava enlouquecida em especulações. *Só diga que a polícia fará um pronunciamento oficial às três da tarde*, orientou.

Ainda no carro, conversou com Arthur, que queria saber como havia sido o depoimento. AC, confiando na discrição do agente, resumiu o encontro que tivera com o delegado Almeida e com Val.

Naquela mesma noite, de todas as mensagens que recebera, uma chamou a sua atenção: *Gostou de visitar a delegacia?*

Ao lê-la, seu corpo enrijeceu.

## 23

QUINTA, 28 DE MAIO DE 2015

Fazia quatro dias que Val não via Arthur. Falavam-se diariamente, às vezes mais de uma vez, mas o trabalho de Val estava consumindo todas as suas energias. A rotina de Arthur também não estava menos agitada depois que a polícia oficializou, por meio da coletiva de imprensa, que os assassinatos haviam sido inspirados nas histórias de AC Pereira.

As vendas dos livros dos quais os crimes foram copiados aumentaram significativamente, e o primeiro, que há anos havia deixado o topo dos mais vendidos, voltou a encabeçar a lista dos best-sellers nacionais. Com o pico nas vendas, as viagens programadas para divulgação do livro novo e as constantes aparições de AC Pereira no noticiário, Arthur estava trabalhando todos os dias até de madrugada para colocar a vida do autor novamente nos trilhos.

AC Pereira não havia sido convocado uma segunda vez a apresentar-se na delegacia. Não havia nenhum indício que levasse as autoridades a suspeitarem dele. Por outro lado, os assessores que gerenciavam suas redes sociais compareceram para depor no dia seguinte. Arthur também precisou ir à delegacia, mas foi interrogado por Almeida e Urso. Até o momento, somente o delegado sabia de seu envolvimento com Val.

Quando Arthur chegou para depor, Val já estava acomodada na sala por trás do espelho espião. De lá, pôde acompanhá-lo sem ser notada. Arthur mostrava-se calmo e respondia com tranquilidade os questionamentos do delegado.

Para não dar margem às especulações, assim que o interrogatório foi finalizado Val permaneceu onde estava, aguardando que ele deixasse a delegacia.

Chamada por Almeida, assim que entrou em sua sala foi ouvindo sua opinião sobre Arthur.

— Não acho que ele ou qualquer um dos que interrogamos tenham algo a ver com esses crimes, mas, de qualquer maneira, vale uma varredura em suas vidas.

Val não se sentia confortável em investigar o passado de Arthur. Já havia tentado antes, por motivos de insegurança pessoal, mas agora a situação era diferente, e a investigação precisava ser feita. Ao sair da sala do delegado, resolveu que era hora de abrir o jogo com Urso e o chamou em uma das salas de reuniões.

— Preciso que você me faça um favor. Lembra que há alguns dias me flagrou sorrindo para o telefone e disse que só poderia ser paixão?

Urso olhou desconfiado, esboçou um sorriso e confirmou. Depois que ela lhe contou de quem se tratava, surpreso, ele perguntou aos risos se ela estava namorando o bonitão que haviam acabado de interrogar.

— Não falei que estamos namorando. Você ouviu essa palavra sair da minha boca? Falei que estamos nos conhecendo.

— Eu sabia que tinha algo estranho nesse seu desaparecimento para o interrogatório desse cara. Só poderia ter um motivo muito forte para que você não conduzisse. O chefe sabe? Há quanto tempo vocês estão saindo? Ele já conheceu a Luana?

Urso encheu Val com perguntas e, pacientemente, ela respondeu a todas. Os anos de trabalho em parceria os tornaram cúmplices nas vidas profissionais e pessoais. Depois de saciar sua curiosidade, Val pôde dizer o que precisava.

— Com essa reviravolta do caso, todas as pessoas do círculo de relação do AC precisarão ser investigadas, mas não quero fazer isso com o Arthur. Ao menos, não eu. Não quero julgá-lo por suas ações do passado. Então, quero te pedir para revirar a vida dele, como de qualquer um dos demais envolvidos, mas, sobre ele, só me conte se realmente tiver algo muito importante que justifique que eu saiba. Sei que posso parecer infantil te pedindo isso, mas eu me conheço e sei que se houver qualquer coisa que eu considere errada, por mais banal que seja, vai influenciar na nossa relação. Se puder evitar comentar isso com o Almeida, seria melhor. Não quero passar a impressão de que eu não posso conduzir esse caso. Confio no seu instinto.

Naquela noite, Val queria estar com Arthur. Havia saído da delegacia por volta das seis da tarde, mas ele estava preso em uma reunião que tratava da distribuição da nova tiragem dos dois livros de AC que estavam no pico das vendas novamente. Ele não sabia a que horas acabaria o encontro e disse que talvez precisasse levar os editores paulistas para jantar.

Decepcionada, ela foi para casa pensando que ao menos poderia curtir a filha, já que as duas estavam cada vez mais próximas, devido aos bons conselhos de Neto, que vinha persuadindo a namorada e incentivando essa reaproximação.

Ao chegar em casa, encontrou os dois sentados no sofá da casa. Conversavam com entusiasmo e paixão. Val gostava de ver a filha apaixonada daquela maneira. Neto cumprimentou-a e convidou Val a se juntar a eles. Ela não pretendia perder uma oportunidade como aquela e aceitou.

— Mãe, amanhã eu não tenho aula, então queria saber se posso ir ao cinema com o Neto. Queremos pegar a sessão das nove e meia. Pode ser?

Val concordou. Neto pediu licença para ir ao banheiro.

— Mãe, tem outra coisa. Sei que o que vou te pedir pode parecer ousado, mas eu tenho quase dezoito anos...

Antes que a filha concluísse, Val completou:

— E você quer passar a noite com Neto.

Luana olhou para a mãe com surpresa. Percebendo a reação da filha, Val disse.

— Lu, eu já tive a sua idade e já estive apaixonada como você. Sei o que passa pela sua cabeça. Só preciso saber se você está se protegendo. Não gostaria que seus planos fossem alterados por uma gravidez não planejada. Vocês já dormiram juntos?

— Fico sem graça de falar essas coisas com você, mãe. Me desculpe. Eu estou me esforçando pra que a gente possa ultrapassar essa barreira, mas ainda preciso de tempo — Luana disse sem olhar nos olhos da mãe.

— Filha, use o tempo que for preciso. Eu só quero que você saiba que eu estarei sempre aqui para te apoiar no que quer que passe em sua vida.

As duas se abraçaram no momento em que Neto retornava à sala, e seus olhos se encheram de alegria ao ver Luana tão próxima da mãe.

— Vou preparar minha mochila — Luana cochichou.

Enquanto ela saía para o quarto, Neto, imaginando o que Luana estava fazendo, sentou-se à frente de Val, que o encarava com autoridade.

Ela pouco o conhecia. Ele era dez anos mais velho do que a filha e, por mais que parecesse respeitoso, era da natureza de Val desconfiar das pessoas.

— Neto, não tenho como saber o que passa pela sua cabeça, quais são as suas intenções com esse relacionamento, se você gosta dela da mesma maneira que ela demonstra gostar de você... Mas quero te dizer que ela é o meu bem mais precioso e eu estarei sempre de olho.

Neto se levantou e se aproximou de Val. Olhou no fundo de seus olhos, mostrando que não se intimidava com as suas palavras, e disse:

— Valéria, a Lu é uma mulher linda, inteligente, cheia de sonhos. E eu pretendo fazer tudo que estiver ao meu alcance para que ela os realize. Sei que a nossa diferença de idade pode dar a entender que eu quero me aproveitar da frágil menina que ela aparenta ser, mas você está enganada sobre ela. Luana não é frágil; ela é forte, decidida e destemida. E sei exatamente a quem ela puxou. Não se preocupe. Tenho planos com ela e você estará sempre a par deles.

O discurso firme e audaz a pegou de surpresa, mas ao mesmo tempo a agradou. Val gostava de pessoas fortes, com paixão pelos seus interesses, e Neto mostrara que era digno de seu respeito.

O casal saiu de casa às sete e quarenta e cinco. Neto, tentando descontrair o ambiente constrangedor da despedida, disse: amanhã ela volta sã e salva.

Com a filha fora de casa e Arthur confinado em uma reunião de trabalho, Val ligou para Isa. Fazia dias que não se falavam. Sentia saudades da amiga, e ela atendeu ao chamado no segundo toque. Disse que ligaria mais tarde porque estava jantando com uma amiga. Val percebeu pelo tom de sua voz que a companhia era mais do que uma simples amiga.

— Divirta-se, Isa. E quero saber tudo depois. Também tenho muito para te contar.

Sozinha novamente, Val tomou um banho, fez um lanche. Serviu-se de uma dose de tequila e agarrou o violão, seu parceiro de vida, sempre disposto a lhe fazer companhia.

Tocou e cantou algumas canções de seu antigo repertório. Iniciou com "Karma Chameleon", lançada pela banda Culture Club, em 1983. Seguiu com "Summer of '69", de Bryan Adams, lançada no ano seguinte. De

1987, tocou "I still haven't found what I'm looking for", do U2, e emendou "Blackbird", dos Beatles, de 1968. Quando finalizava a quinta música da noite, "When doves cry", de um de seus cantores favoritos, Prince, o telefone tocou e seu rosto se iluminou ao ver o nome Arthur no identificador de chamada. Eram dez e meia da noite.

— Acabei de deixar o pessoal no hotel. Não estou me aguentando, preciso te ver. Esses nossos horários loucos estão me matando.

— Eu também quero te ver. Tenho uma proposta para te fazer.

— Gosto disso...

— Se você não estiver muito longe — Val falou, manhosa —, poderia me encontrar aqui. Minha filha vai dormir fora hoje. E, se eu não estou enganada, o senhor ainda me deve um *croque-monsieur* de café da manhã.

— Val, nem que eu estivesse no inferno... com um convite desses, não tenho como recusar.

Não demorou para que ele chegasse. Vestia um conjunto de calça e blazer social escuros, uma camisa branca com os dois primeiros botões abertos e sustentava um sorriso encantador quando Val abriu a porta para que ele entrasse.

Não houve tempo de falar nada. Se abraçaram e se beijaram com intensidade. Novamente sentiram a química reagir ao toque. As mãos de Arthur pareciam em conflito: passeavam pelo corpo de Val sem conseguir decidir onde parar, por trás da nuca, pelas costas, pelo quadril, faziam um vaivém contínuo e excitante, suas bocas não se desgrudavam, tinham fome e desejo. As línguas bailavam com sincronia, como se já fossem parceiras há anos.

Sem parar o que estavam fazendo, Val fechou a porta e foi conduzindo Arthur pela casa. Ela andava de costas e o puxava para que ele a acompanhasse ao seu quarto. E, por mais que conhecesse bem o terreno, não deixou de esbarrar em alguns móveis que insistiam em atravancar o trajeto até o destino.

Estavam ofegantes, mas não pretendiam descansar. Esperaram tempo demais para que o reencontro acontecesse e, naquela noite, sem planejar, finalmente estavam juntos novamente.

Ao entrarem no quarto, ela o ajudou a se livrar de suas roupas, e ele fez o mesmo com ela. Em pouco tempo estavam nus sobre a cama. O prazer dele era investir no prazer dela.

As carícias eram constantes, incansáveis e mútuas. Tinham uma intimidade adquirida em pouco tempo de convívio, como se, de alguma maneira, já estivessem predestinados um ao outro. Tempos depois, ao atingirem o ápice frenético do gozo, desmoronaram, lado a lado. Estavam suados, ofegantes e saciados.

Por vários minutos ficaram em silêncio. Concentravam-se um no outro, perdidos em seus pensamentos que, ambos sabiam, eram similares.

Ele acariciava o rosto dela com os nós dos dedos e virou de lado, aproximando-se vagarosamente, dando beijos suaves e fazendo carinhos em seu rosto, pescoço e ombros.

— Você é maravilhosa demais — sussurrou. — Sou um felizardo.

— Não seja exagerado...

Apoiados pelos cotovelos, passaram parte da noite conversando, até serem derrotados pelo cansaço, já tarde da noite, quando dormiram de conchinha. Ela na frente dele, que a envolvia em um abraço acolhedor.

Val dormiu deliciosamente. Há tempos não se sentia tão amparada. Arthur era uma mistura de amante e protetor; não que precisasse de um, mas era reconfortante mesmo se sentir protegida. Gostava da sensação de ter alguém com quem dividir o seu mundo. Jonas havia desempenhado esse papel por longos anos e, desde a separação, ela relutava em aceitar que sentia falta de uma companhia ao seu lado.

O aparecimento de Arthur em sua vida foi como um presente fora de época. Ela desembrulhava com cuidado o invólucro, curiosa com o conteúdo. Porém, naquela noite, havia rasgado o papel e mergulhado nos prazeres que o presente lhe proporcionava.

Na manhã seguinte, como se um despertador tivesse tocado, os dois acordaram ao mesmo tempo e se encararam com ternura. Esboçaram um tímido bom-dia e decidiram permanecer uns minutos a mais abraçados na cama. Sem se dar conta, Val perdeu a noção do tempo. Era como se os acontecimentos fora daquele quarto tivessem perdido a importância.

Arthur estava com viagem marcada para o dia seguinte e passaria quinze dias fora, em turnê literária com AC Pereira, visitando as principais capitais do país com a divulgação de seu livro.

— Não quero sair dessa cama — Val disse, aninhando-se em seu abraço.

— Então não saia. Para mim é fácil dar um chapéu na minha agenda de hoje — Arthur falou, roçando o nariz em sua orelha.

— É tentador, mas não tenho como fazer isso.

Ela se desvencilhou de seus braços para alcançar o celular e percebeu que o aparelho estava sem bateria.

Deu um pulo da cama quando viu que se aproximava das nove horas da manhã. Disse que precisava carregar seu telefone com urgência. Necessitava checar se alguém tinha ligado. Não sabia há quanto tempo estivera desconectada do mundo. Luana havia dormido fora, e se sentia uma mãe relapsa por não ter se preocupado com a filha até aquele momento. Conectou o aparelho, mas, com a descarga total da bateria, a conexão demoraria mais.

Há tempos já não tinha linha de telefone fixo na casa. Além de não ser usada, só servia para receber chamadas de telemarketing e tentativas de extorsões.

— Arthur, enquanto o telefone carrega, vou tomar um banho rápido.

— Se precisar de ajuda para esfregar as suas costas...

— Se você for me ajudar, esse banho não vai ser rápido.

Deitado, ainda nu, Arthur escutou a campainha tocar, enquanto o chuveiro ainda estava ligado. Decidiu não se mover, já que não queria ser inconveniente ao atender a porta de um apartamento que não era seu, mas a insistência dos toques obrigou-o a levantar. Ele vestiu a calça e a camisa, deixando-a aberta sobre o tronco.

— Val, a campainha está tocando. Você está esperando alguém? — ele perguntou, metendo a cabeça para dentro do banheiro.

— Deve ser o porteiro. De vez em quando ele traz alguma encomenda aqui. Pode abrir para mim, por favor?

Acatando o pedido, Arthur caminhou pela sala vendo pela primeira vez os móveis que atrapalharam a passagem na noite anterior. Ao abrir a porta, deparou-se com Jonas, que, ao vê-lo, não escondeu a decepção de encontrá-lo naqueles trajes, àquela hora da manhã, na casa de sua ex-mulher.

— Valéria está aí?

— Sim, está no banho. Já deve estar terminando.

Ele sabia quem era Jonas, Val já havia falado. O notório desconforto foi aumentado quando Arthur o convidou a entrar. Eles aguardaram alguns minutos, mas o constrangimento era tamanho que pareceram eternas horas até que Val entrasse afobada na sala. Com os cabelos longos e molhados, trajando um roupão felpudo, olhava para o celular com feições assustadas, sem perceber que era observada por Jonas.

— Desculpe, Arthur. Mas preciso ir. Tenho dezenas de ligações perdidas. Algo grave aconteceu.

Assim que terminou de falar, ela desviou os olhos do aparelho, dando de cara com os dois, lado a lado, Jonas visivelmente enfurecido e Arthur constrangido.

— Eu vou terminar de me arruma — Arthur falou, deixando Val e Jonas sozinhos na sala.

— Não temos tempo para isso agora, Valéria — Jonas disse, acenando para ela e Arthur. — Estou te ligando há séculos, cacete. E você não atende essa merda de celular. Agora entendi por quê.

— Ah, Jonas, vai à merda com esse discurso pudico. O que aconteceu, afinal?

— Acharam um corpo ligado ao caso.

— Qual o número dessa vez?

— 7212 — ele respondeu, mostrando a foto da folha seca com os números marcados.

Val foi até a estante onde guardava os livros de AC Pereira que havia comprado, já que os dela tinham ficado na delegacia, e se surpreendeu ao se dar conta de que o sétimo livro era o mais recente, *O caçador de ossos*, que estava em plena divulgação.

Ela abriu o livro no segundo capítulo e contou os parágrafos até chegar ao décimo segundo, mas a narrativa não descrevia um crime. Resolveu tentar a outra opção possível, seguindo a mesma lógica das pistas anteriores. Avançou ao vigésimo primeiro capítulo e leu rapidamente o segundo parágrafo.

— Precisamos ir para lá agora — Jonas ordenou.

— Sim, claro, me dá um minuto para terminar de me arrumar.

Val entrou no quarto e encontrou Arthur já pronto, sentado à cama, colocando o sapato. Ele se levantou e se aproximou dela, dando-lhe um abraço apertado.

— Acho que ele não gostou muito de me ver aqui.

— Ele vai ter que se acostumar a isso.

Se beijaram e, em seguida, Val ajeitou o coldre na cintura, colocando nele a sua pistola travada. Ele encarou-a com fascinação e comentou o fato de estar excitado vendo o poder que ela emanava com a vestimenta policial. Enquanto terminava de se arrumar, Val avisou que ficaria ocupada pelos próximos dias, que um novo crime havia sido descoberto.

Ambos sabiam o que aquilo significava. Com a viagem de Arthur organizada para o dia seguinte, só se veriam em algumas semanas.

— Vou sentir sua falta — ela falou enquanto se abraçavam, ainda dentro do quarto. Arthur beijou-a com paixão antes de dizer que também sentiria a sua falta.

Os três desceram o elevador juntos, sem pronunciar nenhuma palavra. Val teve vontade de rir ao perceber que Jonas estufava ligeiramente o peito para parecer mais alto, mesmo que só alguns milímetros.

— Me mande a localização, Jonas, para eu te encontrar lá. — Ela falou quando o elevador se aproximava da portaria.

— Venha comigo e já vou te deixando a par do caso. — Ele sugeriu.

— Verdade, é melhor mesmo. A gente se fala mais tarde? — Val falou para Arthur, enquanto se despediam perto dos carros. Ele concordou e lhe deu um selinho rápido e embebido em carinho.

Assim que entraram no carro, Jonas perguntou:

— Você já comprou a mamadeira desse moleque?

Ela riu do ciúme sem sentido.

— E por acaso é só você que tem o direito de namorar alguém mais novo? E olha que no seu caso, querido, foram muitas e *infinitamente* mais novas que você. Deixa de babaquice e me diga o que sabe sobre o crime.

# 24

## MOMENTOS DEPOIS

Val e Jonas chegaram à Estrada das Paineiras alguns minutos depois. O local onde o corpo fora encontrado já havia sido isolado pela polícia. Da estrada principal, os policiais tiveram que caminhar cerca de cento e cinquenta metros pela mata fechada até onde os colegas trabalhavam desde o dia anterior.

Quando ainda se aproximavam, Val viu que Urso conversava com alguns policiais, anotando tudo o que eles diziam. Após se cumprimentarem, o parceiro disse que o corpo havia sido descoberto na véspera, depois de a polícia receber uma denúncia anônima.

— Parece que ontem, por volta das nove da manhã, um homem ligou para o 190 para dizer que havia encontrado o corpo enquanto caminhava. Compartilhou a localização dizendo que esperaria o efetivo, mas, quando a viatura chegou, não encontrou mais ninguém. Havia apenas um cartaz com uma seta, que indicava a entrada por onde deveriam seguir. A terra estava úmida por causa das chuvas. Mesmo assim, os policiais vasculharam o local e não demoraram para que vissem algo que se assemelhava a um pé.

Val acompanhava as declarações do parceiro folheando o trecho do livro indicado pela evidência 7.

— Não havia ninguém aqui. Quem quer que tenha feito a denúncia fugiu com medo vai saber do quê. A conexão com o caso de Júlia só foi feita na manhã de hoje, quando o que sobrava do corpo em decomposição foi removido para o rabecão e encaminhado para o IML. Enquanto ainda trabalhava no local, a perícia encontrou a folha seca com a inscrição 7212 em um saco plástico próximo ao local do crime — Urso finalizou, enquanto Val folheava as fotos tiradas pela perícia no dia anterior, quando o corpo ainda estava entre as folhagens.

— Você não chegou a ver esse corpo no IML ontem? — Val perguntou a Jonas.

— Não era meu plantão. Mas me ligaram hoje cedo para dizer que o caso tinha passado para mim. Ainda não fui lá. Disse que te acompanharia aqui primeiro e que depois iríamos juntos para lá.

— Pela sua experiência, há quanto tempo você acha que esse crime aconteceu?

Jonas analisou as fotos que lhe foram entregues pela ex-esposa.

— Hum... Claro que o que vou dizer é puro *feeling*, só teremos certeza da data quando a necropsia for finalizada. Mas, por essas fotos, posso chutar que a morte não foi há menos de cinco semanas.

Val fez umas contas rápidas na cabeça e viu que, na melhor das hipóteses, aquele assassinato ocorrera na semana seguinte ao lançamento do livro, o que sustentaria a tese de que um seguidor do escritor estivesse por trás dos crimes. Mas, se após a conclusão dos exames da necropsia ficasse provado que o crime acontecera há mais que seis semanas, haveria uma nova reviravolta no caso e o cerco fecharia para quem tivesse tido acesso ao manuscrito do livro, o que incluiria Arthur.

Horas depois, já na sala do IML, Val acompanhava o trabalho minucioso de Jonas, debruçado no que restava de uma pessoa, cujo sexo, com o corpo no estágio de decomposição que se encontrava, não podia ser confirmado. Mas, de acordo com a narrativa do livro, as chances de a vítima ser um homem eram altas.

O silêncio e a concentração dos dois foi quebrada com as palavras de Jonas:

— O corpo foi enterrado superficialmente, por isso parte do tecido epitelial está preservado. Se o corpo estivesse exposto ao clima, só teriam sido encontrados ossos no local — Jonas disse, os olhos voltados para a perna da vítima. — É claro que ainda teremos muitas horas de análises e estudos laboratoriais para descobrir inclusive a idade da vítima, mas já posso garantir que não houve traumas externos, que a causa da morte não foi por arma de fogo nem por fraturas ocasionadas por golpes. Se não fosse a folha seca com aqueles números marcados, seria difícil concluir que foi um homicídio.

— O assassino deixou o corpo quase à mostra, próximo à estrada principal, onde centenas de pessoas circulam nos finais de semana, porque queria que o cadáver fosse descoberto. — Val disse. — Faz sentido... E o cheiro podre na mata, nos primeiros dias após a morte, as pessoas seguramente achariam que era um animal morto.

— Ainda precisamos aguardar os exames laboratoriais, mas talvez essa morte tenha acontecido antes até das cinco semanas que previ anteriormente — Jonas disse e percebeu o olhar questionador de Val. Conhecia a inspetora. Já havia testemunhado muitas vezes aquelas feições e imediatamente fez a conexão do que ela possivelmente estaria pensando. — Quando você disse que foi a publicação deste livro?

— Pelo que sei, no dia dezesseis do mês passado.

— Você sabe o que isso quer dizer, não sabe?

— Meu Deus, Jonas, deixa de ser imaturo. Concentre-se nos fatos. Você fala com tom acusatório insinuando que Arthur seja responsável por esses crimes.

— Valéria, acho que é você quem está perdendo o seu juízo, deixando-se levar pela paixão. Se esse caso acontecesse em outras circunstâncias, você já estaria emitindo intimações para todas as pessoas relacionadas a esse autor, inclusive para o seu agente literário.

Por mais difícil que fosse escutá-lo pronunciar aquelas palavras, Val sabia que Jonas tinha razão. Seu envolvimento com Arthur havia se tornado um verdadeiro empecilho ao seu juízo. Ela precisava tomar uma decisão e tinha que fazer isso rapidamente.

— Obviamente o crime aconteceu antes de o livro ser publicado. Isso significa que...

— Eu sei o que significa, Jonas. Não sou idiota. Eu preciso ter certeza de quantas pessoas tiveram acesso ao livro antes da publicação antes de levantar qualquer falsa acusação. Talvez a sua irmã possa me ajudar a ter uma ideia de como isso funciona.

Enquanto ligava para Isa, perguntou se existia alguma chance de descobrirem a identidade da vítima.

— Os exames laboratoriais já foram encaminhados essa manhã. Em alguns dias, poderemos saber ao menos a idade dela. Agora, a identificação, com o corpo nesse estágio de decomposição, é complicado. As digitais estão danificadas... Com as arcadas dentárias até poderíamos ter alguma chance, mas estamos falando de buscar uma agulha no palheiro. Essa área da cidade recebe locais e turistas do Brasil e do mundo. Ou seja, a não ser que haja um boletim de ocorrência de desaparecido para alguém com as características que retornarão do laboratório, será difícil saber.

Isa atendeu a chamada. Val colocou no viva-voz e pediu que ela esclarecesse algumas coisas.

— Nossa, meus amores. Isso é muito relativo. Um manuscrito, antes da sua publicação, ainda mais considerando uma grande editora, pode passar pelas mãos de dezenas de pessoas. Os revisores, os diagramadores, os leitores de avaliação crítica prévia ao lançamento. Não existe um padrão. O mercado editorial não é uma receita de bolo.

Eles fizeram algumas perguntas e, antes de desligar a chamada, Isa falou que era bonito ver os dois trabalhando assim, juntinhos.

— Fico feliz por essa reconciliação de vocês.

— Não vou nem me dar ao trabalho de te responder, Isa — Val disse, enquanto os três riam.

Apesar de Isa ter clareado o passo a passo de uma publicação literária, não havia dúvidas de que o processo variava de caso a caso. A única maneira de descobrir a especificidade das obras de AC Pereira era chamar Arthur para depor novamente. Somente ele teria todas as respostas que precisavam.

Ainda do IML, Val ligou para o delegado Almeida para deixá-lo a par dos últimos acontecimentos e pediu que as intimações fossem emitidas.

Deixou o prédio no centro do Rio e seguiu para a Barra da Tijuca. Passaria na delegacia para pegar o documento e seguiria para a casa de Arthur. Ao chegar à delegacia, foi direto para a sala de Almeida e trancou a porta. Antes que ele pudesse falar qualquer coisa, ela disse:

— Almeida, levarei pessoalmente a intimação para o Arthur. E não se preocupe que, com o cerco se fechando, eu me afastarei dele até que tudo seja esclarecido.

— Valéria, você pode até se afastar dele, mas continua envolvida emocionalmente. Ficarei de olho em você. Se eu achar que você está colocando panos quentes, não terei alternativa a não ser te afastar definitivamente do caso. Estamos entendidos?

Ela concordou, afirmando que isso não aconteceria.

— Está bem. Leve a intimação o quanto antes. Aqui está a dele, e essa é a do AC Pereira, que vou providenciar para que entreguem na casa dele.

Quando Val estava se dirigindo para a porta, o delegado disse:

— Val! Aconselhe que Arthur venha acompanhando de um advogado.

Ela concordou e saiu.

No carro, enquanto dirigia, ligou para Arthur, que atendeu nos primeiros toques. Perguntou se ele estava em casa e ele, percebendo o seu tom de voz, deixou os galanteios de lado e disse que chegaria em vinte minutos.

Ela chegou antes dele. Estacionou o carro em frente ao edifício e o aguardou. Ainda de dentro do carro, viu quando ele se aproximou e entrou na garagem. Ela, então, esperou dez minutos e subiu.

Val sofria com as palavras que precisaria dizer a ele. Arthur, em pouco tempo, conseguira fazer com que Val sentisse emoções que poucas vezes na vida havia sentido. Terminar o que estava apenas começando era devastador, mas, em sua posição, era a única opção.

Essa era a segunda vez que Val ia ao seu apartamento, e nenhuma delas tinha sido com a intenção de curtir um momento a dois. Nessa tarde, já antevendo que Val estava a trabalho, ele atendeu a porta com preocupação, como se estivesse conjecturando os motivos que a levavam a visitá-lo.

Val segurava um envelope pardo na mão. Ele convidou-a a entrar, e ela o seguiu. Seus batimentos cardíacos estavam arrítmicos. Sentia-os pulsar em sua jugular. Em silêncio, caminharam sem pressa em direção ao sofá. Os movimentos de Arthur eram tranquilos e elegantes. Ele era um homem lindo e havia virado a sua vida de ponta-cabeça. Val estava apaixonada por ele e precisava afastá-lo de sua vida. Os segundos que antecediam aquele momento eram perturbadores.

— Arthur, tenho uma nova intimação para você comparecer à delegacia amanhã. Sei que você está com viagem marcada, mas precisará reprogramá-la. O que vou falar para você é confidencial e só estou adiantando por consideração a tudo o que vivemos nessas últimas semanas.

Arthur pegou o envelope das mãos de Val e o abriu enquanto ela falava.

— A diligência que fomos atender essa manhã foi de um corpo encontrado nas Paineiras. Trata-se do mesmo assassino, por sua marca registrada, e pudemos confirmar que o crime foi cometido conforme um trecho do último livro publicado.

Sem entender as razões de tanta formalidade, Arthur perguntou.

— Ok, mas por que a intimação expedida para mim?

— Porque o corpo já estava em estado avançado de decomposição. O assassinato ocorreu antes do lançamento do livro. Isso faz com que a nossa linha de investigação mude completamente. Estávamos trabalhando com a hipótese de algum fã obcecado pelo trabalho de AC e, agora, vemos que o cerco se fechou, limitando as suspeitas àqueles que tiveram acesso ao livro antes de sua publicação. Por isso a sua intimação. Sendo agente de AC, você poderá ajudar a polícia a identificar os possíveis suspeitos.

— Inclusive eu — Arthur falou, encarando Val.

— Inclusive você.

Arthur caminhou de um lado ao outro da sala. Pensativo, segurava as mãos ora na cabeça, ora na cintura. Estava visivelmente incomodado com a situação. Val era treinada em leitura corporal, mas naquele momento se sentia uma completa analfabeta. Não conseguia identificar se ele estava aflito por ser considerado um investigado ou com medo por ser efetivamente culpado; ou, ainda, preocupado com a repercussão que aquela notícia causaria em seus negócios.

— Tem outra coisa — Val disse, com voz embargada. — Enquanto tudo isso não for esclarecido... nós precisaremos nos afastar.

Suas palavras, apesar de duras, não foram uma surpresa para ele. No momento em que escutou que poderia ser considerado suspeito, sabia que isso aconteceria.

— Eu entendo.

— Eu preciso ir agora — ela levantou e foi em direção à porta, mas antes que chegasse lá ele interveio, segurou sua mão e disse:

— Val, isso será esclarecido. Eu não tenho nada a ver com esses crimes. Eu preciso saber que você acredita em mim.

Ela moveu a cabeça em concordância, mas não pronunciou nada em resposta às suas palavras. Antes de deixar o apartamento, ainda disse:

— É melhor que você vá acompanhado de um advogado.

Val segurou o desespero até chegar em seu carro. Uma vez acolhida nele, liberou a angústia presa no peito. Chorava e queria gritar compulsivamente. Queria acreditar que Arthur não tinha nada a ver com tudo aquilo, mas seu instinto era de desconfiança até que se provasse a sua inocência. Sentia uma dor excruciante no peito e só uma coisa poderia aliviar seu sofrimento naquela noite. Ligou para Isa e pediu que a encontrasse em uma hora, em um endereço que ambas desconheciam.

# 25

## MUITAS SEMANAS ANTES, 23 DE MARÇO DE 2015

Haviam se passado dois dias desde a execução de sua primeira vítima. Sentado à mesa de jantar de seu apartamento, ele olhou novamente a notícia que havia saído no caderno de cultura do jornal de maior circulação no dia anterior. Não planejara esta sequência, mas, com o que tinha lido, precisaria agir rapidamente.

Não teria tempo de descanso, menos ainda de planejamentos milimétricos. Além do caderno cultural, ele também acompanhava as matérias relacionadas à jovem que havia deixado moribunda sobre a cama do motel.

Pegou o seu bloco de notas, onde havia feito o rascunho do roteiro da sua próxima vítima. Analisou o que de fato já tinha planejado. Já sabia o local do crime e como o executaria. Faltava achar a pessoa certa para cumprir o papel e a data ideal para a ação.

Tinha noção de onde encontraria o candidato para o seu próximo plano. Assim como o shopping fora a sua fonte de inspiração para encontrar a primeira vítima, a agência de turismo seria a inspiração para encontrar a segunda.

Pouco tempo depois de uma busca minuciosa, já sabia qual seria a agência de turismo que funcionaria como ponte entre ele e sua presa.

Na mesma tarde, marcou o passeio para o final daquela semana. Depois de confirmada a compra do serviço, foi adicionado ao grupo de WhatsApp dos integrantes que participariam da caminhada à Pedra da Gávea na sexta-feira.

Durante os dias anteriores ao passeio, o grupo, formado por oito pessoas mais o guia, tinha interagido pelo aplicativo de mensagem animadamente. Eram intensos e, para ele, quanto mais intenso fosse o passeio, melhor seria o crime. Sua intenção era criar intimidade com todos os participantes. Trocava ideias, era solícito e muito, muito simpático. Antes mesmo de se conhecerem ele havia se tornado o queridinho do grupo.

Na sexta-feira, dia 27, no dia em que sairiam para a expedição que duraria o dia todo subindo a Pedra da Gávea, ele deu uma desculpa, dizendo que havia amanhecido indisposto. Afirmou que sentia muito, mas que não poderia participar. Insistiu que mandassem fotos do passeio, pois queria acompanhar a aventura dos colegas mesmo estando longe.

Passou o dia relendo as mensagens trocadas, estudando a personalidade de cada um dos oito possíveis candidatos a próxima vítima. O instrutor de cara foi descartado. Primeiro, por ser um homem com experiência em caminhadas no meio da mata. Segundo, porque preferia alguém que estivesse de visita à cidade.

No final do dia, após vasculhar as redes sociais de cada um, conseguiu reduzir a lista de candidatos a três pessoas, mas ainda assim a decisão final ficaria para depois que recebesse as fotos da caminhada.

Passava das sete horas da noite quando seu celular começou apitar insistentemente. Eram as fotos das pessoas que haviam participado do passeio e começaram a compartilhar. Ao final, eram mais de cem fotos. Depois de algumas horas de análise cuidadosa ele sorriu satisfeito ao ter encontrado o candidato ideal.

Dilson Saldanha era do Pará. Chegara à cidade há pouco mais de quinze dias. Trabalhava em uma empresa de tecnologia que o enviara para um projeto de três meses na capital fluminense. Era solteiro, tinha vinte e seis anos e sua aparência não escondia que passava parte do dia trancado em um escritório. Era um pouco tímido, mas para ele parecia ser um cara simpático.

Analisando as suas redes sociais, percebeu que Dilson era um cara pouco ativo. Apesar de ter um conta no Instagram, sua última publicação havia sido em dezembro, na noite de Natal, quando postou uma foto com a família.

A ausência das mídias sociais era um requisito forte na seleção do personagem, já que, nesse capítulo da história que escrevia, quanto mais tempo o corpo demorasse a ser descoberto, melhor seria.

No dia seguinte, o grupo de WhatsApp foi desfeito pelo guia. Em seguida, ele foi incluído em um novo grupo, chamado *aventureiros do Rio*, que, em vez de oito, contava com apenas seis pessoas. E Dilson não estava nesse grupo.

Naquele mesmo dia, enviou uma mensagem para Dilson dizendo ter guardado o seu telefone e que, se precisasse de qualquer coisa enquanto estivesse na cidade, poderia chamá-lo. Em seguida, Dilson retornou agradecendo. Trocaram algumas mensagens e combinaram de tomar um chope ainda naquela noite.

A empresa para a qual Dilson trabalhava havia alugado um apartamento temporário para ele no Catete, próximo ao cliente em que prestava serviço. Combinaram de se encontrar no bar Garota do Flamengo, localizado na rua Senador Vergueiro, esquina com a rua Paissandu.

Ficaram algumas horas conversando. Com sua engenhosidade, conseguira acabar com a timidez de Dilson e, depois de esvaziarem quatorze tulipas de chope, se despediram com a promessa de que fariam uma caminhada no final de semana seguinte.

— Não vamos avisar o pessoal? — Dilson perguntou enquanto aguardava o táxi.

— Cara, não queria te falar nada, mas eles criaram um grupo e não te incluíram. Acho que não merecem nossa atenção, não. Achei uma puta sacanagem. Quando percebi que você não estava, inventei uma desculpa e pulei fora. Porra, ninguém mexe com meu parceiro de chope, não!

Indignado pelo ocorrido, mas agradecido pela nova amizade que havia feito, Dilson cumprimentou o novo amigo e partiu.

No domingo seguinte, conforme combinado, eles se encontraram na estação do metrô do Largo do Machado. De lá, foram de taxi até o ponto de acesso à subida das Paineiras e antes das oito da manhã já estavam avançando mata adentro.

Caminharam e conversaram durante horas enquanto avançavam pelas trilhas demarcadas para o turismo. Ele, então, disse que conhecia a área como a palma da mão e sugeriu que fizessem um pequeno desvio para irem a uma cachoeira linda que poucas pessoas conheciam.

Animado com a oportunidade de conhecer um pouco de natureza virgem, Dilson não hesitou em aceitar, sem imaginar que em menos de meia hora deixaria de respirar o ar puro da Floresta da Tijuca.

A partir daquele dia, ele ficou atento a todos os noticiários. Seu crime só poderia ser descoberto depois de trinta dias, caso contrário a história escrita teria uma ponta solta, e ele não se perdoaria por esse descuido.

## 26

NOITE DE 29 DE MAIO DE 2015

Uma hora depois de sair da casa de Arthur, ainda arrasada, Val ingressava em um estúdio de música no bairro de Santa Teresa. Quando deixou o local do crime naquela manhã, viu um anúncio na porta de um antigo casarão que dizia: *Alugo estúdio equipado para ensaio*. Por instinto, ao ver a propaganda, resolveu memorizar o número, mas não sabia que estaria na casa naquele mesmo dia.

Enquanto aguardava que Isa chegasse, recebeu uma ligação de Luana.

— Mãe, você vem comer em casa? Estou vendo no jornal que encontraram outro corpo e na reportagem vi que você e o pai estavam na cena do crime. É mais um dos casos dos livros?

Desde que Luana se reaproximara, mostrava-se interessada pelo seu trabalho e, de certa maneira, sempre que podiam conversavam a respeito. Val aproveitava o fato de a filha ter se aproximado para contar um pouco mais sobre a sua rotina. As conversas com Luana ajudavam a aliviar o estresse, mas, dessa vez, o assunto não era apenas profissional. Envolvia o rompimento recente com Arthur e, por isso, somente Isa poderia lhe ajudar.

— Sim, filha, infelizmente é sim. Já temos alguns depoimentos marcados para amanhã que ajudarão bastante nas investigações. E, filha, não vou jantar em casa, vim encontrar a sua tia. Está bem para você?

— Sem problema, mãe. Fica tranquila que eu estou bem. O Neto está aqui comigo. Vamos pedir alguma coisa para comer e ver um filme na TV. Onde você está?

Antes de responder, Val riu. Havia anos que não entrava em um estúdio; a verdade é que ela mesma não sabia o porquê de ter escolhido aquele lugar para descarregar sua tensão.

— Pode parecer maluquice, mas estou em um estúdio de música em Santa Teresa. Viemos tocar.

Depois da surpresa da filha, Luana incentivou a mãe e disse que, da próxima vez, queria ver as duas tocando. Val prometeu que não voltaria tarde para casa.

Isa chegou logo depois. Tinha saído há pouco do trabalho e a verdade é que não procurou saber aonde estava indo. Apenas sentiu que Val precisava dela e foi. Para isso serviam amizades como a delas.

— Não acredito que você não adiantou nada sobre isso. — Isa disse, empolgada ao entrar no estúdio todo equipado com guitarra, baixo e bateria. Se acomodou na bateria e fez um aquecimento tocando um arranjo aleatório enquanto Val afinava a guitarra. — Nossa, Val, o que te deu para pararmos aqui?

— Vamos tocar, depois eu falo — Val disse junto ao microfone e sua voz foi projetada nos amplificadores que já estavam conectados.

Tocaram por mais de hora, momentos em que se transportaram para anos de sua juventude. Lembraram a época quando se apresentavam em saraus e, algumas vezes, em bares da zona norte da cidade, na Tijuca, onde nasceram e cresceram.

Passaram por Kid Abelha, Roxette, U2, Barão Vermelho, Titãs e Legião Urbana, e ficaram longos minutos tentando lembrar os acordes corretos da música "Será". Assim que lembraram a sequência, tocaram algumas vezes para não esquecer mais.

Exaustas, se renderam com uma última canção, que Val escolheu a dedo e cantou com paixão. Era "Você sempre será", uma música que não fez parte do repertório das Maléficas, mas pela qual havia se encantado quando foi lançada pela voz suave da atriz e cantora Marjorie Estiano, em 2005. A performance de Val foi sensivelmente tocante. Isa sentiu a sua dor em todas as notas cantadas naquela melodia. Tamanha emoção a fez recordar a única vez que testemunhara a amiga cantar com aquela intensidade. Havia sido na noite em que flagrara o namorado da adolescência flertando com outra garota. Nessa noite, Val repetia a mesma sensação, provando que o rompimento com Arthur lhe destroçava o peito.

Quando a Lua tentar me encontrar
Diga a ela que eu me perdi

Na neblina que cobre o mar
Mas me deixa te ver partir

Um instante, um olhar
Vi o Sol acordar
Por de trás do seu sorriso
Me fazendo lembrar

Que eu posso tentar te esquecer
Mas você sempre será
A onda que me arrasta
Que me leva pro teu mar...

No casarão onde havia o estúdio de música, funcionava um bar com vista para a Baía de Guanabara. Era uma noite fresca; por mais que o inverno chegasse com timidez, as noites sempre eram mais frias. As duas sentaram à mesa próxima ao balcão. Do alto de Santa Teresa, as luzes da cidade se espalhavam aos pés do morro de onde apreciavam a vista.

— O que houve, afinal? — Isa perguntou, assim que o atendente deixou as bebidas. Isa tomava uma cerveja, e Val uma dose de tequila de qualidade duvidosa.

— Estava tudo uma maravilha até a manhã de hoje e tudo ruiu durante o dia — Val falou, com as lágrimas presentes. Atualizou a amiga sobre todos os acontecimentos. Sua relação-relâmpago com Arthur, o que sentia por ele e principalmente a falta de juízo que esse sentimento repentino causava. Falou também de como a sua relação com Luana havia melhorado desde que começara a namorar. Que Neto, por ser mais velho, tinha maturidade suficiente para aconselhar a filha e que elas estavam se aproximando graças a ele.

Disse que ultimamente Jonas vinha se comportando de maneira estranha, demonstrando ciúmes de Arthur. Repetiu as palavras que o seu ex-marido disse ao sair da sua casa: Foi você quem pediu o divórcio, não eu, então use as suas habilidades de inspetora para deduzir o porquê disso tudo.

— Agora vê se tem cabimento, Isa. Teu irmão pinta e borda depois da separação e, agora que eu estava curtindo o Arthur, ele resolve jogar essa bomba em cima de mim. Isso só pode ser dor de cotovelo. Você precisava ter visto os olhos dele brilhando quando chegamos à conclusão de que Arthur podia, sim, ser um dos suspeitos.

— Mas você acha que ele pode estar envolvido nisso?

— Ninguém pode ser descartado, por isso fui obrigada a me afastar. Não posso deixar que meus sentimentos por ele interfiram no meu discernimento do caso.

— E você realmente acredita que amor é assim, só desligar a chave? De uma hora para outra você diz *ei coração, escuta aqui. Eu tenho que terminar com esse cara porque preciso investigá-lo, então você por favor para de bater acelerado quando eu pensar nele, valeu!* e acha que funciona?

— Sendo assim ou não, o fato é que não posso ficar com ele enquanto o caso estiver sendo investigado.

— Nisso eu concordo. Não estou te condenando. Você não teve alternativa. O que estou questionando é se na prática você conseguirá enxergá-lo como um suspeito.

— Se encontrarmos algum indício de seu envolvimento, não terei como negar, Isa.

— Quais os motivos que ele ou que qualquer pessoa do mercado teria para fazer isso?

— Estamos trabalhando com duas hipóteses. A primeira e mais real é psicopatia. Uma pessoa doente que só precisava de um gatilho para externar seus desejos macabros. A outra hipótese, por mais remota que pareça, não pode ser ignorada, é estratégia de marketing. É evidente que as vendas dos livros do AC bombaram depois da divulgação da relação que eles têm com os crimes. É tenebroso que alguém possa pensar nisso como uma estratégia para vender livros, mas... a verdade é que eu não duvido de nada.

— Você tem razão, as vendas quase quadruplicaram e... que golaço para eles a descoberta desse corpo na véspera da viagem. Realmente parece bastante oportuno. Histórias bem hollywoodianas, mas...

Val não havia pensado nisso. E se a denúncia tivesse partido do próprio assassino para que o corpo fosse descoberto momentos antes da turnê?

O telefone de Val tocou. Era Jonas.

— Recebi o resultado de uns testes adicionais. Uma coisa que me chamou atenção da evidência 7 é que as três folhas secas eram muito similares, então pedi um estudo para identificar a origem. Você tem algum palpite?

Animada, Val o encorajou a falar logo.

— As folhas são de uma pereira.

— De uma pereira! — ela exclamou surpresa — Ou seja, o assassino sempre quis nos mandar esse recado de que os crimes estariam ligados ao AC Pereira. O fato de eu ter lido o trecho do livro apenas acelerou o processo, mas ele sabia que mais cedo ou mais tarde chegaríamos a essa conclusão. Tem outra coisa... Acabei de ter um *insight* conversando com a Isa — Val disse e completou com a teoria de a denúncia ter sido feita pelo próprio assassino, para que o corpo fosse descoberto naquele dia.

— Mas, se isso for verdade... estamos investigando uma máfia horrorosa e cruel só para vender livros?

— Para vender milhões de livros, você quer dizer.

Voltando para casa e conjecturando as informações, Val repassava a conversa que havia tido com Isa e Jonas. Lembrando suas palavras, seu coração disparou. *O fato de eu ter lido o trecho do livro apenas acelerou o processo...* Ela lembrou que fora Arthur quem lhe dera de presente toda a coleção do autor. Nesse minuto, toda a descarga emocional que havia deixado no estúdio de Santa Teresa voltou a pesar sobre seus ombros.

# 27

## NA MANHÃ SEGUINTE, SÁBADO

Val acordou de ressaca. Além de ter tomado a tequila de má qualidade no bar de Santa Teresa, ao chegar em casa ainda tomou outras doses, como se o excesso de álcool fosse ajudá-la a enfrentar aquela realidade vomitada à sua frente.

Sentia angústia, tinha dúvidas, além de muita decepção. Tudo junto, em uma mistura mais explosiva do que um coquetel molotov. Detestava banho frio, mas se forçou a tomar um, antes das sete horas da manhã, quando se levantou para tomar dois comprimidos de Advil e uma garrafa de água com gás.

Enquanto se arrumava, olhou para o quarto e pensou nas lembranças que aqueles lençóis traziam. Não havia se passado nem vinte e quatro horas desde que Arthur estivera naquele cômodo; nesse tempo, ele deixara o posto de amante para se tornar suspeito de assassinato. E, por mais que ela fosse uma mulher forte, essa transição não era fácil de aceitar.

Preparou um café para acelerar a sua recomposição física. Fritou dois ovos e fez uma torrada de pão integral. Além disso, espremeu duas laranjas. Quando estava quase saindo, escutou barulho no quarto de Luana e resolveu dar bom-dia antes de ir.

Encontrou a filha se arrumando e achou curioso ela estar acordada àquela hora da manhã de um sábado.

— Já acordada, filha?

— O Neto programou um passeio especial. Disse que era surpresa, mas que eu ia adorar. Ele vai passar aqui às nove horas.

Val achava encantador vê-la com aquele ânimo. Se aproximou e abraçou a filha, que retribuiu o carinho de forma genuína, para felicidade de Val. Trocaram algumas palavras. Val contou que teria um dia difícil na delegacia, com depoimentos importantes marcados. Sem entrar em detalhes, disse que o corpo encontrado na véspera dava um novo rumo ao caso que investigava.

Quando Val estava quase deixando o quarto, Luana chamou-a e disse para que tomasse cuidado. Ela abraçou a filha com força. As duas estavam visivelmente emocionadas.

Chegou à zona oeste em meia hora. Ao entrar na delegacia, encontrou seus colegas tensos, nos preparativos para enfrentar aquele dia de interrogatórios tão importantes.

O depoimento de Arthur estava marcado para as dez e meia, e o de AC Pereira, para as duas da tarde. Conversando, ela e Almeida decidiram que, mesmo ela tendo terminado seu relacionamento com Arthur, não conduziria os interrogatórios por ainda estar emocionalmente envolvida. Assistiria a tudo por trás do espelho, enquanto o delegado e Urso conduziriam os questionamentos.

Pouco antes do horário, para não ter que encontrar Arthur, Val se dirigiu à sala adjacente e aguardou o horário de início do depoimento. Com a cópia do caso nas mãos, folheava as páginas em busca de algum detalhe que pudesse ter passado despercebido, quando seu celular apitou indicando uma nova mensagem. Era Arthur, que dizia estar chegando e afirmava que sabia que ela o assistiria detrás do vidro. Dizia que sentia saudades, que lamentava que tudo aquilo estivesse acontecendo e que esperava que a tormenta passasse logo.

Assim como Isa tinha previsto na noite anterior, ao ler a mensagem o coração de Val acelerou. Era impossível apagar todas as lembranças e os sentimentos que tinha por ele. Antes que fosse tragada para o fundo do mar de lamentos, a porta abriu interrompendo seus pensamentos.

Jonas a encarava com empatia.

— O que você está fazendo aqui?

— Pedi ao Almeida para assistir.

— Por que eu tenho a impressão de que o seu interesse não tem nada a ver com o caso?

— Porque não tem mesmo.

Val virou a cadeira de lado para ficar de frente para ele. Apoiou os dois cotovelos nos joelhos, encarou-o e disse.

— Mas que merda é essa, Jonas? Por que esse interesse todo na minha vida pessoal de uma hora para outra?

Jonas repetiu o mesmo movimento e se posicionou de frente para ela, encarando-a, como se o interrogatório daquela manhã fosse realizado naquela sala escura, sem testemunhas.

— O fato é que eu não suporto te ver com outra pessoa.

— E você se envolver com outra pessoa pode? O problema é só comigo?

— Eu nunca quis me envolver com ninguém, Valéria. Sim, está certo que exagerei, que saí com várias mulheres. Mas eu queria somente chamar a sua atenção. Para você ficar com ciúmes.

— Se esse era o seu objetivo, o tiro saiu pela culatra porque a única coisa que conseguiu foi que eu me afastasse ainda mais de você.

— Quando percebi isso, já era tarde. Você nunca se perguntou por que é que há tempos não tenho namorada alguma?

— Não, porque pouco me interessa o que você faz da sua vida. Para ser sincera, não sei por que você está tão abalado com a minha vida pessoal. Foi você quem provocou tudo isso. Foi você que transou com uma piranha quando ainda estávamos casados, e isso, Jonas, é muito difícil perdoar.

Jonas desviou o olhar, encostou as costas na cadeira e colocou as mãos cruzadas sobre a cabeça. Por fim, bufou.

Val continuou parada na mesma posição, observando o ex-marido, que prontamente voltou a se aproximar dela.

— Porra, Val. Eu errei, errei feio, sei disso. Mas quem nunca errou nessa vida? Cacete, somos humanos! Naquele dia, estava puto contigo. Tínhamos brigado feio, bebi demais e acabei fazendo o que fiz. Sei que não justifica e por isso mesmo pedi perdão centenas de vezes, mas você nunca se importou com as minhas razões.

Jonas estava visivelmente emocionado por lembrar do episódio que havia posto fim ao casamento.

— Mas, Val, reflita um pouco sobre como estava a nossa vida naquela época. Você estava distante. Não conversava comigo. Vivíamos como verdadeiros estranhos. Quando eu entrava em casa, você saía. Eu tentava entender o que estava acontecendo, mas você não se abria. Até hoje não sei o que houve com a gente. Éramos felizes, Val. Você foi a grande inspiração para que eu me tornasse médico legista e encarasse essa carreira com o amor que tenho.

Val estava imóvel, sem reação. Seus olhos ficaram úmidos, mas ela se manteve forte.

— Val — ele tomou as suas mãos. — Não existe amor nesse mundo igual ao que eu sinto por você. Será que você consegue me perdoar?

Mesmo que quisesse dar uma resposta, Val não poderia. Não naquele momento, em que a porta da sala do interrogatório se abriu. Almeida e Urso entraram, seguidos de Arthur e de seu advogado.

— Agora não é o momento para isso — ela puxou as mãos, que ainda estavam entrelaçadas às de Jonas, e ajeitou a cadeira para ficar de frente para o vidro.

O depoimento iniciou no horário programado. Val mantinha as mãos juntas e sentia que estavam suadas. Não sabia dizer se era consequência das palavras que havia escutado, ou se era a expectativa do que ainda estava por ouvir.

Arthur parecia tranquilo. Encarava os policiais com seriedade e respondia aos questionamentos com serenidade. Articulava bem as palavras, não respondia nem mais nem menos do que lhe era perguntado. Seu advogado quase não se pronunciou. Acompanhava o interrogatório atento, mas Arthur gerenciava bem a situação, sem precisar de suas intervenções.

Tanto o depoimento de Arthur quanto o de AC Pereira estavam focados nos acontecimentos sobre o último lançamento, *O caçador de ossos*. Dessa maneira, Arthur explicou detalhadamente o processo desde o momento quando o autor liberou o manuscrito até os procedimentos finais de publicação.

— Dia quinze de dezembro, a data estava em contrato, era o "deadline" de AC para entregar à editora o primeiro manuscrito. O primeiro manuscrito é o documento original. O primeiro que o autor prepara. E foi nesse dia que coloquei a mão nele pela primeira vez. Uma cópia foi entregue a mim. Sempre fiz questão de ler seus originais e dar a minha opinião. No mesmo dia, outras duas cópias foram entregues a duas pessoas que também leram e opinaram sobre a história e o contexto da trama. Em meados de janeiro, depois da primeira revisão com as modificações sugeridas, o segundo rascunho foi entregue e passou pela mão de três revisores indicados pela editora. Em negociação com a editora, limitamos o número de pessoas que teriam acesso ao material. Queríamos manter sigilo sobre o lançamento. AC vem crescendo exponencialmente a cada lançamento, e a expectativa para esse livro era bem grande. Por isso, de acordo com o contrato que assinamos, além de mim, dos dois editores e dos três revisores, somente o presidente da editora, o diretor de marketing e duas pessoas que trabalharam no projeto gráfico tiveram o original nas mãos. A não ser que o computador de alguém tenha sido hackeado.

Almeida olhou para Urso para dar sinal de que precisavam investigar a possibilidade de os computadores dessas pessoas terem sido invadidos. Almeida sabia que, assim que terminasse o interrogatório, providenciaria a apreensão das máquinas de todos os envolvidos para verificar aquela possibilidade ou até mesmo se o documento fora enviado de maneira intencional para alguém fora desse círculo de pessoas.

Ao final de duas horas de depoimento, Urso perguntou onde ele estava na noite de vinte de março. Essa era a data do primeiro crime, da mulher asfixiada na cama do motel a menos de um quilômetro dali.

— Não vou saber responder isso. Precisarei consultar a minha agenda.

Urso levantou e saiu da sala para pegar o celular de Arthur, que, por questões de segurança, ficara retido do lado de fora da sala. Val se apressou e foi encontrar Urso no corredor.

— Preciso que você pergunte a ele por que ele me presenteou com a coleção de todos os livros do AC.

— Como?

— Arthur me deu de presente todos os livros da coleção de AC. Preciso saber por que ele fez isso.

— Mas, se eu fizer isso, teremos que expor a relação que vocês tiveram.

— Eu sei.

De volta à sala de interrogatório, Urso entregou o celular para Arthur. Ele não aparentava nervosismo. Não se perdeu nas teclas. Não tremia as mãos, não suava. Mostrava-se sereno. Val, do outro lado do vidro, estava em pé junto ao espelho, analisando todos os movimentos daquele homem com quem há pouco tempo dividira a cama. Não sabia dizer se ele era um completo inocente ou um homem frio e sem escrúpulos que a manipulara durante todo aquele tempo, fazendo dela uma marionete para seu entretenimento.

— Ah, é certo! — Arthur exclamou, ainda com os olhos voltados para o aparelho. — Dia vinte de março eu estava em casa com a minha filha, depois de levá-la ao cinema. Era meu dia de ficar com ela.

— Você precisa anotar na agenda que vai ao cinema com a sua filha? — Almeida perguntou.

— Não, delegado, só associei o fato a uma reunião que tive à tarde, um encontro frustrante com distribuidores. Lembro que deixei a reunião irritado, mas que pouco tempo depois me tranquilizei quando lembrei que sairia com a Isabel naquela noite. Por isso eu lembro o que fiz.

— Senhor Vianna, sabemos que você deu à inspetora Valéria Ricci a coleção completa dos livros de AC Pereira. Qual era a sua intenção ao fazer isso?

Arthur, seu advogado e, principalmente, o delegado ficaram surpresos com o questionamento repentino de Urso. Arthur esperou alguns segundo antes de responder.

— Não existiu nenhuma intenção além de presenteá-la com os livros.

— Você pode dizer como conheceu a inspetora Ricci e qual o seu relacionamento com ela?

— Qual seria a relevância dessa pergunta para o caso em questão? — o advogado de Arthur interveio com veemência.

— Está tudo bem, doutor Oliveiros! Posso responder à pergunta.

— Isso pode prejudicar o seu depoimento, Arthur — o advogado insistiu.

— Eu quero responder — Arthur frisou, encarando o espelho, como se soubesse que Val estava do outro lado. — Conheci a inspetora Valéria Ricci no dia dezesseis de abril, em um evento fechado, dedicado aos jornalistas e profissionais do mercado literário. Pelo que soube, ela acompanhava uma amiga... na verdade acho que elas são ex-cunhadas. Eu a vi entrar acompanhada da Isadora Ribeiro, e me chamou atenção seu comportamento, ela parecia um peixe fora d'água. A Isadora, por ser uma profissional influente no mercado, deixou Valéria sozinha em diversas ocasiões, precisava interagir com as pessoas do evento. Em um desses momentos eu me aproximei dela. Trocamos algumas palavras. Foram poucas, mas foram suficientes para eu perceber que ela era uma mulher especial. No fim da noite, eu dei o meu cartão para ela, com a esperança de que ela me ligasse, o que não aconteceu. Voltando à pergunta sobre a minha intenção de dar os livros para ela, posso reformular a minha resposta e dizer que a minha única intenção foi me aproximar dela. Aquela foi a maneira mais sutil para isso.

Um silêncio tomou conta do ambiente. Todos ali sabiam que Arthur estava mandando um recado para Val. Seus olhos ainda não haviam se desviado dos dele, até que o delegado pigarreou e disse.

— Acho que por hoje é suficiente.

Enquanto eles se despediam, Val saiu apressadamente da sala. Jonas tentou impedi-la, em vão. Ela pegou a sua bolsa e saiu da delegacia para esfriar a cabeça. Ao mesmo tempo, o delegado informava a Arthur que não deixasse a cidade pelos próximos dias e que estivesse à disposição das autoridades.

# 28

## NA MESMA TARDE

Uma hora depois de sair apressadamente da delegacia, Val retornava a tempo de conduzir o interrogatório de AC Pereira. Diferentemente da primeira vez em que ele esteve lá, ela encontrou a porta da delegacia muito mais tumultuada.

Jornalistas e fãs se aglomeravam aguardando a chegada do autor. Ao se aproximar, Val recebeu uma enxurrada de flashes das câmeras fotográficas e questionamentos simultâneos, mas ignorou todos eles.

Ao entrar, viu de longe que Jonas ainda estava por lá, e sua presença a irritou. Ele havia criado uma situação desnecessária para o momento que ela estava vivendo. Cuspir seus sentimentos daquela maneira só mostrava como era egoísta e insensível. Ele e Urso conversavam com Almeida em sua sala. Ela se dirigiu até eles e, ao entrar, todos a encararam com curiosidade e expectativa. Tanto Urso quanto Jonas se levantaram para ceder seus lugares, mas Val recusou a oferta, escolhendo ficar de pé.

— Inspetora, entendemos que para você o caso possa estar tomando um rumo desconfortável. Se quiser ser direcionada para outra investigação, não negarei o pedido — Almeida falou.

— Eu sei separar as coisas, delegado, não se preocupe. Eu continuo no caso.

— Tem certeza, Valéria? — Jonas perguntou.

Ao escutá-lo, Val fuzilou o ex-marido com seu olhar gélido.

— Ainda não entendi o que você continua fazendo aqui, Jonas. Seu lugar é analisando os mortos, não os vivos.

Almeida interveio.

— Eu pedi para que ficasse, inspetora. Ele tem um bom faro investigativo e poderá nos auxiliar com esses dois interrogatórios.

Val revirou os olhos.

— Antes de você chegar, estávamos conversando sobre o depoimento de Arthur e estamos de acordo que ainda é cedo para qualquer tipo de conclusão a seu respeito. Em alguns momentos tenho a impressão de que ele é um homem transparente, mas logo tenho a nítida impressão de que escolhe as palavras corretas para formular as frases de efeito. Realmente ainda não tenho opinião formada sobre ele.

— Eu concordo com você, Almeida. Acho que ele falou a verdade sobre os motivos para me presentear os livros, mas acho curioso o fato de o primeiro crime ser exatamente um trecho do primeiro livro. Parece que a intenção dele era que eu conseguisse correlacionar os fatos com mais agilidade. Mas com qual finalidade?

— Hipótese um: ele é o assassino. É um psicopata cruel que gosta desse jogo de gato e rato. Se aproximou de você para estar mais próximo do perigo. Hipótese dois: os crimes têm propósito marqueteiro, para alavancar as vendas dos livros. Arthur sabe que isso está acontecendo; não concorda, mas por algum motivo... tipo quebra de contrato de sigilo... essa foi a forma que achou de envolver a polícia e acelerar a investigação. Hipótese três: ele realmente não tem nada com isso e é só uma tremenda coincidência.

Todos se entreolharam. Val se dirigiu a Urso:

— Você conseguiu apurar alguma coisa relevante da vida dele?

— Nada que chamasse a atenção. Ele é natural de Florianópolis e veio para o Rio ainda pequeno. Na adolescência foi modelo fotográfico e trabalhou assim até os vinte e cinco anos. Teve um relacionamento de cinco anos com uma modelo chamada Karina Braga, com quem teve uma filha. Estudou Relações Públicas na PUC e, em 2006, quando começou a trabalhar com mercado literário, abandonou a carreira de modelo. Agencia o Pereira desde o início da carreira meteórica do cara e, de acordo com suas declarações de Imposto de Renda, fatura bastante com esse trabalho.

Val olhou para o relógio, estava quase na hora do interrogatório. Pediu licença a fim de se preparar para recebê-lo.

Minutos depois, o escritor entrou na delegacia seguido do seu advogado, o mesmo que o acompanhara no primeiro interrogatório. Sorridente, ele foi cumprimentando a todos enquanto era conduzido à sala designada para o interrogatório e, pouco tempo depois, Val e Almeida se juntaram a eles, enquanto Jonas e Urso os acompanhariam por trás do espelho.

Eles se cumprimentaram, trocaram algumas palavras corriqueiras antes de começar. Em seguida, Val iniciou.

— Senhor Antônio Carlos Pereira, o motivo da intimação para esse novo interrogatório é o fato de a investigação ter apresentado um novo rumo. O senhor está a par de um novo corpo encontrado na Estrada das Paineiras, não está?

Ele assentiu.

— De acordo com uma das evidências encontradas, foi possível ligar o crime a um trecho do seu livro, sendo que desta vez se trata do seu último lançamento. Acontece que, de acordo com o laudo da necropsia, o assassinato ocorreu anteriormente à publicação do livro. Isso significa que a pessoa que cometeu o delito teve acesso ao livro antes do lançamento, caindo por terra a hipótese de que se trata de um admirador lunático.

AC se contorceu na cadeira, visivelmente surpreso.

— Com o número de suspeitos reduzido, volto a fazer a mesma pergunta que lhe fiz no interrogatório passado. O senhor tem motivos para acreditar que alguém queira te prejudicar?

— Não. Minha resposta é a mesma que dei da outra vez. Não sei por que alguém teria essa intenção.

— De acordo com informações já coletadas nesse processo, um número bastante reduzido de pessoas teve acesso ao documento. Todas elas serão ouvidas também.

As perguntas foram feitas e respondidas de forma concisa e coerente. Depois do choque inicial, AC Pereira conduziu bem as respostas e foi bastante solícito com a polícia.

A verdade é que o depoimento não acrescentou muita coisa além do que Arthur já havia dito. Ele se mostrava alinhado ao que seu agente havia declarado naquele mesmo dia. Antes de ser liberado, Val perguntou onde ele estava na noite de vinte de março e, assim como Arthur, ele não soube responder de pronto. Mas disse que possivelmente em casa. Nas semanas anteriores ao lançamento, costumava trabalhar exageradamente para garantir que nenhum erro passasse despercebido. Lia o livro mais de uma vez, mesmo depois que já estava pronto para a impressão.

— Senhor Antônio Carlos, estamos cientes de que tanto o senhor quanto o sr. Vianna estavam com viagem marcada para uma turnê literária, mas gostaríamos de solicitar que os senhores permaneçam na cidade por mais alguns dias, até que novas orientações sejam dadas.

— Mas por que isso? Eu sou suspeito dos crimes?

— Todos vocês são. Mas suspeito não quer dizer réu. É preciso que o senhor entenda que esta é uma situação delicada e de grande repercussão nacional. Estamos trabalhando em uma investigação complicada que exigirá todos os recursos disponíveis para tentarmos solucionar o caso. Isso inclui a colaboração de todos os envolvidos.

Val e a equipe ficaram até tarde finalizando a preparação das intimações das outras nove pessoas que precisariam depor. Além disso, o delegado ainda expediu mandados de apreensão dos computadores profissionais de todos eles. Os equipamentos passariam por uma análise técnica minuciosa para garantir que não haviam sofrido nenhum ataque cibernético ocasionando o furto do livro. Mas esse trabalho Val sabia que ainda demoraria para ser concluído.

Enquanto isso, depois do tumultuado dia, a imprensa, que ainda não tinha recebido da polícia nenhuma declaração oficial, ainda especulava sobre as teorias conspiratórias relativas à nova convocação dos depoentes daquele dia. Em todos os telejornais do país a notícia era transmitida, enquanto Ele, sentado no sofá, acompanhava todos os detalhes. Com um sorriso discreto nos lábios escutava as notícias ao mesmo tempo em que levava à boca tranquilamente as pipocas que comia.

## 29

### NOS DIAS SEGUINTES AO DEPOIMENTO DE ARTHUR

Arthur havia tentado falar com Val uma única vez depois do depoimento prestado na delegacia, mandando uma mensagem. *Sei que as coisas parecem confusas, mas preciso te dizer que eu não tenho nada a ver com isso. Quero que saiba que o que vivemos foi verdadeiro e para mim nada mudou. Sinto sua falta e espero que tudo seja rapidamente esclarecido. Odeio imaginar o que está passando pela sua cabeça.*

Val estava confusa. Por um lado acreditava em Arthur, por outro precisava duvidar dele. Tinha que vê-lo como um possível suspeito, por mais que isso fosse difícil.

Era início do mês de junho, trabalhava no caso há pouco mais de dois meses. Até o momento, o principal avanço tinha sido a identificação da vítima do terceiro crime, que em ordem cronológica era o segundo executado. Tratava-se de Dilson Saldanha, um homem de vinte e seis anos, temporariamente a trabalho na cidade. Sua identificação foi possível após a polícia confrontar a data da morte com as ocorrências de desaparecidos. Ao fazer a análise, descobriram um BO aberto pela empresa para a qual Dilson trabalhava. A prova de DNA foi solicitada utilizando material genético do irmão, que voou até o Rio de Janeiro assim que soube que o corpo encontrado poderia ser de Dilson.

O segundo progresso importante era relativo ao número de suspeitos, que passou de milhares de pessoas para apenas dez. Esse cenário se manteria assim caso a perícia confirmasse que nenhuma cópia do manuscrito tinha sido roubada ou enviada indevidamente dos computadores apreendidos.

Os dias foram bastante intensos, com muitos depoimentos, coletivas de imprensa e prestação de contas aos governantes. Todos queriam saber a evolução do caso, além de ansiar pela sua solução. O assassino caíra na boca do povo e recebera o apelido de Carrasco Literário. Em pouco tempo, esse codinome foi disseminado entre a população, e muitos agentes da polícia também o adotaram quando se referiam ao caso.

Na quarta-feira pela manhã, Val seguia para a delegacia. No caminho, pensava na conversa que tivera com Luana na véspera. A filha, que faria dezoito anos no mês seguinte, disse que queria fazer uma tatuagem e pediu autorização para antecipar em um mês a ida ao estúdio do tatuador.

— Eu vou te dar autorização, filha. Afinal, qual é a diferença de fazer hoje ou daqui a um mês? Você vai fazer mesmo, não é?

Luana confirmou.

— Agora, pelo amor de Deus, não vá fazer nada de que vai se arrepender. Muito menos a asneira de marcar o nome do Neto na sua pele. Sei que ele é uma cara legal, que você está apaixonada, mas se vocês terminarem e você ficar com o nome dele gravado para sempre tenho certeza de que você vai se odiar.

— Fica tranquila, mãe. Não será nada disso. Estou pensando em algo filosófico, não se preocupe.

— Você não quer que eu vá com você? Eu te ajudo a escolher.

— Não, mãe, não precisa. O Neto ficou de ir comigo.

De volta para sua realidade, Val revirou os olhos ao lembrar da filha dizer *fica tranquila, mãe* — como se isso fosse algo possível, como uma chave que liga e desliga a qualquer momento.

Ao chegar à delegacia, não percebeu a existência de um volumoso envelope pardo deixado em sua mesa, que acabou camuflado por outros tantos papéis que se acumularam. Antes que pudesse organizar a papelada, foi à sala do delegado para a primeira reunião do dia.

Jonas havia se juntado a eles para auxiliar nos trabalhos de inteligência e só horas depois Val foi à sua estação de trabalho e, por fim, viu o envelope que repousava há tempos sobre a mesa. Olhou desconfiada. O pesado embrulho só tinha o seu nome escrito.

Ela levantou-o com as mãos e o colocou contra a luz, a fim de conseguir visualizar o seu interior. Foi apenas uma tentativa frustrada de antecipar o conteúdo. Abriu o pacote com cuidado e viu que se tratava de um calhamaço de papel com um grande grampo unindo todas as folhas. Retirou-o do envelope e leu o que estava escrito na primeira folha do documento.

## Primeiro Manuscrito
## *A Caça*
## AC Pereira

Ela folheou o documento de duzentas e trinta páginas. Pelo que agora entendia sobre mercado editorial, viu que se tratava de um livro novo, mas por que fora endereçado a ela?

— Quem deixou esse envelope na minha mesa? — Val gritou mais de uma vez para que pudesse ser ouvida. Mesmo assim, ninguém soube dizer.

Na segunda página do manuscrito havia um *post-it* amarelo preso à folha com uma mensagem: *Boa leitura, inspetora. Esse livro é para você, somente para você.*

Ainda não eram cinco horas da tarde, mesmo assim Val juntou suas coisas para levar tudo para casa. Se a intuição não falhasse, aquele era um recado do assassino. Talvez fosse mesmo a descrição do próximo crime do Carrasco Literário, e Val tinha a pretensão de descobrir ainda naquela noite.

Foi até um policial de sua confiança e pediu que, sem alarde, fizesse duas coisas: a primeira, que encaminhasse o envelope para análise de digitias, a segunda, que mandasse o bilhete recebido para um exame grafotécnico. Queria identificar se aquele bilhete poderia ter sido escrito pela mesma pessoa que escrevera os números nas folhas secas. Mas pediu sigilo. Precisava de apenas doze horas. Caso ficasse comprovada a autenticidade do documento recebido, o delegado e Urso seriam os primeiros a saber, ainda no dia seguinte. Por experiências passadas, muitas pessoas se aproveitavam de casos de grande repercussão para trapacear a polícia enviando pistas falsas.

Antes de deixar a delegacia, foi até a sala do delegado, de onde havia saído há pouco tempo. Avisou que estava de partida e a surpresa foi notória entre os três, pois estavam no meio de uma reunião importante sobre a investigação.

— Val — Jonas disse ao correr para alcançá-la no estacionamento da delegacia. — O que aconteceu? Por que você está saindo assim, antes do término da reunião?

— Preciso ir para casa. Me faz um favor. Volta para lá. Dê uma desculpa qualquer. Sei que o Almeida pediu para que você viesse aqui sondar o porquê de eu estar saindo com tanta pressa. Fala que preciso resolver algo particular. Tenho uma coisa importante para fazer. Confia em mim.

Ele concordou e a observou entrar no carro carregando um monte de papéis e pastas.

— Jonas. Se puder, passa lá em casa quando sair daqui. Preciso te mostrar algo.

No caminho, ela foi se questionando sobre os motivos que levariam AC Pereira a mandar o manuscrito do seu próximo livro para ela. Se fosse necessário, passaria a noite lendo aquele material. Quaisquer que fossem as razões descobriria naquelas páginas.

Seria a descrição de um novo crime ou uma confissão? Teria poucas horas para descobrir, e a ajuda de Jonas seria bem-vinda. Sua curiosidade ultrapassava os limites da razão e por pouco ela não discou o número de Arthur para sondar a situação.

Chegou em casa e não encontrou Luana. Organizou os papéis sobre a mesa. Preparou uma garrafa térmica transbordando de café e a colocou ao lado de onde trabalharia. Separou diferentes cores de marcadores de texto e um bloco de post-its para fazer anotações e sentou para iniciar a leitura.

Quando ainda estava no prefácio, escutou um apito de seu celular. Era Luana dizendo que havia saído da ONG e que dormiria na casa de Neto. Ao ler a mensagem, Val sentiu um certo alívio por a filha não voltar para casa naquela noite. Precisava se concentrar na leitura e em sua investigação. Mesmo assim, lembrou dos planos da filha daquela manhã e respondeu a mensagem fazendo uma pergunta. *Afinal, você fez a tatuagem?* Pouco tempo depois, uma foto foi enviada para a mãe. Val olhou a imagem e revirou os olhos. O resultado do impulso da filha era de pouca compreensão da inspetora, mas tão desastroso quanto tatuar o nome do namorado no braço. Sabia que se arrependeria de não ter insistido em acompanhá-la ao estúdio do tatuador, só não sabia que o arrependimento seria tão rápido.

Era o desenho de um símbolo que Val já tinha visto gravado na pele de Neto, no dia em que o conheceu. Três círculos em espiral, desenhados em preto no antebraço da filha, assim como estava no braço do seu namorado. *Legal, filha! Está feliz com o resultado?* Por mais que não entendesse da moda atual e menos ainda dos gostos da filha, de quem, até pouco tempo antes, estava muito afastada, sentiu que precisava apoiá-la.

Depois de fazer uma rápida busca na internet e descobrir o significado do símbolo, chamado *triskle*, Val voltou a concentrar-se no trabalho. À medida que foi avançando na leitura do manuscrito, grifava e fazia anotações de trechos que considerava importantes.

Poucas horas mais tarde, Jonas chegou ao apartamento. Trazia uma caixa de pizza. Conhecia bem a ex-mulher e sabia que ela estaria imersa na investigação e não teria comido. Ele ansiava por respostas. Queria entender o que a fizera sair da delegacia sem dar explicações.

Encontrou Val sentada à mesa de jantar. À sua frente, um calhamaço de papel do qual ela lia a página sessenta e oito. O quadro que antes enfeitava a sala de jantar havia sido substituído pela moldura de cortiça que Val deixava em seu quarto, para usar quando trabalhava de casa. Nele, post-its com diferentes anotações haviam sido posicionados em uma ordem que somente ela compreendia. Eram oito e meia da noite, Jonas sentia fome. Deixou a caixa de pizza na cozinha e retornou à sala trazendo dois pratos com dois pedaços em cada um deles.

— Toma, vamos comer enquanto você me atualiza sobre isso tudo.

Val recostou na cadeira e respirou profundamente, cansada.

— Obrigada, Jonas. Agora que senti o cheiro da pizza é que percebi o quanto estava faminta.

— Eu sei. Te conheço bem, mas o que está rolando?

— Recebi esse envelope hoje na delegacia. Dentro dele havia um manuscrito de um suposto livro novo, com o título *A caça* e creditado a AC Pereira. Você lembra, no depoimento do Arthur, quando ele falou sobre o processo de lançamento do livro? O manuscrito é a primeira versão do livro. Mas por que o AC me mandaria isso? Junto com o documento, havia esse bilhete aqui.

Val entregou a Jonas uma cópia da nota recebida.

— Somente para mim! O que ele quer dizer com isso?

— Imagino que você tenha mandado isso para o grafotécnico.

Val confirmou.

— Pelo que você já leu... o que tem em mente?

— Nada muito concreto ainda. Aparentemente é um livro novo do cara. Mais um desses policiais. Estou fazendo algumas anotações para ver se consigo montar esse quebra-cabeça.

— Sobre o que é essa história?

— Está muito no começo, não aconteceu nada relevante. Por enquanto, aparecem dois cenários paralelos. Um é sobre um cantor sertanejo famoso, super prepotente, que tem o rei na barriga; e o outro é um detetive particular investigando um caso extraconjugal. As coisas estão meio desconexas ainda.

— Será que isso foi mesmo escrito pelo AC Pereira? Pode ser alguém tentando se passar por ele.

— Olha, eu não sou expert no assunto. Talvez tenhamos que entregar esse manuscrito a alguém que conheça profundamente os livros desse autor. Mas, pelo pouco que li do primeiro livro, a escrita é bem similar. Se foi outra pessoa escrevendo isso, seguramente se trata de alguém que conhece bem o estilo dele.

— Qual é o seu plano, Val? Ler o material para ver se há algum indício de crime novo? Você acha que esse foi o motivo para você ter recebido isso?

— Estou até agora sem entender o motivo, mas sei que ele está aqui. Se não estiver de forma explícita, seguramente está nas entrelinhas. Por isso te chamei, preciso que você me ajude a ler esse documento.

Jonas concordou, e Val dividiu o material. A hora seguinte foi silenciosa no apartamento da inspetora. Eles se dedicaram à leitura. Pouco a pouco, iam passando as folhas do monte dos não lidos para o monte dos lidos, enquanto anotavam e marcavam trechos que consideravam importantes.

As horas foram passando e os bocejos de Jonas eram cada vez mais frequentes. Ao contrário de Val, que estava cada vez mais alerta e intrigada com o que lia, sem entender ao certo aonde o autor a levava com aquela trama. Eram duas e meia da manhã quando ela disse a Jonas que fosse para o sofá descansar. Ele estava lutando contra o cansaço e já não contribuía com nada.

— Desculpe, Val. Estou pregado. Preciso de duas horinhas.

Ele deu-lhe um beijo no alto da cabeça e desmoronou no sofá.

Enquanto Jonas dormia, ela foi até a cozinha providenciar mais café. Faltava pouco para acabar de ler o livro, mas o pouco significava ainda umas duas ou três horas.

Às três e meia da manhã, o cansaço começava a chegar timidamente, e ela projetava alguns bocejos de tempos em tempos, apesar de a história dar sinais de que algo aconteceria.

Naquele ponto da leitura, Val entendia que a trama girava em torno de um homem que queria se vingar do cantor famoso, e os motivos que o levavam a esse plano pareciam ser o grande mistério do livro. O homem, que tinha a identidade oculta, sabotava os shows do cantor criando vários obstáculos e levando o artista ao descrédito e à perda de seu público fiel. O detetive, que, no início da trama, fora apresentado em um cenário fora do contexto principal do livro, foi contratado pela produtora do cantor para descobrir o autor das sabotagens. Uma das coisas para as quais a leitura desse livro chamou a atenção de Val foi a ênfase que o autor dava ao sabotador, como se ele fosse o protagonista da história. Isso lhe pareceu curioso, pois ela lembrava a conversa que tivera com Arthur no Bar Lagoa, no primeiro encontro dos dois, quando ele dissera que AC se preocupava em não inverter os valores em suas histórias. Aparentemente, era isso o que ele estava fazendo nesse livro inédito.

De repente, o sono que sentia minutos antes foi substituído por uma angústia dominadora. No livro, Val leu um trecho em que o sabotador seguia até o hospital onde a mãe do cantor de quem queria se vingar estava internada. Seu plano era atingir o seu inimigo fazendo mal à sua mãe. O que inquietava Val na leitura era o fato de a descrição do hospital da história ser exatamente igual à clínica na qual a sua mãe estava internada em Petrópolis.

A paisagem da estrada de acesso ao local, o barulho que os pneus do carro faziam ao estacionar o veículo no piso de cascalho. A fachada do casarão, o corredor central que levava aos quartos dos pacientes. Dos detalhes dos móveis e da decoração à cor das paredes, tudo era parecido, até chegar ao ápice da similaridade, quando o texto narrou que a mãe do cantor estava internada no quarto número 34.

Ao ler esse trecho do livro, Val se levantou como um gato. Seu movimento repentino levou a cadeira ao chão, despertando Jonas, que instintivamente deu um salto do sofá, encontrando a ex-mulher em estado de alerta com as mãos sobre a cabeça.

— Ele está com a minha mãe.

— Como assim? Quem está com a sua mãe?

— O assassino. Preciso ir para Petrópolis, agora.

Sem contrariá-la, Jonas pegou a chave do carro e seu casaco, enquanto ela juntou o manuscrito que estava espalhado sobre a mesa de jantar, colocou-o dentro do envelope e levou junto com ela.

No carro, a caminho da clínica, sem se importar com a hora, Val ligou para Urso, que atendeu com voz sonolenta.

— Urso, sei que é cedo, mas preciso de você alerta. Precisamos de duas representações de prisão temporária. Para ontem!

# 30

## MANHÃ DE 4 DE JUNHO DE 2015

Ainda não eram nove horas da manhã quando quatro carros deixaram o estacionamento da delegacia na Barra da Tijuca. Dois deles se dirigiram para a Lagoa, onde morava AC Pereira. Os outros dois carros não iriam longe, e o destino era a Avenida Lúcio Costa, o endereço de Arthur.

O pouco que Val havia antecipado para Urso dava motivos de sobra para levá-los à delegacia. Talvez as ordens de prisão fossem revogadas pelos advogados dos detidos até o fim do dia, mas ela tinha esperanças de que eles colaborassem com a polícia e que ao menos um deles pudesse explicar como a clínica de repouso onde sua mãe estava internada fora parar nas páginas de um livro inédito do autor.

Com exceção de Jonas e Luana, que, apesar de conhecerem o ambiente, fazia tempo não visitavam Inês, apenas Arthur havia estado lá, no dia em que acompanhou Val em sua visita de emergência.

Quando os policiais bateram na porta de Arthur, ele atendeu sem resistência. Urso comandava o operativo da Barra, enquanto outro inspetor liderava a equipe da Lagoa.

— Arthur Vianna — Urso disse, algemando-o. — Tenho aqui uma representação de prisão temporária para o senhor, pela participação nos assassinatos de Júlia Nogueira, Maria Luiza Dias de Souza e Dilson Saldanha. Você tem o direito de permanecer calado e ser assistido por um advogado.

Sem entender o que se passava, mas ciente de que nada que fizesse adiantaria naquele momento, Arthur permaneceu calado e seguiu as orientações do inspetor, que o conduziu à delegacia.

Assim que chegaram ao distrito policial, Arthur pôde contatar o seu advogado e em seguida foi acomodado na mesma sala de depoimentos em que estivera outras duas vezes.

Enquanto aguardava, lembrou-se da visita que havia feito a AC Pereira dias antes. Ele sabia que havia chegado a hora de falar o que sabia, não poderia mais protelar o assunto.

Na manhã do dia seguinte ao segundo depoimento de Arthur e AC Pereira, o agente levantou cedo. A verdade é que não havia conseguido dormir, e duas eram as razões da insônia. A primeira, o rompimento de seu relacionamento com Val. Por mais que ele entendesse os seus motivos, havia se apaixonado por ela, um sentimento que em seus trinta e sete anos de vida ainda não havia experimentado. Talvez fosse amor... mas como saber, se a verdade é que nunca havia gostado de uma mulher com aquela intensidade.

A segunda é que estava omitindo detalhes importantes que a cada minuto se tornavam mais essenciais para a investigação. Se sentia péssimo por esconder de Val o que sabia, mas não teve opção. Antes de tomar qualquer atitude, resolveu deixar que AC se pronunciasse durante o seu depoimento. Afinal, era ele quem precisava esclarecer os fatos para a polícia.

Ansiava por notícias. Tentou falar com AC durante a noite, mas não teve sucesso algum. Tampouco podia ligar para Val. Além de não estarem mais juntos, era óbvio que ela não abriria nenhuma informação para ele.

Arthur havia acompanhado os noticiários até tarde, mas nada de concreto fora divulgado pela imprensa durante as horas seguintes aos depoimentos.

Foi na primeira hora de domingo que ele resolveu ir à casa de AC para ter notícias suas e saber os detalhes de seu depoimento na véspera.

Ao chegar ao endereço, perguntou ao porteiro se AC estava em casa, o que foi confirmado. Mas, ao interfonar para seu apartamento, o amigo não atendeu. Por saber que o agente frequentava a residência de AC há muito anos, o porteiro permitiu o ingresso de Arthur, que por vários minutos apertou a campainha de maneira insistente, ao mesmo tempo em que esmurrava a porta e gritava pelo escritor.

Preocupado, Arthur já pensava em chamar o chaveiro para abrir a porta quando escutou passos vindo do interior. No que AC abriu parcialmente, Arthur entrou enfurecido no apartamento e encontrou o ambiente revirado, como se tivesse havido uma briga dentro dele.

AC mostrava-se tão caótico quanto o apartamento. Vestia um roupão felpudo aberto, e apenas uma cueca samba-canção por baixo. Tinha profundas olheiras, olhos avermelhados e estava despenteado.

— Que porra é essa, AC? O que deu em você?

— Ai, caralho, não grita, Vianna. Eu tô com uma puta dor de cabeça.

Na sala, além dos objetos revirados, Arthur viu no chão uma garrafa de vodca vazia, além de algumas latas de cerveja espalhadas pelo piso. Observou ainda duas bitucas de cigarros de maconha sobre a mesa de centro.

Ainda sob efeito do excesso de álcool e do entorpecente, AC parecia não reagir aos questionamentos de Arthur, que não teve dúvidas ao levar o amigo para o banheiro e ajudá-lo a tomar um banho.

Enquanto AC se trocava, Arthur foi até a cozinha e preparou um café forte, entregando-o ao escritor assim que ele retornou para a sala. Nesse momento, Arthur já estava juntando o lixo e os artefatos decorativos quebrados em uma sacola plástica.

— Já está com uma cara muito melhor — Arthur falou, entregando dois comprimidos de analgésicos para ajudar com a dor de cabeça.

— Já me sinto melhor.

— O que aconteceu, afinal?

— Está tudo acabado, Arthur. Estamos com os dias contados.

— Por que você está falando isso? O que aconteceu no depoimento, ontem?

— Ainda nada, mas essa sua namoradinha... puta que pariu, viu! Ela não é tonta. Logo vai ligar os pontos e descobrir a verdade. Quando isso acontecer, estaremos acabados. O cerco está fechando. Preciso pensar em um plano B.

Arthur levantou a voz, colérico.

— Não, AC! Nada de plano B! Por que não contou à polícia ontem? Você teve a chance para fazer isso. Porra, cara, estou vivendo esse inferno há anos, não aguento mais. Ainda mais agora...

— Ainda mais agora que o quê? Que a sua namorada é policial?

Arthur levantou e se posicionou em frente ao escritor. A diferença de altura entre eles não parecia ser intimidadora para AC, que permaneceu encarando o agente literário. Arthur levantou o dedo, colocando-o na cara de AC.

— Primeiro que Val já não é mais a minha namorada por causa dessa merda toda, e segundo que vou te dar mais uma oportunidade para ir à polícia e contar tudo. Senão, serei eu a fazer isso.

— Tira esse dedo da minha cara. Você está esquecendo que assinou um contrato, meu camarada.

— Que se foda o contrato — Arthur esbravejou, enquanto se dirigia à porta. — Cara, escuta bem o que eu tô falando. Você tem até o fim da semana. Caso contrário, já sabe.

E saiu do apartamento batendo a porta.

PRESENTE. NA DELEGACIA.

A porta da sala de depoimentos foi aberta e Arthur viu seu advogado entrar. Eles cumprimentaram-se, e o homem sentou ao lado de seu cliente, posicionando uma maleta sobre a mesa. Em seguida, começou a falar.

— Primeiro, quero entender o que está acontecendo. Pelo que eles me adiantaram, além de você, a representação de prisão temporária foi expedida para o AC também. Parece que estão cumprindo essa ordem agora. Já, já ele deve pintar por aqui. Assim que você me ligou, eu liguei para ele para deixá-lo de sobreaviso. Imaginei que pudesse respingar nele também.

— Ótimo! É bom que ele chegue logo, para poder contar a verdade.

— O que é?

— Deixa que ele te conta. Mas tem algo importante para o caso que só nós dois sabemos.

Enquanto os dois conversavam, a quinze quilômetros dali, na Lagoa, ao se depararem com a resistência do autor em atendê-los, os inspetores que tinham ido prender AC Pereira arrombaram a porta do apartamento encontrando-o desacordado no sofá.

## 31

### NO MESMO MOMENTO

Val emanava tensão a caminho da clínica. Assim que ela desligou o telefone, Jonas, que havia escutado tudo e estava indignado, explodiu de raiva, mantendo os olhos na estrada apenas por necessidade.

— Valéria! Como você pôde ser tão imprudente assim? Que feitiçaria foi essa que esse canalha fez contigo? Não consigo entender o que te fez baixar a guarda com esse cara em tão pouco tempo. Porra! Fomos casados por quinze anos, nos amamos e, mesmo assim, vejo que nunca tivemos tanta intimidade quanto você teve com esse moleque. Sempre foi desconfiada e o cacete comigo, vinha com essa balela de abandono paterno e descontava essa merda para cima de mim.

— Para! — ela gritou. — Você não percebe que só está piorando as coisas? Não consegue ver a culpa que estou sentindo com tudo isso, exatamente por ter me envolvido dessa maneira? Logo eu! Pelo amor de Deus, Jonas. A última coisa que eu estou precisando é de um sermão desses, principalmente vindo de você. Tenho plena consciência da merda que fiz. Não preciso de você pra jogar isso na minha cara. Se quiser manter algum tipo de relação comigo, pelo bem da nossa filha, então... Por favor, pare com isso.

— Desculpa, desculpa, foi mal. Não foi a minha intenção. Não sei o que me deu. Você tem toda a razão. Não vou falar mais nada, pode ficar tranquila — Jonas disse, aproximando sua mão da dela, para acarinhá-la, mas Val a recolheu. Estava abalada com tudo o que ele havia dito. Não ignoraria aquilo tão rapidamente.

Seguiram o resto da viagem em silêncio. Val tentava ligar para a clínica, mas eram cinco e meia da manhã, ninguém atenderia. Pouco tempo depois, Jonas entrou na estrada que levava ao casarão onde funcionava a casa de repouso. Dirigia em alta velocidade, sem se importar com os buracos na terra. Os fortes solavancos não atrapalhavam a preparação de Val para saltar do carro assim que diminuíssem a velocidade. Ela já havia retirado a pistola do coldre e destravado, preparando-se para combate.

Com a mesma rapidez com que se aproximavam da clínica, a neblina em Petrópolis cobria as montanhas que rodeavam a casa de saúde. Ao chegar ao estacionamento, Val pulou do veículo ainda desacelerando e partiu para a entrada da clínica, batendo na porta com uma mistura de autoridade e desespero. Não demorou para que um enfermeiro abrisse, assustando-se com a presença da inspetora, que mantinha a arma em punho.

— Minha mãe! Onde está a minha mãe?

O enfermeiro não a conhecia pessoalmente, mas seu rosto havia se tornado familiar por suas constantes aparições na televisão ao investigar o caso do Carrasco Literário. Além disso, todos os funcionários da clínica sabiam que a inspetora era filha de dona Inês Andrade Ricci, do quarto 34.

— Dona Inês está no quarto, está dormindo — ele respondeu apressado, quando Val já estava a dez passos de distância, avançando pelo corredor de acesso até a área dos quartos.

Jonas entrou logo depois, passando pelo mesmo enfermeiro, que não impediu a sua entrada por estar acompanhando Val. Sem entender nada, ele seguiu os dois visitantes.

Quando Val chegou ao quarto, Jonas já havia se aproximado o suficiente para impedir que ela entrasse. Ele segurou seu braço e disse:

— Deixa que eu entro primeiro, Val.

A inspetora protestou, mas ao encarar o ex-marido entendeu suas razões para se oferecer a entrar sozinho. A verdade é que eles não sabiam o que encontrariam dentro do quarto. Se o que estava escrito no manuscrito fosse uma mensagem para Val, talvez aquele quarto pudesse ter se tornado uma cena de crime e, tratando-se da mãe da inspetora, o trauma poderia ser grande demais.

Ansiosa, ela ficou do lado de fora enquanto ele sumia de seu campo de visão ao atravessar a porta. Além do enfermeiro que os recebeu, outras duas enfermeiras observavam a movimentação com um pouco mais de distância.

— Pode entrar, Val! Ela está dormindo — Jonas disse, ao retornar para a porta.

Val adentrou o quarto aflita e se curvou sobre a mãe, acariciando o seu rosto. Grossas lágrimas escorreram por sua face, refletindo o alívio que sentia ao confirmar que a mãe estava bem.

Em seguida, dois enfermeiros e a médica de plantão, que tinha sido despertada pelo movimento incomum, entraram no quarto.

— O que houve aqui, dona Valéria?

— Doutora, é difícil de explicar, mas recebi uma ameaça que envolvia a segurança da minha mãe. Preciso tirá-la daqui.

— Mas que tipo de ameaça? A clínica é muito segura, a senhora pode ficar despreocupada.

— É uma situação complicada, doutora. Envolve um crime que estou investigando. Por mais que eu saiba que a clínica é segura, não ficarei tranquila estando distante assim.

— Tem relação com o caso do Carrasco Literário?

Val assentiu.

Jonas ficou espantado ao escutar a médica pronunciar o apelido.

— Houve alguma movimentação diferente na rotina da clínica nos últimos dias? Um provedor novo, circulação de alguém desconhecido, algo que fugisse do padrão?

— Não, nada de diferente.

— Mas vocês trabalham somente no horário noturno, não é? — Val perguntou, e os três funcionários confirmaram. — A que horas é a troca de turno de vocês?

— Às sete — uma enfermeira respondeu. — Daqui a uma hora.

— Preciso conversar com a equipe diurna, pode ser? Vou aguardar eles chegarem. Enquanto isso, posso checar o livro de registro de visitantes?

— Claro que sim — a médica respondeu de imediato.

— Vocês têm o mesmo tipo de controle para fornecedores? Se possível, gostaria de ter acesso também às câmeras de segurança.

— Temos, sim. O livro de registro de visitantes está na recepção e o de fornecedores na entrada dos fundos, vou pedir para que alguém os traga para você. Quanto às gravações das câmeras de segurança, aqui só armazenamos as últimas 24 horas. Se precisarem analisar as gravações fora desse período teremos que solicitar à empresa de segurança que administra o sistema integrado de imagem. Para isso a gerente da clínica precisa dar a autorização. Não me entenda mal, dona Valéria, tenho certeza de que a gerente autorizará, trata-se apenas de uma burocracia interna.

— Ok, vamos fazer o seguinte. Analisaremos a gravação das últimas vinte e quatro horas e os livros de registros. Não tenho como saber ainda quantos dias das gravações precisaremos analisar, vai depender dos registros de acesso, então vou checar primeiro as entradas e, dependendo do que encontrar, peço as gravações de acordo com o período determinado. Ao mesmo tempo, preciso encontrar uma maneira de protegê-la. — Val disse, segurando a mão da mãe, que continuava dormindo.

Minutos mais tarde, a enfermeira entrou no quarto trazendo os livros de registro de visitantes e de fornecedores. Val percebeu que o de visitantes era novo, com apenas dois dias de uso. O de fornecedores tinha mais páginas preenchidas, com um volume maior de dados.

— Onde está o livro anterior a esse?

Nervosa, percebendo a insatisfação da policial, a enfermeira respondeu gaguejando.

— Deve estar guardado no escritório administrativo. Eu vou providenciar para a senhora — a enfermeira disse e saiu apressada pelo corredor.

Val conversou com os enfermeiros, médicos e o pessoal administrativo que trabalhavam naquela manhã, mas, assim como os colaboradores do plantão noturno, eles também confirmaram não terem percebido nada fora do padrão.

Enquanto estiveram na clínica, Val analisou as imagens das câmeras das últimas horas e não identificou nada anormal. Antes de sair, levou consigo os livros de registros que acumulavam centenas de assinaturas dos últimos três meses. Folheou rapidamente algumas páginas, mas as distintas caligrafias, somadas ao fato de as linhas terem pouca distância umas das outras, dificultavam o entendimento dos nomes. Colocaria alguém da delegacia para analisar aquele material.

Às nove e meia da manhã, recebeu a mensagem de Urso informando que Arthur já estava detido na delegacia e que aguardava suas instruções para proceder dali em diante.

Ela e Jonas já haviam iniciado a viagem de volta para o Rio e dois policiais estavam a caminho da clínica para garantir a proteção de Inês.

Val ansiava estar frente a frente com Arthur e externar toda a raiva que sentia dele naquele momento.

Assim que finalizaram a descida da serra, uma nova mensagem chegou. Ao lê-la, a inspetora espantou-se com a informação recebida e, olhando para o ex-marido, disse:

— Jonas! AC está morto.

# 32

## INÍCIO DA TARDE DE 4 DE JUNHO DE 2015

Val havia chegado há meia hora na delegacia, onde encontrou um cenário de dúvidas e incertezas sobre os últimos acontecimentos. Jonas havia seguido para o IML: precisava estar presente para examinar o corpo de AC assim que ele fosse liberado pela perícia.

Assim que Val chegou, se reuniu com o delegado e com Urso para explicar o que havia acontecido em Petrópolis e o material que havia trazido. Enquanto isso, receberam a confirmação do exame grafotécnico indicando que havia fortes indícios de que o bilhete entregue junto com o manuscrito tinha sido escrito pela mesma pessoa que escrevera os números nas folhas secas. Com esse resultado, solicitaram que alguém fosse até Arthur, que ainda aguardava ser interrogado, para que ele escrevesse a mesma mensagem do bilhete. E sua caligrafia estava sendo comparada com a do bilhete original.

Urso já se preparava para colher o depoimento de Arthur quando recebeu ordens para ir ao apartamento de AC e acompanhar o trabalho dos peritos.

— Tem certeza de que você não quer trocar, Val? Vai encarar essa?

— Eu preciso fazer isso, meu amigo. Estarei bem. Não se preocupe.

Ela parou do lado de fora da sala de interrogatório. Bebeu água de seu copo térmico, tomando coragem para encarar Arthur. O homem com quem se deitara, em quem confiara e se entregara inteira agora era suspeito de participação ativa em três assassinatos, além da explícita ameaça contra a vida de sua mãe.

Sentia raiva, nojo e desprezo. Se tudo aquilo se comprovasse, ele a teria usado e feito de palhaça todo o tempo. Estava prestes a encará-lo e não sairia daquela sala enquanto não tivesse as respostas de que precisava para a investigação e, principalmente, aquelas de que precisava para enterrar de vez a paixão que ainda tinha por ele.

Respirou profundamente uma última vez antes de abrir a porta da sala e, assim que entrou, Arthur se surpreendeu ao vê-la. Ele se encheu de esperança ao ficar frente a frente com a mulher que amava, mas, diferentemente dele, Val o encarava com um olhar gélido.

Cumprimentou o advogado com um aperto de mão e sentou-se à frente de Arthur. Até o momento, eles ainda não sabiam da morte de AC Pereira, e era ela quem daria aquela notícia aos dois.

Ao saber da notícia, Arthur se mostrou verdadeiramente abalado, e Val pôde perceber que sua reação foi autêntica. Seus olhos umedeceram no momento em que escutou sobre a morte precoce do amigo. O advogado também parecia transtornado, e ambos precisaram de alguns minutos para se recompor.

— Os peritos ainda estão trabalhando no apartamento dele, mas os indícios são de que ele teve uma overdose de álcool e medicamentos.

— Eu sabia que isso iria acontecer, a culpa é minha. Eu deveria ter feito alguma coisa.

— O que você quer dizer com "a culpa é minha", Arthur?

Ele olhou para Val.

— Semana passada eu estive em seu apartamento e o encontrei bastante debilitado, tinha bebido muito. É provável que tivesse outras drogas por lá, eu vi cigarros de maconha. Ajudei AC a tomar banho, cuidei dele e tivemos uma conversa dura. Era visível que ele estava em depressão com tudo o que está acontecendo. Devia ter alertado vocês. Se tivesse feito isso, se tivesse agido antes, podíamos ter evitado.

— Arthur, olha para mim. Você não tem culpa.

Ela se levantou, andou de um lado para o outro da sala e, por mais difícil que aquela situação se apresentasse, disse:

— Entendo que esta é uma notícia impactante para ambos, mas temos urgência e precisamos dar andamento com o depoimento do sr. Arthur Vianna.

O advogado protestou, dizendo que seu cliente não estaria em condições para responder nenhuma pergunta, mas, antes de concluir seu raciocínio, Arthur interveio.

— Não! Eu quero e preciso falar com a inspetora. Tenho que contar para ela o que sei, ainda mais agora. Mas quero fazer isso sozinho.

O advogado se recusou atender ao desejo de Arthur, mas ele insistiu e disse que o dispensaria se não lhe permitisse depor a sós.

Contrariado, o homem saiu batendo a porta, abandonando Arthur e Val na sala.

Ela apoiou os cotovelos sobre a mesa, juntou as mãos na altura da boca e encarou Arthur.

— Você sabe os riscos que está correndo em prestar esse depoimento sem a presença do seu advogado, não sabe?

— O que eu tinha a perder, já perdi.

— Então — Ela provocou, sem se deixar abalar por suas palavras.

Naquele momento, ele estava diante de uma versão que desconhecia da mulher que admirava, mas não se amedrontou com a sua postura austera e fez questão de mostrar isso.

— Existe um segredo guardado há muitos anos e que se tornou relevante pra sua investigação. Mesmo sabendo disso, eu escondi o segredo de você. Há tempos eu queria me abrir, mas fui impedido por uma merda de contrato assinado com o AC. Quando fui ao apartamento dele, na semana passada, foi para pressioná-lo a falar, tinha dado mais alguns dias para que ele tivesse a iniciativa de procurar vocês. Quando soube que ele também estava sendo detido, fiquei tranquilo, sabendo que esse inferno terminaria, mas agora, com ele morto... não existe nenhum empecilho para omitir o que sei.

— Fala logo, Arthur.

— AC não era o autor dos livros. Na verdade, ele construiu a sua carreira e fama colocando o nome no trabalho de um *ghostwriter*.

— Você está querendo dizer que alguém escrevia os livros e ele só colocava o nome e ficava com todos os créditos do verdadeiro escritor? Isso não faz o menor sentido.

— Isso é muito mais comum do que você imagina, Val. Vou te contar a história desde o começo, mas quero que você saiba que, quando soube que a lista dos suspeitos havia sido reduzida para as pessoas que tiveram acesso ao último livro antes do lançamento, pressionei o AC para que contasse a verdade. Mas ele se recusou, tinha medo da repercussão e das consequências que teria que enfrentar. Ele não queria descer do pedestal de gênio literário e passar a ser considerado uma fraude.

— E quem é a pessoa que escreve para ele?

— Eu não sei.

— Eu não acredito em você, Arthur.

— Quando conheci o AC e ele me apresentou o original do primeiro livro, achei a obra excelente e apostei na ideia de que estava descobrindo um talento da literatura. O mercado estava precisando de um nome novo, alguém que tivesse uma carreira meteórica. As editoras buscavam alguém assim. AC preenchia todos os requisitos para o posto, era um cara que fugia do estereótipo padrão. Humilde, deixou a família em Macaé para correr atrás dos seus sonhos. O contrato com uma grande editora chegou já no primeiro livro. A gente sabia que o que ele entregava era ouro. A cada original, o mercado editorial ficava eufórico e assim a sua carreira foi sendo construída — e a minha também. Até que, no ano passado, por um deslize dele, eu acabei desconfiando de algo e ele confessou. Foi quando me entregou o manuscrito do penúltimo livro, *Beco sem saída*. Ele atrasou a entrega, e estávamos sendo pressionados pela editora, que começaria a aplicar sanções caso ele não entregasse o material no tempo previsto. Quando li o livro, fiquei empolgado com a história. Era bastante intrigante e original e, dois dias depois que ele me entregou o texto, fui até a sua casa para falar sobre o livro. Estava animado já imaginando o sucesso que seria. Mas, quando comecei a falar e debater sobre a história, percebi que ele não estava acompanhando o meu raciocínio, como se não conhecesse bem a trama. Isso fez com que eu acendesse uma luz amarela. Tinha algo errado. Ele começou a beber para tentar controlar a ansiedade que sentia e acabou confessando quando o pressionei. Naquela noite, senti o chão se abrir e me tragar para um buraco profundo. Depois do choque inicial e de vários dias de reflexão, decidimos que cumpriríamos o contrato da editora, que tinha validade por mais dois anos, nos quais ele precisava lançar dois livros. O primeiro ele cumpriu com esse lançamento recente, e o último livro com a editora seria lançado no ano que vem, mas ainda estava sendo escrito.

Val levantou sem falar nada e saiu da sala, deixando Arthur atônito, mas não demorou para voltar carregando nas mãos o envelope contendo o manuscrito recebido. Fechou a porta com o pé e se aproximou da mesa, atirando-o com força e provocando um ruído agudo e alto. Estava transtornada.

— Aqui está o último livro para a editora.

Tirou o calhamaço do envelope e mostrou a primeira página, lendo em voz alta.

— Primeiro Manuscrito. *A caça*, de AC Pereira. Recebi esse documento ontem, misteriosamente. Estava endereçado a mim, frisando que era para que eu, inspetora Valéria Ricci, o lesse. Passei a madrugada lendo esse material.

Ela cuspia as palavras, irritada, até chegar à descrição da clínica. Leu essa página com rapidez, saltando a pontuação necessária para que o texto fosse compreendido.

— Você reconhece essa passagem, Arthur?

Ele pegou o volume e o releu, entendendo o que ela queria insinuar, mas se adiantou a dizer.

— Val, eu não tenho nada a ver com isso. Eu não sou... eu não sei quem é o *ghostwriter* do AC. Ele nunca me contou quem era, dizia que preferia deixá-lo oculto. Eu juro.

— E como você explica o fato de que a clínica onde a minha mãe está internada, a qual você é a única pessoa de fora da família que conhece, está detalhadamente narrada nas páginas desse novo livro, que tudo leva a crer que seja um documento original?

— Eu não sei, Valéria. Você precisa acreditar em mim.

— Eu gostaria, Arthur, mas não vejo alternativa.

— Valéria, olhe para mim. Você precisa acreditar. Eu estou te contado a verdade, tudo o que sei desse caso. Infelizmente, o AC morreu e não poderá ajudar a identificar esse sujeito. Mas eu estou do seu lado e quero que isso seja esclarecido o quanto antes. Odeio saber que você desconfia de mim. Esse cara pode ter entrado na clínica, disfarçado, sei lá, para provocar essa situação.

Val sabia disso. Sabia que essa era uma possibilidade. Por isso, naquele momento, havia uma pessoa dedicada à análise do livro de registro da clínica. Ela precisava se agarrar àquela esperança, afinal era inadmissível pensar que amava um criminoso. Justamente ela, que sempre prezara pela justiça e ética.

— Como eles se comunicavam, AC e o *ghostwriter?*

— Não tenho certeza, mas imagino que por e-mail ou telefone.

Val levantou abruptamente e saiu pela segunda vez da sala, deixando Arthur mais uma vez perdido. Foi até a sua estação de trabalho e ligou para Urso, que estava na casa de AC acompanhando a perícia. Ele contou que o corpo estava sendo removido naquele momento e que logo ele regressaria para a delegacia.

— Urso, ainda estou colhendo o depoimento de Arthur, mas houve uma grande reviravolta no caso. Vou te contar assim que você chegar. Mas, antes, preciso que você vasculhe a casa de AC e traga o computador e o celular dele.

— Já empacotamos os dois para levar.

— Então procure outros. Deve ter algo escondido aí. Ele guardava um segredo de extrema importância e não deixaria vestígios nos seus dispositivos de uso rotineiro. Procure se tem algum cofre, armário ou parede de fundo falso, chave que possa ser de alguma caixa-forte de banco... revire tudo, Urso. Deve ter algum outro dispositivo eletrônico escondido em algum lugar.

Val olhou para o relógio e viu que passavam das três da tarde. Mandou uma mensagem para Jonas informando que o corpo de AC estava sendo liberado para o IML e pedindo que, assim que tivesse informações, lhe avisasse. Em seguida tentou falar com a filha, mas a chamada não foi atendida. Mandou uma mensagem.

*Filha, sou eu. Me manda notícias. A delegacia está uma loucura. Houve uma reviravolta grande no caso do Carrasco Literário e não sei a que horas poderei ir para casa. Me liga assim que puder. Um beijo.*

Quando estava retornando para a sala de interrogatório, foi abordada pelo policial que analisava o livro de registro da clínica para dizer que não havia encontrado nada suspeito.

— Chequei nome por nome pelos últimos dois meses, inspetora. Estou analisando todas as pessoas que ingressaram na clínica, mas vai ser um trabalho de muitos dias. Você pediu para que analisássemos todos os ingressos, independentemente do quarto que visitavam. Tirando você e a sua filha, são centenas de nomes desconhecidos.

— O que foi que você disse? Eu e minha filha? Quando minha filha esteve lá? — ela perguntou, enquanto corria em direção à estação de trabalho do policial, que abriu o livro na página onde estava a assinatura de Luana.

— No sábado passado.

## 33

### PASSADO E PRESENTE

Ele continuava a usufruir a boa vida a que estava acostumado quando a tia ainda era viva. A prima adorava exibi-lo para as pessoas. Em troca, ele só precisava saciá-la na cama. Por vezes, ela disse que o amava, mas ele, apesar de afirmar o mesmo para agradá-la, encarava a relação como um negócio que favorecia ambos.

Foi nessa época que ele começou a escrever. Na faculdade, que ficava no centro da cidade, conheceu um professor de literatura contemporânea que se encantou com a sua escrita. Em um determinado dia, esse professor, que também dava aulas em uma faculdade no subúrbio, pediu que ele ficasse na sala após a aula. E, quando todos haviam deixado o ambiente, fez uma proposta tentadora para o rapaz.

Com a sua pouca idade e pouca maturidade, aliadas ao desejo de se livrar das obrigações sexuais que tinha com a prima, ele se agarrou à única chance que vislumbrava para conquistar a sua independência financeira. Assim, acabou descobrindo a sua verdadeira vocação.

Tornar-se *ghostwriter* foi a maneira que encontrou de fazer o que amava sem se tornar o centro das atenções. Entregou o primeiro trabalho no final de 2006, cumprindo o contrato que tinha com o autor, e não demorou para receber a notícia de que AC Pereira havia fechado um novo acordo com uma editora para escrever três novos livros. As negociações eram todas feitas com mediação do docente, que ganhava uma comissão por cada contrato fechado. Aquele era um segredo guardado a sete chaves; somente o professor o conhecia. Por muito tempo, ele acreditou que era um acordo vantajoso. Estava satisfeito e não se incomodava que o seu trabalho fosse ofuscado pelo brilho de AC, que levava todos os créditos das obras.

Entregava um manuscrito a cada dez meses, ganhava uma bolada do escritor a cada trabalho feito. O único ônus era o contrato de confidencialidade que fora obrigado a assinar. Segundo esse documento, caso descumprisse alguma cláusula, teria que pagar uma multa exorbitante para o escritor, valor que era muito maior do que suas possibilidades.

Com o passar dos anos, ele foi amadurecendo e percebendo a burrada que havia feito quando novo. Por culpa do contrato que tinha com o autor, estava preso a um homem inescrupuloso que emprestava o seu carisma enganoso para estampar contracapas de livros que estouravam em vendas. Pensava em alguma alternativa para se livrar desse esquema, e o professor, que o havia metido nessa vida, faleceu dois anos após a entrega do primeiro livro, de modo que não existia mais ninguém que soubesse dessa dupla vida que eles vivam.

Passara a sua vida toda sendo usado e explorado pelas pessoas. A primeira foi a mãe, que o rejeitou desde o nascimento. Depois foi a empregada, que abusava sexualmente dele, mesmo ele ainda com tão pouca idade. Em seguida chegou a prima, que manteve uma relação economicamente abusiva, aproveitando-se da sua situação financeira para mantê-lo atrelado a ela.

As únicas duas pessoas que lhe fizeram bem na vida foram o pai, que ele sempre acreditou ter sido assassinado pela mãe, embora nunca tivesse conseguido provar, e a tia, que o acolheu quando ele mais precisava. Infelizmente, essas duas pessoas estavam mortas.

Em um determinado dia, ele irritou-se com a situação. Já não suportava a ideia de ser explorado por ninguém. Resolveu sair da casa da prima e buscar um canto seu.

Arranjou um emprego e, com o salário que ganhava, somado ao que recebia a cada livro entregue, conseguia viver bem, porém sem luxos.

Com o passar do tempo, começou a se questionar sobre a situação. Ver que AC estava construindo um império às suas custas começou a afetá-lo. Assim, em 2015, quando estava prestes a entregar o penúltimo manuscrito obrigado por contrato, em um rompante de raiva, decidiu procurar AC Pereira.

Era uma Quarta-feira de Cinzas, a cidade estava agitada com a notícia de que a Beija-Flor conquistara novamente o título de campeã do carnaval daquele ano. Quando chegou próximo ao edifício do suposto escritor, ligou avisando que precisava falar com ele pessoalmente. AC protestou, alegando não terem nada para conversar, mas ele, sem se dar por vencido, ameaçou procurar os jornais caso não fosse recebido. AC percebeu a hostilidade de seu *ghostwriter*, e a verdade é que há tempos tinha curiosidade em conhecê-lo pessoalmente, então decidiu autorizar o seu ingresso no prédio.

No apartamento, AC recebeu-o com arrogância e não se melindrou com as ameaças que recebeu. Depois de discutirem, AC resistiu à chantagem e o colocou para fora de sua casa. Afirmou que de nada valeria aquela intimidação, ninguém acreditaria nele. E quando o homem disse que não faria o último livro, foi a vez de AC adverti-lo sobre a multa que teria que pagar com a quebra de contrato. Faltava um único livro para ser entregue.

— Relaxa, cara. Depois desse último livro, eu me aposento e você segue sua carreira. Posso até dizer que você foi meu pupilo e que aprendeu as técnicas de escrita comigo. Tenho certeza de que isso vai te ajudar a crescer no mercado.

Afrontado, saiu em estado de revolta do apartamento de AC. A indiferença do escritor pelo que ele passava foi o gatilho para despertar sentimentos obscuros e macabros que havia internalizado, emoções que sabia externar através das palavras em suas obras policiais. Suas dores, seus anseios, seus traumas, tudo o que ele acumulara ao longo de sua vida era aliviado enquanto escrevia, como se os livros fossem a sua válvula de escape.

Antes de partir, ele falou:

— Se prepare, filho da puta! Você vai se arrepender.

Naquele dia, ele teve um surto psicótico em casa, sentindo uma necessidade incontrolável de vingança. Começou a elaborar o plano e, aos poucos, a sua mente criativa, que antes era usada para escrever obras geniais de ficção policial, passou a pensar única e exclusivamente na lição que daria em AC Pereira. Planejava fazer com que o autor fosse desmoralizado e perdesse tudo o que havia recebido às suas custas. Não desistiria até atingir o seu objetivo. Estava disposto até a sacrificar o seu reconhecimento como o verdadeiro autor da série de livros publicados por AC.

Poucos dias depois, comia pão de queijo em uma lanchonete no Shopping Leblon, em frente ao salão de beleza onde a sua primeira vítima trabalhava.

Assim que o primeiro assassinato foi descoberto e a investigação iniciou, mandou uma mensagem para AC, para o telefone que usavam para se comunicar, dizendo para ele se preparar, porque era somente o início. Mesmo sabendo daquela informação, para não ter a sua carreira abalada, o autor optou por omitir o que sabia, com medo das consequências que teria que enfrentar.

Na semana do primeiro assassinato, ele acompanhou todas as notícias que a mídia divulgava e foi fácil descobrir que o caso estava sendo investigado pela inspetora Valéria Ricci. Sentiu-se estranhamente atraído por ela. Não somente por sua beleza, mas por ela ser uma mulher que ostentava poder. Sentiu que precisava se aproximar dela para conseguir estar nos bastidores da investigação e também porque queria vê-la e sentir de perto a excitação de estar próximo do perigo.

O planejamento de vingança que havia criado para desvendar a farsa de AC Pereira passou a ter uma nova versão, que ele considerava um novo capítulo daquela história. Intitulou essa adaptação de *Aproximação do poder* e, por ironia do destino, esse novo capítulo se tornou o trecho mais excitante da sua vingança.

A alteração do planejamento original demandava um esforço maior de sua parte. Era necessário um empenho não somente mental, para desenvolver novas estratégias de ação, mas também físico, pois precisaria mudar a sua fisionomia e o seu comportamento se quisesse ser bem-sucedido.

Cortou o cabelo, comprou roupas novas, estudou sobre perfil comportamental e, além de estudar as vítimas, passou a estudar também o seu alvo maior, a inspetora.

Por vários dias fez plantão na porta da sua casa. Acompanhava seus passos e conheceu detalhadamente a sua rotina. Ela tinha uma vida pacata. Não era de noitadas, não tinha namorado, apenas uma amiga mais próxima com a qual se encontrava com alguma frequência.

Em uma situação normal, se tivesse mais tempo, aguardaria um pouco mais para a ofensiva, mas, com a aproximação do lançamento do seu último livro, queria estar com o terreno preparado para quando a segunda vítima fatal fosse descoberta. Mesmo não estando completamente seguro, escolheu o dia para a ofensiva. Era uma terça-feira quando saiu de casa com uma única missão; e só voltaria para lá quando a tivesse cumprido.

Entrou em seu carro e começou a dirigir. Apesar de não ter um destino definido, sabia que precisava chegar a um bairro afastado e pouco movimentado. Olhava as calçadas e procurava atentamente o que o ajudaria a executar o plano. Sua caça foi mais difícil do que imaginava, atrasando um pouco o seu cronograma. Isso ameaçava a eficácia da tarefa, mas, por fim, ele encontrou o que precisava.

Saiu do carro mantendo o olhar fixo no que lhe interessava naquela rua deserta. Aproximou-se devagar, evitando movimentos bruscos. Não queria assustar aquele animal sujo e maltratado que, ao perceber sua aproximação, retraiu-se, colocando o rabo entre as pernas.

Com zelo dissimulado, pegou o cão e o levou para dentro do veículo. Assustado, o animal se aninhou em seu colo e, sem que pudesse prever as suas ações, ele usou as mãos firmes para quebrar uma das patas do animal, que uivou de dor.

Pouco tempo depois, ele ingressava na ONG ProPet e encarava pela primeira vez a filha da inspetora Valéria Ricci.

## 34

### AINDA NO DIA 4 DE JUNHO DE 2015

Assim que soube da visita que Luana havia feito à avó na tarde de sábado, um frio percorreu a espinha dorsal da inspetora. Pensamentos ruins e macabros passaram por sua cabeça.

Imediatamente, lembrou-se da conversa que havia tido com a filha na manhã de sábado, quando reparou que a jovem havia acordado fora do horário padrão do final de semana. *O Neto programou um passeio especial. Disse que era surpresa, mas que eu ia adorar.*

A frase — "disse que era surpresa, mas que eu ia adorar" — ficou martelando na cabeça de Val enquanto ela solicitava as imagens das câmeras de segurança com a empresa de vigilância. Agora que tinha o horário da visita era mais fácil achar o trecho da gravação. Assim que recebeu as imagens, Val e sua equipe constataram que Luana havia visitado a clínica na companhia de Neto.

Enquanto isso, o desespero aumentava à medida que a inspetora tentava falar com a filha sem ter sucesso. Imediatamente, ligou para Jonas e, em uma mescla de choro e raiva, contou ao ex-marido que a filha estava em perigo, mas não teve tempo de explicar o envolvimento de Neto no caso que investigavam.

— Desde ontem que não falo com ela. E a verdade é que não falei com ela, trocamos mensagens de texto, o que poderia ter sido outra pessoa se passando por Luana.

— Você não está exagerando, Val?

— Jonas, Luana esteve na clínica no sábado passado, acompanhada do Neto. Pode ter sido ele que escreveu o documento.

Sem perguntar por mais detalhes, Jonas percebeu a gravidade do problema e deixou a finalização da necropsia do corpo de AC Pereira sob os cuidados de outro médico legista, apressando-se para encontrar Val na delegacia na Barra.

Enquanto isso, Urso e os peritos vasculhavam o apartamento de AC Pereira, buscando os dispositivos ocultos que Val acreditava existirem. Não encontraram nada similar, mas localizaram um cofre em uma parede de fundo falso no quarto de serviço.

A caixa de aço não era grande, mas aguçava a curiosidade de Urso, que sabia que seu conteúdo poderia ser de grande importância para a investigação. Com a devida autorização, os policiais arrombaram o cofre e dentro dele encontraram muitos dólares, uma pasta com documentos pessoais, dois envelopes pardos e um telefone celular.

Ao retirar os papéis do primeiro envelope, o policial viu que se tratava de um contrato. O documento era datado de 2007, mas tinha adendos inseridos nos anos de 2010 e 2012. No contrato, Antônio Carlos Pereira assinava como outorgado usufruindo dos direitos autorais das obras literárias escritas por Marcus Vicente de Carvalho Neto, o outorgante. Todos os livros de AC Pereira publicados ao longo de sua carreira estavam listados naquele documento.

Além disso, havia cláusulas bastante rígidas quanto à quebra de sigilo e quanto aos descumprimentos dos prazos de entrega dos manuscritos. É esse o grande segredo que Val disse existir, Urso pensou, boquiaberto. Retornou com o documento para dentro do envelope e abriu o outro, retirando o seu conteúdo. Era uma declaração reconhecida em cartório, assinada por Arthur Vianna.

*Eu, Arthur Vianna, brasileiro, solteiro, agente literário, portador da RG 564879835, DECLARO para todo e qualquer fim que, ao décimo terceiro dia do mês de abril do ano de 2014, tomei conhecimento que os livros publicados até a presente data, bem como os que serão publicados pelos próximos três anos, sob o nome de Antônio Carlos Pereira, brasileiro, solteiro, escritor, portador da RG 709332467, não são de sua verdadeira autoria. Sendo assim, comprometo-me a manter sigilo absoluto por prazo vitalício.*

*Declaro ainda que nunca estive envolvido em qualquer negociação desse mérito e que desconheço a identidade do verdadeiro autor das obras, eximindo-me de qualquer responsabilidade envolvendo este objeto.*

Urso tirou uma foto da declaração com o celular e de seu adendo, o qual especificava a multa que ele seria obrigado a pagar caso descumprisse o que havia assinado. Encaminhou imediatamente para Val. Em seguida, guardou o documento no envelope, colocando os dois invólucros em uma bolsa plástica, escrevendo, com marcador negro, *Evidência 7* naquela prova apreendida.

O que ele não sabia era que a informação primordial naquele momento não era a inocência de Arthur, mas sim a identidade do escritor fantasma.

O celular, que estava bloqueado, foi encaminhado para a equipe de tecnologia da polícia para resgatar mensagens e telefonemas originados dele e recebidos por ele.

*

— Como eu pude ser tão irresponsável? — Val gritou, chamando a atenção de todos que estavam em volta. Com o voto de confiança que havia concedido a pedido de Luana, negligenciara a segurança da filha ao deixar de investigar a vida de Neto quando eles iniciaram o namoro. Há semanas que eles saíam e, para não atrapalhar o progresso que vinha tendo com a filha, decidiu confiar na menina. Agora, a única coisa que sabia sobre Neto era o seu primeiro nome, Marcus.

Lembrou também que a filha havia comentado sobre o almoço que tivera com a mãe de Neto, uma mulher chamada Soraia, que morava em Niterói. Eram muitas as lacunas faltantes para decifrar a reviravolta que a investigação tivera naquela tarde.

Com o pouco que tinha, colocou sua equipe para tentar conectar os pontos e encontrar um roteiro para localizar a filha. Enquanto trabalhava nessas incógnitas, ao mesmo tempo em que aguardava Jonas chegar, recebeu uma imagem de Urso com a seguinte legenda: *Imagino que isso seja do seu interesse. Achei no cofre do escritor.*

Era uma declaração assinada por Arthur, comprovando que ele havia falado a verdade em seu depoimento quando disse não saber a identidade do *ghostwriter*. Teria ficado mais feliz com a mensagem recebida se não fosse a preocupação que tinha com o paradeiro da filha.

Devia uma explicação a Arthur, assim como precisava liberá-lo, agora que tinham indícios suficientes que o desvinculavam do crime de que fora acusado. A inspetora pediu licença e seguiu para a sala de depoimentos. Encontrou Arthur, sozinho, pacientemente olhando para o nada.

Entrou em silêncio e com calma se aproximou da mesa. Arthur acompanhava seus movimentos. Encarava Val com olhos saudosos. Ela sentou--se à sua frente e o encarou. Compartilhava da mesma saudade que ele e das mesmas lembranças, mas não tinha tempo a perder.

— Arthur, vou te liberar das acusações que foram impostas essa manhã. Encontramos no apartamento de AC a declaração assinada por você no ano passado confirmando que desconhecia essa fraude que AC criou.

Arthur olhou aliviado, mas percebeu a aflição nos olhos de Val.

— Realmente é uma boa notícia, Val. Estava preocupado de não conseguir provar o que havia te contado.

— Eu também fiquei feliz com essa notícia, mas ainda estou longe de poder comemorar alguma coisa.

— Ei! O que foi? — ele levantou e se apressou para ficar ao seu lado.

— A Luana está desaparecida. Desde ontem não tenho notícias dela.

— Isso é coisa de adolescente, Val. Deve ter deixado o telefone descarregar, está com o namorado...

— Não é só isso. Ela esteve na clínica da minha mãe, acompanhada do namorado. Acho que foi ele quem escreveu o livro. Acho que ele é o *ghostwriter* e está usando ela para me atingir.

— Mas... Como... — Arthur ficou visivelmente confuso com o que ela havia dito. — Sendo assim, é só ir atrás do cara, não?

— Esse é o problema, Arthur. Quando a Lu começou a sair com ele, estávamos começando a nos entender depois de um período muito louco de desavenças. Ela me pediu para que eu não o investigasse, como eu costumava fazer com todos os que se aproximavam dela. Quis ser uma mãe bacana, sem neura, dar um voto de confiança. Ela já tem quase dezoito anos, Arthur. Até quando eu ia ficar tratando-a como se ela fosse criança? Quando conversamos e ela me pediu para confiar nela, achei que essa seria a ocasião perfeita para conseguir cortar o cordão umbilical, entende? Mas o fato é que, com o trabalho, com essa investigação maluca, fui imprudente e me deixei levar pela reaproximação que estávamos construindo. Nos poucos momentos em que estávamos juntas, sentávamos para conversar. Ela me perguntava sobre o trabalho e conversávamos a respeito. Estava tão feliz de finalmente ter um relacionamento amoroso e de confiança com ela que não pensei nos riscos.

— Mas então quer dizer que você não sabe quem ele é de verdade?

— Só sei que se chama Marcus, mas é conhecido como Neto.

— Peraí, Val! Você disse que os peritos encontraram a minha declaração no apartamento do AC? Então, seguramente, onde quer que ele tivesse guardado esse documento, ele deve ter o contrato assinado com o *ghostwriter* também. Quando eu descobri o esquema do AC e ele exigiu que eu assinasse a declaração de sigilo, lembro que eu questionei a ele como fazia para garantir que ele ficasse de bico calado. Afinal, se de mim, que o conhecia há anos e que era seu amigo, ele exigiu um documento formal, como seria a garantia exigida desse cara que ele nem conhecia pessoalmente? Ele então me disse que tinha um contrato entre as partes, cheio de cláusulas que garantiriam o sigilo de maneira vitalícia, e que o documento estava bem guardado.

Val tirou o telefone do bolso e ligou para Urso ali mesmo, na frente de Arthur.

Ao atender a chamada, ele disse que já estava a caminho, mas que o trânsito estava pesado, demoraria um pouco para chegar.

— Urso! Além da declaração de Arthur que você me enviou, você encontrou algum outro documento no cofre?

— Parceira, encontrei a *Evidência 7* desse caso!

— O contrato?

Assim que Urso confirmou, Val pediu que ele antecipasse o nome do autor fantasma. *Marcus Vicente de Carvalho Neto*, ele disse.

Ao escutar o nome completo de Neto, Val teve a sensação de já ter escutado o nome anteriormente. Mesmo sem saber ainda o que lhe remetia àquela sensação, demonstrou a grande satisfação de conseguir avançar com a investigação do paradeiro da filha.

— Tenho o nome dele — disse para Arthur, aliviada, ao desligar o telefone com o parceiro. — Obrigada, Arthur! De verdade! Mas preciso ir, preciso correr com isso. Você já será liberado. Fica tranquilo que você vai dormir em casa.

— Val — ele chamou, antes que ela fechasse a porta. — Eu estou aqui para te ajudar, se precisar você sabe onde me encontrar.

Ela acenou e esboçou um sorriso no canto da boca. Sentiu seu coração aquecendo novamente ao constatar que Arthur era exatamente o homem por quem se apaixonara.

Ao retornar para a sua estação de trabalho, escreveu o nome de Neto na ferramenta de busca no computador e descobriu a razão pela qual conhecia aquele nome.

Quando Jonas chegou, ela estava concentrada na tela do computador e já havia conseguido diversas informações relevantes sobre Neto. Jonas tinha um semblante preocupado, se aproximou e a abraçou com força.

— Alguma notícia dela?

— Ainda não, mas olha isso aqui!

— Neto era filho do promotor de justiça Marcus Vicente de Carvalho Filho. Esse nome é familiar?

Jonas fez que não.

— Eu lembro do caso desse promotor. Teve uma repercussão grande na época. Foi uns anos depois de a gente entrar para a polícia. Foi uma coisa meio esquisita.

— Esquisita como?

— Porque ele morreu por intoxicação causada por vazamento de gás do aquecedor do banheiro, de dia. Nem o filho, nem a mulher estavam em casa. O delegado Almeida deve lembrar bem desse caso. Ele trabalhava no departamento de homicídios que investigou. Não chegou a trabalhar nessa investigação, mas acompanhou de perto.

— Onde ele está?

— Reunido com a delegada regional desde de manhã. A mulher está enlouquecida achando que o escritor foi assassinado, e o delegado ainda não está sabendo sobre a reviravolta do caso.

— Que reviravolta?

Foi nesse momento que Val lembrou que Jonas ainda não sabia sobre o *ghostwriter* e que Neto era o verdadeiro autor dos livros de AC Pereira.

Até então, ele só sabia que a filha estava desaparecida e que Neto estaria de alguma maneira envolvido no desaparecimento.

Val atualizou Jonas sobre os últimos acontecimentos daquele dia. Era perturbador saber que em tão pouco tempo a investigação tomara outro rumo. Os policiais seguiram para a sala na qual a equipe estava trabalhando seguindo as novas evidências. Um grande painel cronológico fora criado na parede lateral da sala, a foto de Neto colocada no centro, e todos os crimes conectados a ela. Enquanto debatiam sobre as possíveis teorias e, ao mesmo tempo, buscavam encontrar a estratégia mais eficiente para localizar Luana, um policial se aproximou de Val e entregou um envelope de correio expresso.

Val olhou para o embrulho e congelou ao constatar que o remetente era AC Pereira. Ao abrir violentamente o invólucro, encontrou uma fotografia de Luana e, atrás da foto, os seguintes dizeres.

*Inspetora, que tal a minha protagonista?*

# 35

## 31 DE MARÇO A 4 DE JUNHO DE 2015

Ao sair das instalações da ONG naquela tarde, Neto não sabia dizer o que havia sido mais difícil, fingir interesse por Luana ou que gostava de animais. O fato é que felizmente havia atingido o seu objetivo, pois os olhos e o sorriso frouxo não deixavam dúvidas de que ela havia se interessado por ele. Agora deveria ter um pouco de paciência e esperar para executar a segunda parte do plano: conquistá-la.

Ao longo daquela semana, enquanto aguardava a garota se manifestar, ele se ocupou com os detalhes do crime que estava prestes a cometer. Com o lançamento do livro de AC programado para o dia 16 de abril, antecipou a execução de sua segunda vítima, pois, de acordo com o plano, precisava cometer o assassinato antes do lançamento do livro e garantir que o corpo fosse descoberto somente depois do evento, assim a polícia colocaria AC em uma posição de suspeito, forçando-o a contar a verdade sobre a fraude que criara.

No final da mesma semana, Neto recebeu a mensagem de Luana dando notícias sobre o animal que ele havia deixado na ONG. Suas melosas palavras eram uma prova de que a primeira parte de seu plano havia funcionado; agora era só colocar o resto em prática. Levou algumas horas para responder à mensagem, sabia como as mulheres ficavam ansiosas com esse tipo de investida. A partir de então, iniciaram uma troca frequente de mensagens até o dia em que se reencontraram.

Dois dias depois de ter enterrado o corpo de Dilson Saldanha na Estrada das Paineiras, Neto retornou à ONG. Para ele, pouco importava a saúde do cão que machucara, se estava morto ou vivo; o que ele queria era iniciar o jogo de sedução que faria com Luana, a quem considerava ingênua e manipulável.

Para conquistar a sua confiança, convidou-a para ir ao cinema na mesma semana e escolheu a dedo o filme que veriam, o único romântico em cartaz. Sabia que a escolha a surpreenderia positivamente.

Esperou o momento correto para agir e, sem que houvesse qualquer tipo de resistência da parte dela, aproximou-se e a beijou. Depois da sessão, levou-a para jantar, situação na qual conseguiria todas as informações necessárias para desenhar os próximos passos de seu plano de aproximação.

A verdade sobre uma relação conflituosa entre ela e a mãe foi uma surpresa e um desafio com o qual ele precisaria trabalhar para conseguir se beneficiar do namoro que pretendia ter. Luana contou sobre a separação dos pais e sobre como responsabilizava a mãe pelo ocorrido, mesmo sem saber os detalhes do que realmente havia acontecido. *Eu conheço a minha mãe, Neto. Tenho certeza de que ela foi a culpada de tudo.*

Precisava encontrar uma maneira de fazer com que ela se reaproximasse da inspetora. Somente assim conseguiria se manter informado sobre a investigação que ela conduzia.

Se fosse um pouco mais velho, procuraria a própria inspetora para seduzi-la, mas a sua idade não lhe dava alternativa a não ser tornar Luana sua fonte de informação.

Nessa mesma noite, contou uma história triste de que também tivera que superar o relacionamento conturbado com a mãe e deu uma série de conselhos para que ela pudesse pouco a pouco se aproximar de Valéria.

Luana, com sua falta de malícia, acreditou em todas as palavras ditas por ele, que não economizou nas emoções ao relatar as vivências melancólicas inventadas de súbito. Até mesmo lágrimas de crocodilo foram derramadas por ele e enxugadas com carinho por ela.

Para que todas as histórias a respeito do suposto relacionamento com a mãe fossem endossadas, Neto precisou pedir ajuda da prima, quem não via há tempos. Na mesma semana, ele a procurou dizendo que precisava encontrá-la e, depois de alguma resistência, ela aceitou recebê-lo. Quando estava a caminho de sua casa, lembrou-se da relação que mantivera com Soraia por mais de dois anos e de quando a deixou para se aventurar sozinho. Na época, a despedida não fora amistosa e ele sabia que esse reencontro não seria fácil. Precisaria ceder em algo se quisesse a ajuda dela. *Nada que uma boa trepada não resolva.*

Sem contar para Soraia os verdadeiros motivos pelos quais pedia para ela fingir ser sua mãe, ele a convenceu explicando que a encenação era para dar um golpe que estava planejando contra a família da garota, no qual os dois lucrariam muito.

Soraia, que havia perdido grande parte da herança deixada pela mãe, aceitou, mas, assim como previsto, exigiu uma atenção especial na cama, e não somente naquele dia. Neto precisou frequentar a casa da prima por um mês, sempre que ela o chamava, até que levou Luana para conhecê-la fingindo ser a sua mãe.

O receio que sentia desse encontro foi substituído pela empolgação ao testemunhar a receptividade de Soraia, que cumpriu fielmente a promessa de se passar por sua mãe. Apesar do risco, foi a sua cartada de mestre: testemunhar a relação que seu namorado tinha com a sua suposta mãe foi um divisor de águas para Luana, que passou a se esforçar ainda mais para conseguir o mesmo que ele.

Não demorou para Luana ser manipulada e oferecer as notícias dos bastidores da investigação. Assim, Neto pôde mexer as peças do xadrez antevendo a jogada de sua oponente.

Dias depois do encontro com Soraia, ele passeava com Luana no shopping Rio Sul e, enquanto faziam um lanche, ela comentou despretensiosamente que a mãe queria conhecê-lo. Na hora, Neto foi contagiado por uma euforia e precisou dissimular sua empolgação, mas sentia que o momento de estar cara a cara com a inspetora estava se aproximando. Ele, então, deu força à namorada para que providenciasse o encontro e, no dia seguinte, ele conseguiu realizar o objetivo de se encontrar com Valéria Ricci.

Ao conhecê-la, Neto teve uma maravilhosa surpresa. Quando já estava a ponto de se despedir, viu na estante próxima à sala de jantar a coleção completa de seus livros, com exceção do primeiro. Em um instinto imaturo e impensado, perguntou se ela era fã. Por ter sido pego de surpresa por essa situação, as palavras foram saindo de sua boca sem terem sido pensadas, o que o deixava vulnerável e talvez prestes a cometer algum deslize, mas a curiosidade de saber os motivos pelos quais o primeiro livro não estava junto dos outros, principalmente por ter sido a referência para o primeiro crime, o impediu de se calar.

*Está faltando o primeiro deles*, falou de supetão. Val respondeu dizendo que a obra estava em sua mesa de cabeceira, mas que estava custando para avançar na leitura pois sempre chegava cansada do trabalho. Ao escutar a sua justificativa, Neto teve um gatilho inspirador para dar uma forcinha, indicando que a leitura se tornava mais dinâmica com o avanço das páginas.

Depois do encontro na casa da Luana, ele acompanhou as notícias sobre a investigação e, assim como havia imaginado, não demorou para que os crimes fossem relacionados às narrativas dos livros.

Ao longo das duas semanas que se seguiram, precisou se desdobrar para aquietar três importantes assuntos: Soraia, que ainda o perturbava com sua carência e queria saber como estava o planejamento do golpe contra a namorada; a denúncia anônima que ele mesmo havia feito para que a polícia encontrasse o que sobrara do corpo de Dilson; e o último livro da sua carreira, que vinha escrevendo há tempos e no qual incluiu capítulos novos quando teve a ideia de levar Luana para visitar a avó doente em Petrópolis.

O que não sabia é que, nos capítulos finais dessa nova trama, haveria um fato fora de seu controle. O suicídio de AC Pereira foi uma verdadeira reviravolta, pegando-o de surpresa. Foi uma fuga fácil e covarde para quem estava prestes a enfrentar a rejeição dos fãs e da opinião pública.

Sentado em um sofá velho e sujo, ele seguia o mesmo ritual de sempre. Comia pipoca enquanto assistia as notícias sobre o falecimento do escritor. Mas, dessa vez, Luana não estava ao seu lado, e sim trancada no quarto adjacente, onde ele a mantinha sedada há mais de vinte e quatro horas.

# 36

## AINDA NO DIA 4 DE JUNHO DE 2015

O mundo de Val e Jonas foi virado do avesso assim que ela recebeu a fotografia da filha no envelope do correio. A certeza de que Luana estava efetivamente correndo risco de vida amedrontava os dois, interferindo inclusive nas decisões que precisavam ser tomadas na condução daquele caso.

O delegado Almeida, que já tinha sido avisado dos novos acontecimentos, informou que estava a caminho da delegacia e que chegaria em pouco tempo. Enquanto isso, por mais difícil que fosse, Val tentava abstrair o fato de a vítima daquele sequestro ser sua própria filha. Por ora, era Urso, por instinto, que tomava as rédeas do caso e coordenava toda a equipe, dividindo as tarefas que precisavam ser feitas de imediato, inclusive o envolvimento da imprensa, para que a foto de Marcus Vicente de Carvalho Neto estivesse estampada em todos os jornais e portais do país.

O objetivo era fazer com que alguém que tivesse visto Neto nas últimas horas reportasse o paradeiro do criminoso. Além da fotografia de Neto, a de Luana também seria divulgada, e eles estavam esperançosos de que teriam novidades logo que os retratos fossem veiculados.

Enquanto isso, Urso sugeriu que fossem ao apartamento de Val para revirar as coisas de Luana na busca de algum vestígio que indicasse o local a que ela pudesse ter sido levada.

Eram oito horas da noite quando Val, Jonas e Urso deixaram a delegacia em direção ao apartamento no Cosme Velho. No caminho, decidiram que, enquanto Val e Urso procurariam alguma pista na casa dela, Jonas vasculharia o quarto que Luana ocupava no apartamento dele, que ficava a poucas quadras.

Na delegacia, Almeida aguardava a autorização de uma ordem judicial para vistoriarem o apartamento de Neto, na Gávea. Assim que fosse possível, uma equipe seguiria para lá.

Às três da manhã, Jonas chegou desanimado à casa de Val. Disse ter revirado o seu apartamento, mas não encontrou nada suspeito. Val estava sentada no chão do quarto da filha, analisando papel por papel de tudo o que havia tirado das gavetas da cômoda de seu quarto. Ao mesmo tempo, diante do computador, Urso havia ingressado no equipamento da jovem e compartilhava a máquina de forma remota com a equipe de informática, que passava um pente fino nos arquivos e nas últimas atividades realizadas.

Conseguiram identificar que, dois dias antes, Luana fizera uma série de pesquisas no navegador de internet. Dentre elas, as mais recorrentes eram "Escola Técnica de Português de Barra do Piraí". Além do site da escola, acessado três vezes em um espaço de tempo de menos de uma hora, alguns vídeos do YouTube com o conteúdo da escola também foram acessados.

— Ela me disse que Neto é professor de português de uma escola particular aqui no Rio — Val disse. — Seguramente isso tem alguma coisa a ver. O que passa pela minha cabeça é que ele plantou uma isca para tirá-la da cidade por sua vontade. Deve ter inventado alguma história para ela envolvendo essa escola.

Enquanto confabulavam sobre as inúmeras possibilidades a que aquela pista lhes direcionava, Val recebeu uma ligação do delegado.

— Val, acabamos de receber uma ligação importante. Uma mulher chamada Soraia Santos se identificou como prima de Neto e disse que tem informações que podem ajudar a polícia.

Val estalou os dedos em direção a Jonas e Urso, sinalizando que escutava algo de valor para aquela caçada. Fez sinal com a mão para que eles a seguissem, enquanto se dirigia para a porta de saída do apartamento.

— Me envia o endereço dela, estamos a caminho.

Amanhecia quando os policiais passavam pelo vão central da ponte Rio-Niterói. O sol por trás das montanhas ofuscava a visão deles, que encaravam de frente o espetáculo matinal. Durante aquele trajeto, a equipe na delegacia trabalhava para descobrir um pouco mais sobre quem era Soraia Santos, e Val mantinha o telefone em viva-voz, para que todos pudessem escutar o resultado das pesquisas.

Ela era uma mulher de cinquenta anos que viveu mais de quinze fora do país. De acordo com informações liberadas pela Receita Federal, havia recebido uma quantia substancial de herança com o falecimento da mãe, anos antes. Não trabalhava e vivia da renda dos aluguéis dos imóveis herdados. Foi verificado, contudo, que perdera grande parte desse patrimônio nos últimos anos. Os motivos, porém, não estavam claros.

O trio foi recebido com cautela pela mulher, que se mostrou intimidada com a presença dos policiais. Ela os convidou a se sentarem no sofá. Antes de responder às perguntas, Soraia ofereceu água e café, o que foi negado pelos três. Tinham urgência em saber o que ela contaria de novo sobre a vida de Neto.

Com as primeiras frases trocadas, Val percebeu que Soraia escolhia as palavras certas antes de pronunciá-las. Ansiosa para encontrar o paradeiro da filha, a inspetora perdeu a paciência com a prolixidade da mulher.

— Senhora Soraia, se a senhora pudesse ser um pouco mais direta em suas colocações! Pela hora, a senhora deve imaginar que o caso é urgente. Tudo indica que o seu primo sequestrou uma jovem e que ele é um homem perigoso. A vida dessa jovem está em risco, então se a senhora nos chamou até aqui, a essa hora da manhã, espero que tenha um bom motivo.

Soraia contou sobre o relacionamento que manteve com o primo durante alguns anos. Mentiu ao justificar as razões pelas quais aceitara se passar pela mãe de Neto quando ele levou Luana para conhecê-la.

— Ele parecia apaixonado. Disse que queria impressionar a menina. Mas depois que ele a trouxe aqui não os vi mais. Essa noite tive insônia e resolvi navegar na internet, foi quando me deparei com a foto de Neto por todos os lados, sendo procurado pela polícia. Quando vi que a menina que tinha estado aqui em casa estava desaparecida, e que ele a havia sequestrado, liguei para o número que anunciavam. Me deu um aperto no coração imaginar que ele pudesse fazer mal a ela.

— Você sabe se ele tem alguma conexão com Barra do Piraí ou algum lugar da região? — Val perguntou.

— Conexão em que sentido?

— Uma casa, um terreno, familiares. Alguma coisa que o conecte à região.

— Não que eu me lembre. Teria que dar uma olhada. Herdei alguns terrenos dos meus pais, talvez tenha alguma coisa por lá em meu nome, mas teria que ver com o meu contador, é ele quem sabe dessas coisas.

Os três se despediram de Soraia e, antes mesmo de entrarem no carro para a volta ao Rio, Urso já estava ao telefone com a equipe da delegacia, tentando verificar a existência de algum imóvel da família na região sul fluminense. A informação foi confirmada pouco tempo depois, fazendo com que eles desviassem o caminho e seguissem diretamente para Volta Redonda, cidade na qual Soraia Santos tinha um depósito abandonado, que no passado fora alugado por uma siderúrgica e atualmente estava inativo.

Outros dois carros saíram da delegacia e seguiram ao encontro de Val, Jonas e Urso, que chegariam meia hora antes do reforço.

Pelo telefone, Almeida comandava toda a operação e, com o aval dos seus superiores, autorizou a decolagem de um helicóptero levando um atirador de elite para fazer a cobertura aérea do local.

A viagem até o município de Volta Redonda levou pouco mais de duas horas. Urso, que dirigia, conduziu a equipe para a delegacia do município, cujo delegado já estava a par da caçada e se prontificou a colaborar com os colegas cariocas.

O helicóptero que havia decolado do Rio já estava no pátio da polícia e aguardava instruções do operativo. Com um grande mapa apoiado sobre o capô de uma viatura policial, a equipe decidia o caminho que todos tomariam até o galpão, que, de acordo com a polícia local, estava desativado há mais de quatro anos.

Assim que definiram a estratégia de ação, as viaturas arrancaram por diferentes estradas, a fim de cercar o local, enquanto o reforço aéreo decolaria alguns minutos depois para chegar ao mesmo tempo que a equipe de terra.

Era difícil esconder a operação que acontecia àquela hora do dia. O intenso ruído das sirenes ligadas chamava a atenção dos motoristas, que cediam passagem para a caravana. Em alta velocidade, as viaturas conseguiam se desvencilhar do movimento da maior cidade do sul do estado.

Pouco tempo depois, se aproximaram do enorme imóvel de poucas janelas, mas com dezenas de exaustores industriais sobre o teto. Antes que Urso parasse completamente, Val e Jonas pularam com suas armas em punho. Em seguida, diversos policiais com coletes à prova de bala juntaram-se a eles. Quando chegaram perto da entrada, Val parou e encarou Jonas.

— Jonas, deixa que eu cuido disso. É melhor que um de nós dois esteja fora de combate, para o caso de... o confronto resultar em baixas.

— Deixa que eu vou, então. Você está debilitada com isso tudo.

Val segurou o seu braço, impedindo que ele seguisse.

— Jonas, não faz sentido. Eu sou a inspetora aqui. Além do mais, a Lu sentiria mais a sua falta do que a minha.

Jonas abraçou Val com força e, por mais que ele insistisse que ela estava falando bobagem, ambos sabiam que o que dissera fazia sentido.

O médico recuou e de longe testemunhou a sua ex-mulher comandar a operação de resgate de sua filha.

# 37

## DIA 4 DE JUNHO DE 2015

— POLÍCIA! — Val gritou ao invadir o lugar depois que um policial arrombou a porta com um aríete de quinze quilos. O restante dos homens entrou se espalhando por toda a área.

O local estava desativado há vários anos e o galpão estava completamente vazio, com exceção de algumas caixas, parcialmente destruídas pelo tempo, que estavam armazenadas em uma das extremidades do depósito.

O interior do armazém era iluminado pelas poucas janelas que permitiam a entrada de luz. No canto esquerdo, uma escada de metal levava a um mezanino, onde se podiam ver três portas fechadas. Ao observá-las, Val deduziu que deveriam ser antigos escritórios e imaginou que seria lá o cativeiro onde Neto mantinha a filha como refém.

Com o barulho do operativo, Neto já deveria saber que o cerco havia sido criado e Val gritou para que ele se rendesse.

— Marcus! Você está cercado. Abra a porta e saia com as mãos na cabeça. Não há como fugir.

Não houve nenhum sinal vindo do andar de cima. Val insistiu mais duas vezes antes de subir as escadas na companhia de parte dos policiais, inclusive de Urso, que se posicionou à sua frente.

Eram seis policiais na parte de cima do galpão. Em duplas, eles pararam à frente de cada uma das portas de madeira. Em silêncio, Val levantou a mão direita mantendo o punho fechado. Levantou o dedo indicador iniciando a contagem de três e, assim que subiu o dedo anelar, escutou-se, quase simultaneamente, o estrondo das três portas sendo violentamente arrombadas.

Para decepção de todos, nada foi encontrado. Um a um, foram descendo as escadas e, depois de uma segunda vistoria no armazém, saíram frustrados.

Ficaram por mais algum tempo no pátio externo do armazém discutindo possíveis locais na região onde Neto pudesse estar escondido, mas era como procurar uma agulha no palheiro. Além desse terreno de propriedade da família, não havia nada que justificasse um operativo no escuro.

O helicóptero enviado para o reforço aéreo decolou do pátio da Polícia Civil de Volta Redonda, dessa vez tendo a bordo Val e Jonas, que aproveitaram para chegar mais rápido na cidade e se reunir com o delegado Almeida.

O trajeto de volta ao Rio, por mais curto que fosse, durou uma eternidade para Val e Jonas, que se mantiveram calados por todo o tempo. Ao sobrevoar a praia da Barra, ela observou os edifícios da orla e viu o prédio de Arthur, com todas as suas lembranças. O piloto os deixou em um heliporto na Barra da Tijuca, onde um carro oficial os aguardava para levá-los à delegacia.

Ao chegar, se reuniram com o delegado Almeida, que os aguardava para que novas estratégias fossem pensadas.

— Apreendemos muitos documentos, além do computador, na diligência na casa do Marcus. O material está sendo analisado, Val. Estou certo de que encontraremos alguma pista que nos levará a eles.

— E enquanto isso?

— Enquanto isso vocês vão para casa descansar. Há quanto tempo não dormem, não comem? Vou mandar alguém levar vocês.

Sem outra opção, entraram na viatura e seguiram em direção à zona sul. Quando estavam saindo do túnel Rebouças, Jonas perguntou:

— Você quer que eu fique com você?

— Não precisa, Jonas. Obrigada. Ficarei bem. É melhor você descansar também. Amanhã teremos outro dia longo.

— Ok, vou te deixar tranquila e descansar. Mas, se precisar de qualquer coisa, a hora que for, me chame que chego em menos de quinze minutos — ele disse enquanto pegava a sua mão e dava um beijo nela.

Em casa e de banho tomado, Val se forçou a comer, apesar da falta de apetite. Abriu a geladeira e preparou um sanduíche de queijo e presunto, colocou-o no *tostex* e acendeu o fogão. Observou a chama azulada e se perdeu nas lembranças de todas as vezes que havia feito o mesmo sanduíche para Luana, no mesmo *tostex*, no mesmo fogão.

O peito apertava ao pensar que a filha pudesse estar sofrendo. Sabia do que Neto era capaz. Júlia, Maria Luiza e Dilson eram três inocentes que tiveram suas vidas interrompidas por um psicopata que agora tinha a sua própria filha como refém.

Como se uma barragem tivesse sido rompida, o choro que havia segurado se libertou.

Val sentiu as pernas enfraquecerem e se sentou ali mesmo, no chão da cozinha. Soluços dificultavam a sua respiração, lágrimas encharcavam os seus olhos e berros ardiam na sua garganta, mas nada disso aliviava a dor e o desespero que sentia por imaginar o que poderia acontecer à sua filha, sua menininha.

Um cheiro forte de queimado a tirou dos seus devaneios agonizantes, e ela se levantou em um único movimento. Enquanto secava o rosto com uma das mãos, usava a outra para tirar o *tostex* do fogo. Ao abri-lo, deparou-se com um sanduíche incomível.

Refez o sanduíche, mas dessa vez resolveu consumir frio. Percebeu que seria arriscado acender o fogo novamente. Serviu uma dose dupla de tequila e virou-a em um único gole.

Foi ao quarto da filha e se deitou em sua cama, em posição fetal e abraçando seus travesseiros. Pensativa, tentava manter a positividade, mas, conhecendo os detalhes dos três assassinatos cometidos por Neto, era constantemente boicotada por pensamentos perversos e imagens macabras.

Seu telefone vibrou na cabeceira da cama. Jonas. Ela atendeu a chamada e em poucas palavras ele se mostrava bastante preocupado. Ela insistiu que estava bem. Tentava enganar a ele e a si mesma.

— Acabo de falar com a Isa e, mesmo eu dizendo que você queria ficar sozinha, ela insistiu e disse que iria para aí. Você conhece a minha irmã.

— Tudo bem, Jonas. Talvez seja bom mesmo ela vir. Acho que ela é mais irmã minha do que sua.

Não demorou para que Isa chegasse, e as duas se acomodaram no sofá da sala. Val apoiou a cabeça em seu colo, enquanto Isa lhe fazia carinho no cabelo. Conversaram sobre assuntos diversos. Isa tentava afastar da mente da amiga qualquer tema que remetesse à filha. Val precisava descansar e somente conseguiria caso estivesse calma.

Uma hora mais tarde, Val finalmente pegou no sono. Conversar com sua melhor amiga fora terapêutico. Isa saiu cuidadosamente do sofá para não a acordar e, com o movimento, Val remexeu-se e se virou de lado. Isa buscou um travesseiro no quarto da amiga, acomodando-o sob a sua cabeça, e uma coberta, que jogou por cima de seu corpo.

— Durma aqui, Isa — Val murmurou de olhos fechados. — Pode ir para minha cama.

Isa olhou o relógio. Passavam das duas da manhã. Resolveu deitar na cama de Val.

Horas mais tarde, Val escutou o telefone tocar. Havia dormido pouco, sentia que não fora o suficiente, porém sabia que havia sido o necessário para iniciar o novo dia de buscas pela filha.

Atendeu de imediato e reconheceu a voz.

— Inspetora. Bom dia!

Val pulou do sofá e se sentou.

— Como está a minha filha? O que você fez com ela?

— Calma, inspetora. Você está muito ansiosa. Isso não faz bem para a sua saúde.

— Escute aqui, seu crápula. Se você...

— Inspetora, relaxa. Eu não fiz nada com a Lu. Ela está tranquila e dormindo. Para ser bem sincero, ela nem sabe o que está acontecendo.

— Como não sabe? Ela está drogada?

— Digamos que ela está um pouco ausente.

— Marcus, eu sinceramente não sei qual é o seu plano. Já sabemos que foi você quem assassinou as três pessoas. Além disso, sabemos que você é o *ghostwriter* do AC. Só não conseguimos entender o porquê de tudo isso, e principalmente o que você pretende com a minha filha.

— Que maravilha que já conseguiram descobrir que o AC era uma farsa. Só lamento que ele tenha sido covarde o suficiente para se matar e não enfrentar a opinião pública. Tudo o que fiz foi para isto, para vê-lo nos jornais como o rato acuado. Na verdade, ele ter se matado me deixou puto da vida e estragou a essência do meu plano. Inclusive, espero que você já saiba que ele sempre soube que eu estava por trás desses crimes e omitiu isso da polícia. O cara era um egocêntrico, filho da puta. Precisou se matar para não encarar a verdade.

— E o que você pretender fazer? Posso te ajudar, Neto.

Nesse momento, despertada pela conversa que vinha da sala, Isa saiu do quarto de Val com cara de sono. Val fez sinal para que ela ligasse para Jonas com urgência.

— Deixa de onda, inspetora! Sei que não tenho chance alguma. Já não tenho nada a perder.

— Neto. Eu te imploro. Não faça nenhuma besteira. Por que você sequestrou a Luana?

— Inspetora! Quem disse que eu a sequestrei? Ela veio por livre e espontânea vontade. Não a forcei a nada.

— Onde vocês estão?

— Você acha mesmo, inspetora, que eu seria tão ingênuo assim?

— Por que a Luana, Marcus?

— Por que não, inspetora?

— Seu plano sempre foi ficar próximo à investigação, não é? Se aproximar de mim?

— Inspetora, você tem uma certa razão nesse raciocínio. Inicialmente o meu intuito era esse, sim. Na verdade, já que estamos tendo uma conversa bastante franca, eu queria ter me aproximado pessoalmente de você, mas sinceramente não encontrei uma maneira de tornar isso possível, então a solução foi mesmo a Luana. Mas... confesso que essa aproximação com ela me surpreendeu. Luana é uma menina linda, e posso te dizer que você fez um bom trabalho. Apesar de que, inspetora... vamos combinar que deu muito trabalho convencê-la a te perdoar.

— Foi tudo planejado, não foi? A sua aproximação, a sua influência para que nos entendêssemos.

— Sim e sim. Mas o que não estava combinado era eu realmente gostar dela. Tirando o meu pai, que, para ser bem sincero, não tenho muita certeza se um dia me amou de verdade, somente a minha tia me amou, e sinto que a Lu também me ama.

— Ela ama a mentira que você criou. Tenho certeza de que, quando ela descobrir a verdade, deixará de te idolatrar. Na verdade, tenho certeza de que ela te odiará. Neto, você é um assassino. Matou três pessoas.

— Blá, blá, blá! Matei porque precisava provar o meu ponto. Mas não posso negar que o poder de ter uma vida em minhas mãos tenha me excitado. Gostei da experiência. Se tivesse tempo até faria uma visitinha para a minha mãe para agradecer a minha nova faceta, afinal foi ela quem me criou. Quer dizer, não foi só ela, tá... preciso dar os créditos também à minha babá, ela também teve uma grande participação. Se tiver tempo, vou procurar as duas para agradecer.

— Você é louco, Neto! Precisa se tratar. Eu posso te ajudar!

— Você não me conhece, inspetora. Não pode me chamar de louco sem me conhecer.

— Neto, solta a Luana, ela é inocente nessa história, não merece passar por isso.

— Não posso fazer isso, porque eu a amo ela e ela me ama. E você se engana quando diz que ela me odiará, simplesmente porque ela nunca saberá. Eu não permitirei, inspetora.

— Para que você me ligou, se não tem a intenção de colaborar com a polícia e se entregar?

Já estavam há vinte minutos ao telefone quando Isa escutou três batidas de leve na porta do apartamento e correu para atender, garantindo que não faria barulho algum. Quando Jonas entrou, Isa e Val fizeram sinal de silêncio com o indicador. Ele se aproximou de Val para tentar de alguma maneira escutar o que estava sendo dito por Neto, mas não conseguia decifrar nenhuma palavra.

— Inspetora, de certa maneira me decepcionei um pouco com o modo como você conduziu essa investigação. Você demorou muito tempo para decifrar coisas que estavam explícitas.

— Como o quê, por exemplo, Neto? O que você teria feito diferente?

— Tive o maior trabalho para desidratar folhas de pereira, para plantar as pistas. E, caramba, tudo demorou muito para ser descoberto. Até o corpo do Dilson eu tive que dar uma forcinha para vocês acharem. Se não fosse a minha denúncia, o sujeito estaria enterrado até hoje.

Val foi invadida por uma raiva incontrolável. Escutar do assassino que a polícia não havia feito o seu trabalho era uma acusação direta de que ela era incompetente e que não conseguira resolver o caso a tempo. Sem conseguir evitar, ela gritou com ele, desabafando a sua raiva e frustração por saber que ele tinha razão. Se ela tivesse sido competente o suficiente, teria conectado os pontos com mais agilidade e, talvez, tivesse salvo sua filha.

— Inspetora, já vi que a nossa sintonia foi para o espaço. Já não temos condições de manter a cordialidade com essa conversa, então acho que está na hora de desligar.

— Não! Me deixa falar com ela.

— Já disse que ela não está em condições de falar, inspetora. No momento ela dorme tranquilamente.

— Espere! Neto, por favor! O que você quis dizer com não permitir que ela saiba a verdade?

— Inspetora, inspetora... se eu não tenho escapatória! Use a sua imaginação.

Isa correu para a cozinha para trazer um copo de água enquanto Jonas tentava entender o que Val dizia.

— Ele está acuado — ela disse. — Não tem nada a perder e, por mais louco que seja, ele gosta dela e não quer que ela saiba a verdade. Ele vai matá-la.

Jonas abraçou-a com força e se juntou ao choro sofrido de Val, que soluçava compulsivamente. Abruptamente, ela se deteve, fazendo Jonas recuar. Ele sabia que ela havia pensado em alguma coisa importante e perguntou o que era.

— Acho que temos uma chance de descobrir o local onde estão escondidos. Ele falou que a única pessoa que o amou foi a tia. E se a tia tiver passado algum imóvel para ele em vida... Quando vasculhamos seus imóveis, olhamos somente os que entraram em espólio. Mas se ela tinha uma relação próxima com ele, talvez tenha feito isso enquanto era viva.

Ao concluir o pensamento, seu rosto se iluminou em uma esperança na qual necessitava se agarrar. Sentiu que, se houvesse alguma chance de encontrar a filha, seria esse o caminho.

— Vamos, precisamos ir para a delegacia. — Val levantou correndo para se arrumar. Enquanto isso, Isa juntou a roupa de cama do sofá para levá-la ao quarto. Quando puxou o cobertor, que estava preso em um dos cantos do móvel, a almofada veio ao chão, expondo uma cena aterradora que estava aquele tempo todo sob o corpo da inspetora enquanto ela dormia.

# 38

## SÁBADO, 6 DE JUNHO DE 2015

Val, Jonas e Isa ficaram atônitos ao encontrar sob o assento do sofá diversas folhas desidratadas de pereira com sequências de números diversos.

— Precisamos de ajuda para poder decodificar todas essas pistas — Val se adiantou. — Vamos levar tudo para a delegacia.

Os dois se despediram de Isa e prometeram mantê-la a par da evolução do caso. Val sugeriu a Jonas que fossem em carros separados para que tivessem maior mobilidade para o caso de precisarem ir a campo em busca da filha, e ele concordou de imediato.

No caminho, ela emitiu um comando de voz para o computador de bordo do carro: *Chamar Arthur Vianna*. Segundos depois, o sinal de chamada foi projetado pelo alto falante do carro e, no terceiro toque, Val escutou a voz de Arthur.

— Val!

— Oi, Arthur. Estou precisando da sua ajuda. Será que você pode me encontrar na delegacia?

— Mas é claro. A que horas?

— Agora! Já estou a caminho.

— Está certo. Vou trocar de roupa e te encontro lá. Val, você não quer me adiantar no que exatamente eu vou te ajudar?

Val contou a ele sobre as exatas dezessete folhas secas que havia encontrado sob o assento do sofá.

— Arthur, como você conhece bem as obras, talvez a gente consiga pular etapas e encontrar pistas mais rapidamente. Estou desconfiada de que essas pistas vão levar ao local onde eles estão escondidos.

— Como você sabe que não são crimes que já cometeu?

— Porque ele foi enfático ao dizer que não deixaria que Luana soubesse da verdade. Ele gosta desse jogo de gato e rato. Ele plantou essas pistas na minha casa para me enlouquecer.

Uma verdadeira operação de guerra havia sido armada na sala de reunião. Além da parede com o mapeamento da cronologia dos crimes e eventos, sobre a mesa estavam várias versões da coleção completa de AC Pereira e todas as *evidências 7* encontradas na casa de Val.

— Ok, esta é a situação! Neto está mantendo Luana em algum lugar que ainda não sabemos, mas que estamos próximos de encontrar. Quero que descubram se a senhora Lourdes Machado Santos, a tia do Neto, transferiu algum imóvel para ele enquanto era viva. Se isso aconteceu, existe uma grande chance de ele ter levado ela para lá.

Dois policiais saíram da sala para averiguar.

— Estou quase certa de que alguma dessas pistas faz referência ao crime que ele pretende aplicar nessa vítima.

A equipe se entreolhou ao escutar Val chamar Luana de vítima, mas, para a inspetora, visualizar os cenários afastando o sentimentalismo do caso foi a maneira de conduzir a nova operação sem que houvesse falhas. Não podia se dar ao luxo de errar em seu julgamento. A vida de sua filha estava em jogo. Seu comportamento foi admirado pela equipe e por Arthur, que acompanhava de perto a coordenação executada por ela.

— Vocês devem estar se questionando por que o senhor Arthur Vianna está aqui. Bem, eu o chamei. Arthur é a pessoa que mais conhece esses livros e, com tantos trechos a serem analisados, achei por bem trazê-lo. Talvez possamos encurtar as análises com a sua assessoria.

A participação de Arthur foi aprovada pela equipe, que concordou com a iniciativa de Val. Inclusive Jonas, que, apesar de detestá-lo, sabia que sua participação poderia ser determinante para que os policiais encontrassem Luana antes de uma desgraça.

— Arthur, algum desses livros é ambientado no estado do Rio, mais exatamente no sul fluminense? —Val indagou, sem conseguir ignorar o fato de ter encontrado no computador da filha buscas na internet sobre uma escola em Barra do Piraí.

— A maioria dos livros se passa na capital. Mas tem as suas exceções, sim. Dois livros: o segundo, *Fogo da morte*, que tem um trecho ambientado em Angra dos Reis; e o quinto livro, *Corpos em chama*, que se passa em Penedo.

Val se arrepiou com os títulos dos livros, imaginando o que Neto poderia fazer com a filha caso decidisse seguir as referências literárias.

Enquanto Arthur falava sobre cada um deles, Urso e Jonas separaram as folhas que começavam com o número dois e com o número cinco, seguindo a mesma linha de raciocínio dos crimes anteriores.

Algum tempo depois, um dos policiais que havia saído para procurar as informações dos imóveis retornou com a notícia que faltava para completar aquele quebra-cabeças.

— A senhora Lourdes Machado Santos, no ano de 2004, doou uma propriedade para Marcus no município de Penedo. Já pedi fotos por satélite para identificar que tipo de construção existe no lugar. De acordo com a declaração de imposto de renda da falecida, na época, era só um terreno. Já na declaração de imposto de renda dele, do mesmo ano, existe essa mesma transação, mas, dois anos depois, ele declarou a venda, por um valor bem acima do mercado.

— Pode ser que ele tenha usado a venda desse terreno para justificar os ingressos que recebia de AC pelos livros produzidos — Val disse —, mas isso é pano para outra investigação. No momento, precisamos saber se ele ainda tem acesso a essa propriedade e, principalmente, o que há nela.

Por mais difícil que fosse, existia uma pergunta que precisava ser feita, e Val tinha que saber a resposta para antecipar os acontecimentos. Ela olhou para Arthur, que a encarava com olhar piedoso. Ele sabia o que estava escrito nas páginas daquele livro intitulado *Corpos em chama*.

Enquanto isso, Jonas lia os trechos de acordo com as pistas encontradas, e não controlou o medo ao se deparar com a passagem da pista 52713. O *medo* e o *desespero* lutavam pelo protagonismo da cena. Com a voz embargada, ele leu para que todos ouvissem o trecho do livro:

*Livro 5, Capítulo 27, parágrafo 13*

*Era inaceitável prorrogar uma vida fadada ao fracasso. William, que sempre fora um homem de palavra, naquela tarde cumpria mais uma vez com ela. Não deixaria barato as humilhações que sofrera a sua vida toda por seu chefe, que sempre o tratou com desprezo.*

*Em uma tarde, organizou a emboscada da filha do homem que escarneceu seus sentimentos. Na saída da escola, a menina de apenas quatorze anos, e que conhecia bem o funcionário, não desconfiou da ação pouco rotineira. A sua falta de maturidade não permitiu que ela suspeitasse das intenções que não eram nada boas.*

*Assim que ela entrou no carro, ele ofereceu-lhe água. Era verão, e o calor beirava o insuportável. Carolina aceitou a garrafa de água gelada e deu goles grandes, de uma única vez. Mal sabia que o líquido estava batizado com um calmante poderoso, o famoso sossega-leão, e, pouquíssimo tempo depois, Carolina apagou no banco do carona do carro para nunca mais acordar.*

*William a manteve por três dias em um local afastado de qualquer suspeita, o sítio da própria família da vítima, na região de Penedo, no Estado Fluminense.*

*Ao final do terceiro dia, ele deixou-a dormindo e foi ao posto de gasolina do outro lado da cidade. Comprou trinta litros de gasolina, que foram armazenados em garrafas com capacidade de cinco litros cada...*

Jonas foi obrigado a parar a leitura. Estava perturbado com o que lia. Como perito médico legal, havia analisado milhares de corpos ao longo de sua carreira e, naquele momento, lendo aquela narrativa, era impossível não imaginar o corpo da filha carbonizado na mesa de aço do necrotério.

Empático, Urso tomou o livro de sua mão e disse que não precisavam continuar aquilo, mas Val e Jonas protestaram. Precisavam conhecer a mente doentia daquele homem. Ela pediu para que o parceiro continuasse a leitura.

*Voltou para casa e encontrou Carolina sonolenta, como se quisesse acordar. Era o momento de dar a última dose cavalar de calmante, a que garantiria que ela não despertaria no momento errado, quando seus corpos estivessem em chamas.*

*Depois de sedar a garota pela última vez, ele também tomou a droga e se deitou ao seu lado, na cama na qual seu chefe dormia com sua esposa. Aquela casa nunca mais seria a mesma. As recordações da residência, antes tão alegres, seriam transformadas em memórias de dor. Era assim que William pretendia que a casa fosse lembrada, e ele fazia questão de ser o responsável por deixar essa ferida hedionda marcada na vida do homem que lhe fizera sofrer.*

Antes mesmo de terminar a leitura, Val correu com a preparação tática que era necessária para a operação. Os policiais vestiam coletes balísticos e checavam suas armas antes de colocá-las em seus coldres.

Dois helicópteros aguardavam as equipes, compostas por dez pessoas. Antes de partir, Val agradeceu a Arthur e disse que o manteria informado e que sua ajuda havia sido de grande valia.

Em um dos helicópteros estavam Val, Jonas e outros policiais a bordo. No outro, Urso e os demais. Almeida ficou no Rio e monitorava tudo à distância. A viagem levou quarenta minutos e logo estavam pousando no pátio da polícia civil da região. No local, alguns carros oficiais já aguardavam os policiais chegarem e seguiriam dali para o endereço previamente informado.

Val e Jonas se escoravam na esperança de chegarem a tempo para evitar a tragédia e, ansiosos, pediam que o motorista fosse mais rápido. Pelo GPS, perceberam estar a poucos quilômetros do destino, mas, momentos depois, quando Val olhou pela janela do veículo, avistou uma cortina de fumaça que subia ao céu. A cada metro percorrido seu desespero aumentava ao imaginar que havia chegado tarde demais. Tantos casos desvendados ao longo da carreira, tantas pessoas salvas e, mesmo assim, não fora capaz de salvar a sua menininha. Mas não era hora de sofrer os traumas do fracasso, precisava se concentrar para concluir aquela operação.

Alguns minutos mais tarde, eles chegaram à propriedade, que tinha um portão de madeira aparentemente frágil. O motorista, alimentado pela adrenalina, ao ver a fumaça a uma curta distância, não pensou duas vezes e acelerou na direção do portão, deteriorado pelo tempo e incapaz de impedir o avanço do blindado da polícia.

Assim que se aproximaram da casa, perceberam que ela já estava em chamas, mas Val e Jonas não se preocuparam com os riscos que corriam. Entraram pela porta da frente depois que ele a abriu um pontapé violento. Desviavam das densas chamas que devoravam o ambiente. A temperatura era intensa, assim como a fumaça que invadia seus pulmões.

Jonas fez sinal para Val, indicando uma porta fechada e, da mesma maneira que arrombou a porta principal, derrubou aquela, que, pelo calor, já era menos resistente. Uma labareda forte foi projetada para fora e, assim que o fogo recuou, Jonas viu Luana e Neto sobre a cama, abraçados.

Ver a filha desacordada nos braços daquele psicopata fez o estômago de Val revirar. Jonas correu para pegar a filha, mas Val deu um grito.

— Não! Eu levo ela. Você pega ele!

Com a construção em chamas, a estrutura começou a ceder pelo caminho, obrigando-os a desviar de obstáculos que a todo momento os surpreendiam.

Urso apareceu quando Val seria atingida por um pedaço de madeira que se desprendia do teto. Usando luvas de amianto, ele conseguiu sustentar o objeto para que Val não fosse golpeada. Vendo o esforço da parceira ao carregar Luana, ele correu para ajudá-la e assim conseguiram deixar o ambiente com maior agilidade.

Os três deixaram a casa tossindo e se afastaram até uma distância segura para acomodar Luana e Neto, que estavam desacordados, no chão.

Jonas correu para atender a filha e checar seus sinais vitais, prestando os primeiros socorros enquanto a ambulância chegava. Com o estetoscópio posicionado, precisava controlar a própria tosse para escutar o pulmão da filha.

Minutos depois, chegaram duas ambulâncias, que se agilizaram para levar Luana e Neto para a emergência do hospital do município. Naquele momento, era difícil saber o real estado de saúde deles. Enquanto isso, Val, Jonas e Urso, que também precisavam de cuidados médicos, foram acomodados nas viaturas policiais e levados para o mesmo hospital.

Ainda dentro do carro, Val desmaiou e só acordou horas depois, quando já havia sido tratada. Ela era assistida por uma cânula nasal para aumentar a saturação de oxigênio. Também sentia fortes dores de cabeça e tontura, sintomas comuns da intoxicação por fumaça. Jonas se recuperava bem e, assim como Val, também era auxiliado pela cânula nasal para a normalização da sua oxigenação. Dos três, tinha sido o menos afetado. Já Urso, que visualmente era o mais forte deles, fora surpreendentemente acometido pelo excesso de monóxido de carbono, apesar de ter ficado menos tempo exposto ao gás, e estava sendo assistido por uma máscara facial.

Luana e Neto foram internados na Unidade de Tratamento Intensivo e estavam sendo atendidos por um pneumologista, que investigava as possíveis complicações que teriam pelo excesso de exposição à fumaça. Nenhum dos dois havia sido atingido diretamente pelo fogo e tratavam somente das consequências internas.

Na manhã seguinte, Jonas foi liberado, e Val somente dois dias depois. Urso precisaria de mais alguns dias para se recuperar completamente. Luana ainda tinha o estado de saúde delicado. Era mantida sedada e entubada, pois sua capacidade pulmonar havia reduzido significativamente.

Duas semanas depois, Luana continuava internada na UTI, mas agora era assistida apenas com a cânula nasal e passava parte do dia desperta. Ainda tossia muito e tinha dificuldades para respirar. Já Neto havia sido transferido para o quarto e, de acordo com os médicos, seria liberado nos próximos dias. Preso, ele era mantido algemado à cama, além de haver um policial de prontidão na porta do quarto. Assim que recebesse alta hospitalar, seguiria diretamente para a penitenciária, onde aguardaria o julgamento.

No dia em que Luana seria transferida para um hospital no Rio de Janeiro, Val foi ao quarto de Neto. Era a primeira vez que ela o via depois do episódio, apesar de ter acompanhado seus boletins médicos diariamente. Ele não se surpreendeu ao vê-la entrar.

— Demorou para me visitar, inspetora.

— Você não era a minha prioridade.

— Como está Luana?

Por mais contraditório que pudesse parecer, Val sentiu que sua preocupação era verdadeira.

— Que cabeça doentia é essa de se preocupar com a saúde de quem tentou matar? Você está brincando comigo, não? Você acha que tem algum direito de perguntar isso?

— Pode não parecer, inspetora, mas eu realmente gosto da Luana.

— Você a manteve drogada por dias e tentou acabar com a vida dela. Em que realidade você vive que isso é sinônimo de gostar?

— Você nunca vai entender!

— Eu não quero perder nem mais um minuto com você, Neto. Só vim aqui porque eu queria olhar na sua cara e dizer que sua vida acabou. Eu vou fazer de tudo para que você nunca mais faça mal a ninguém.

— Inspetora! Por que você me salvou?

Val se virou e voltou a encará-lo.

— Sofrer no inferno seria fácil demais.

# EPÍLOGO

## ALGUNS MESES APÓS O RESGATE

Val se dividia entre o trabalho, os cuidados com a filha e com a mãe. Assim que a situação se normalizou, o programa de proteção a Inês em Petrópolis foi suspenso e a rotina na clínica de repouso, restabelecida.

Luana, que ainda estava sob cuidados médicos, aos poucos conseguia retomar seus planos. Por conta do tratamento, fora obrigada a se afastar da escola, mas a instituição, entendendo o caso, se comprometeu a ajudá-la a superar a fase, e aos poucos ela recuperava o que havia perdido.

Quando o segundo semestre das aulas iniciou, Luana já havia recebido alta hospitalar, mas por ora ainda não havia sido liberada para frequentar a escola. Na medida do possível, acompanhava os estudos de casa. Aplicada, trabalhava arduamente para concluir os estudos junto com a sua classe e se preparava para a prova do Enem no final do ano.

A verdade sobre Neto foi contada à jovem dias depois de ser transferida para o hospital no Rio de Janeiro. Val e Jonas se revezavam para dormir com ela e não houve uma só noite em que passasse a madrugada sozinha. Apesar de o plano inicial ser aguardar a plena recuperação da filha para expor os fatos, os seus constantes questionamentos implorando por notícias de Neto fizeram com que Val e Jonas fossem obrigados a antecipar a dura conversa.

Luana não tinha recordação alguma sobre o atentado que sofrera. A última coisa de que se lembrava era estar acompanhando Neto em uma viagem a trabalho, que levaria somente algumas horas por ser em uma cidade próxima ao Rio. A partir de então, escuridão total.

Quando soube da verdade, ela se negou a acreditar nas inúmeras acusações que Val fazia contra seu namorado. De certa maneira, acusou a mãe de estar novamente sendo a responsável por mais uma separação, já que sempre a acusara de ter sido responsável pelo divórcio. Mas, com o apoio de Jonas, somado às inúmeras reportagens sobre o caso que ocupavam grande parte da mídia, acabou aceitando que havia sido manipulada por Neto e que ele quase a matara.

Passadas algumas semanas, quando ela ainda estava no hospital, Val conversava com a filha despretensiosamente. De repente, Luana olhou para o antebraço e observou a tatuagem que havia feito. A mesma que Neto tinha gravada em sua pele, um símbolo *triskle*. Ao observar a filha, Val imaginou o que passava por sua cabeça: arrependimento. Um sentimento que ficaria vivo sempre que ela olhasse para o desenho.

— Ele falava com tanto carinho sobre esse símbolo. Ele idolatrava essa imagem, e acabei convencida de fazer uma igual à que ele tinha.

Val se aproximou e segurou a sua mão. Não pronunciou nenhuma palavra, mesmo que a sua vontade fosse falar o famoso *eu te disse*, mas não pretendia tripudiar.

— Dizia que era a relação que o povo celta tinha com a alma, acreditando na existência do espírito em tudo no planeta, inclusive em plantas e animais. Dizia também que esse símbolo era muito antigo e que evocava o poder dos quatro elementos na natureza: água, terra, fogo e ar. Quando ele me contou a história, achei tudo tão significativo, mãe. Tão bonito. — Luana disse, sob lágrimas e soluços.

Naquele momento, a única coisa que Val podia fazer era abraçar a filha e deixar que ela liberasse o sentimento ruim que carregava no peito.

Na véspera da alta de Luana, Val chamou Jonas em sua casa. Precisava finalizar um assunto que estava pendente há semanas. Não podia esquecer o fato de Jonas ter se declarado para ela no dia do segundo interrogatório de Arthur e sabia que ele tampouco havia esquecido o episódio. Seguramente estava apenas concedendo o tempo de que Val precisava para retomar a conversa.

Nessa noite, eles conversaram por horas. O momento pacífico que viviam, gerado pela gratidão de terem salvado Luana, proporcionou uma conversa tranquila e madura. Val deixou claro que o amava por ele ser pai de Luana, mas que esse sentimento não transcendia a eles como casal. Disse, também, que ele era e continuaria sendo muito importante na vida das duas, mas que não existia nenhuma possibilidade de reatarem um relacionamento amoroso. Foram tantas emoções vividas nas últimas semanas, que ele próprio havia chegado à mesma conclusão.

*

Luana estava no sofá da sala vendo as notícias do jornal da noite. O âncora informava sobre o julgamento de Marcus Vicente de Carvalho Neto. Ela já havia se acostumado. Há cinco meses via o seu rosto estampado nos jornais sendo uma das vítimas do criminoso.

Com Neto no holofote da justiça, o seu histórico de vida acabou vindo à tona, e a morte do pai foi relembrada por advogados e juristas. Neto aproveitou a oportunidade para lançar a teoria de que a mãe fora a assassina do pai e, concomitantemente ao seu julgamento, alguns advogados embarcaram na onda e resolveram desenterrar a morte do promotor Marcus Vicente de Carvalho Filho, solicitando a abertura de um novo inquérito tendo a mãe de Neto como ré.

Val, em seu quarto, escutou a filha chamá-la para acompanharem juntas as novidades do caso. Val havia chegado da delegacia pouco tempo antes. Tinha voltado à sua rotina e fora designada a investigar um novo homicídio, assim que houve a conclusão do caso de Neto, com a tradicional cerimônia do bolo. Dessa vez patrocinada por ela, que fez questão de ser a anfitriã, tomando o lugar do delegado.

Ela sentou ao lado da filha e a abraçou. Em seguida, seu telefone tocou. Ponderou se atendia ou não, mas viu tratar-se de Isa e ficou feliz ao escutar a sua voz.

— Oi, *lindona*!

Quando Isa a chamava assim era para pedir algo, então Val se preparou para escutar o que a amiga tinha a dizer.

— Tenho um evento de lançamento de um novo livro. Você não quer ir comigo? Começa daqui a meia hora.

— Nem pensar! Estou aqui com a Lu, no sofá, e estamos curtindo um momento gostoso mãe e filha.

Percebendo a resistência da mãe, Luana berrou para que a tia pudesse escutar:

— Ela vai, sim, tia! Pode deixar que eu ajudo ela a se arrumar, para onde quer que você esteja convidando ela. Você vai, sim! — Luana falou, arrastando a mãe para o quarto, depois de ela ter desligado o telefone com Isa.

Convencida pela insistência das duas, Val se aprontou e, quando estava saindo de casa, disse à filha:

— Sua tia confabulou isso com você, não foi?

Luana apenas sorriu.

Val seguiu de carro para a livraria, no Shopping Leblon, e foi impossível não pensar em Arthur, por ser o lançamento de um livro.

Ela estacionou o carro e, enquanto se dirigia para a livraria, pensou nas diversas vezes em que esteve no shopping visitando o salão de beleza em que Júlia Nogueira — a primeira vítima de Neto — trabalhava. Ao descer o último lance de escada rolante para chegar ao andar da livraria, percebeu um movimento maior de pessoas que caminhavam em direção ao local do evento.

Val havia combinado com Isa de encontrá-la do lado de dentro da livraria e percebeu que não seria uma tarefa fácil. Ela entrou e procurou pela amiga movimentando a cabeça por todos os lados. Ao caminhar pela livraria, viu de longe Arthur, que conversava com um grupo de pessoas.

Era a primeira vez que ela o via depois do último encontro, na delegacia, quando ele ajudou a polícia a decifrar o paradeiro de Luana. Depois daquele dia, ela havia telefonado apenas uma única vez, para agradecer, mas deixara claro que não tinha tempo para eles naquele momento, que precisava dar assistência à filha e concentrar esforços em sua recuperação.

De longe, Val encarava Arthur sem desviar os olhos e percebeu o seu coração bater mais forte. Sentiu o estômago revirar e sua pele arrepiar. Lembrou tudo o que havia vivido com ele e os sentimentos que surgiram desde o primeiro beijo que trocaram na porta do Bar Lagoa, meses antes.

De repente, Isa se aproximou com os olhos voltados para a mesma direção que Val.

— Está mais do que na hora de você procurar ele.

— Eu não posso. Preciso estar com a Lu.

Assim que falou isso, seu telefone apitou e Val viu que era uma mensagem de texto da filha.

*Mãe, você já cuidou demais de mim. Agora é a sua vez. Fica tranquila, vai fundo e seja feliz.*

— Que diabo é isso? Vocês armaram toda essa situação? Estão de complô contra mim? Você sabe que eu não gosto disso.

— E você sabe que eu tenho sempre razão quando a questão é a sua vida sentimental. Tive antes e tenho agora. Não deixe essa oportunidade passar, Val. O Arthur é um cara legal. Já provou isso para você. Solteiro, esforçado, além de... cá entre nós, lindo de morrer. E o melhor de tudo, ele parece gostar muito de você. Eu vou embora agora. Estou indo para a sua casa, vou dormir lá e cuidar da Lu para você, como se ela realmente precisasse. E espero que você faça o correto também.

Val caminhou lentamente, camuflando-se entre as pessoas. Encarava-o de longe, como se fosse um alvo em investigação. Muitas coisas passavam pela sua cabeça e, além da saudade, sentia também o medo de enfrentá-lo depois de tudo o que passaram.

Val havia desconfiado dele. Havia acreditado que ele era o grande vilão daquela história. Apreensiva com as consequências que aquele encontro causaria, ela deu meia volta e deixou a loja.

*

Duas horas depois, Arthur chegou em casa. O lançamento do livro que havia organizado fora melhor do que o previsto. A verdade é que estava grato por estar novamente no mercado, depois do escandaloso segredo no qual o seu nome estivera envolvido.

Resolveu se afastar do mercado enquanto esteve no olho do furacão. Seu nome estava ligado ao de AC Pereira, que fora acusado de ter escondido da polícia a identidade do assassino dos três violentos casos investigados por Val.

Durante a investigação, a polícia havia confirmado a acusação que Neto havia feito em conversa com Val de que AC sabia a autoria dos crimes.

Através do aparelho apreendido no cofre da casa de AC, os técnicos de informática puderam resgatar as mensagens, que não deixavam dúvidas sobre as acusações e a índole do autor. Assim, o desejo de Neto de desmoralizar o escritor foi realizado, mas ele já não estava vivo para pagar pelo crime de obstrução de justiça.

Arthur conseguira provar que seu envolvimento no caso se limitava ao conhecimento de que existia um *ghostwriter*, mas nada além disso. Apesar do apoio recebido de grande parte das pessoas do mercado, ele também foi duramente criticado por não ter sido completamente sincero, permanecendo omisso à prática duvidosa do autor.

No mês anterior à publicação dessa obra, o agente foi procurado por uma escritora que pediu a sua ajuda para se lançar no mercado editorial e ele decidiu que aquela era uma chance de se reerguer. Há tempos estava sem perspectiva na vida: nem profissional, muito menos pessoal. O término de seu relacionamento com Val o havia atingido de forma avassaladora. Ela se distanciara.

Ele achava que, com a ajuda que dera para desvendar o paradeiro de Neto, a relação entre eles pudesse voltar a ser como antes, mas em vez disso ela apenas lhe agradeceu com um rápido telefonema. Ele sabia que precisava dar espaço para ela. Estava ocupada zelando pela filha que havia sofrido um grande trauma, mas, ao mesmo tempo, desejava estar próximo para ajudá-la a enfrentar essa fase.

Naquela noite, tinha esperanças de vê-la. Isso porque Isa o procurou quando soube que ele estava à frente do lançamento daquele livro. Além de se mostrar solidária ao seu retorno ao mercado, sondou a sua vida pessoal e deu a entender que tentaria levar Val ao evento.

Arthur passou a noite procurando-a, mas sua busca foi em vão.

Sentado na varanda do apartamento, passeava pelas redes sociais para analisar a repercussão do evento quando a campainha tocou e ele se levantou para atender a porta. Se surpreendeu ao encontrar Val do lado de fora do apartamento.

Era a terceira vez que Val aparecia em seu apartamento sem avisar e, nas duas primeiras, os motivos não eram pessoais. Atônito, ele não sabia como reagir. Sua vontade era puxá-la para perto e beijá-la com a intensidade da paixão que ainda sentia, mas seu bom senso deu um sinal de alerta e ele aguardou para entender o intuito da visita.

Val esboçou um sorriso, logo retribuído. Ficaram em silêncio por um momento, encarando-se, eliminando a evidente falta que sentiam um do outro. Val se aproximou ainda mais e se posicionou a apenas alguns centímetros de Arthur, sendo capaz de escutar a sua respiração.

— Vim cobrar o *croque-monsieur* que você está me devendo há muito tempo — ela falou enquanto suspendia a sacola com os ingredientes, que havia procurado na internet.

Os olhos de Arthur se encheram de paixão e ele a abraçou com força.

— Eu pago. Mas você precisa me garantir que cobrará juros altos, muito altos, pela minha dívida.

Sem se importar se os ovos quebrariam, ela largou as sacolas no chão e envolveu os braços em seu pescoço, beijando-o com fervor. Ele a abraçou pela cintura e a suspendeu de leve, retribuindo aquele amor que há tempos estivera enclausurado. O beijo prolongado e apaixonado selava o início de um novo capítulo.

## AGRADECIMENTOS

Que sorte a minha ter cruzado o meu caminho com Martha Ribas e, por consequência, com Camila e Ana Paula. O Universo conspirou a meu favor e é por isso que essa segunda edição está sendo apresentada de maneira tão caprichosa e especial. Sou muito grata a vocês.

Quero manter as palavras de agradecimento da primeira edição de *Evidência 7*, nas quais expressei toda minha gratidão à minha saudosa avó materna, Helena Werneck, que partiu aos 94 anos em julho de 2021, enquanto eu finalizava a escrita deste romance. Posso garantir que ela foi a minha primeira grande fã, e não falo isso à toa. Ela deixou registrado em uma carta, que recebi em 18 de fevereiro de 2014, na época em que publiquei o meu primeiro livro. Num trecho ela escreveu assim: "Estou realmente orgulhosa de ter uma neta escritora. Espero ainda viver para ler muitos livros escritos por você. Eu, que sou fanática por leitura, estou realmente feliz e orgulhosa." Infelizmente, ela só conseguiu ler o meu primeiro livro. A doença (Alzheimer) avançou rapidamente, e pouco a pouco, foi se afastando dos livros e de nós.

Agradeço ao meu amor, Marcio, com quem compartilho minha vida há mais de trinta anos. Esta obra tem um dedinho dele, pois foi ele quem passou uma tarde inteira selecionando uma a uma as músicas que compõem o universo musical da Val Ricci. Todas as canções estão disponíveis na playlist do livro no Spotify.

Aos meus filhos, Mauro e Tiago, que são meu tudo. O amor e o incentivo de vocês são inestimáveis. Não é à toa que amo vocês mais que brigadeiro.

Um obrigado especial à inspetora de Polícia Civil, Stefânia Santos, de Erval Seco, cujo conhecimento e paciência foram fundamentais para criar Val Ricci.

Aos inúmeros leitores que conquistei com esta obra, espalhados por todo o Brasil, minha gratidão é imensa. Cada comentário, cada crítica e cada elogio que recebi ajudaram a moldar a escritora que sou hoje. É um privilégio ter vocês como parte dessa jornada. Obrigada por abrirem espaço nas suas estantes e nos seus corações para minha narrativa. Espero continuar surpreendendo e entretendo todos vocês com mais histórias que desafiam a mente e emocionam a alma.

Este livro foi composto em Georgia e impresso pela
RCC Quality Gráfica e Editora Ltda para a mapa crime em outubro de 2024.